Andreas Altmann

Das Scheißleben meines Vaters, das Scheißleben meiner Mutter und meine eigene Scheißjugend

PIPER

Zu diesem Buch

Eine Kindheit der Nachkriegszeit im idyllischen Wallfahrtsort Altötting. Doch die Geschichte, die Andreas Altmann erzählt, handelt weder von Gnade noch von Wundern, sondern von brutaler Gewalt und Schrecken ohne Ende. Schonungslos blickt Altmann zurück: auf einen Vater, der als psychisches Wrack aus dem Krieg kommt und den Sohn bis zur Bewusstlosigkeit prügelt, auf eine Mutter, die zu schwach ist, um den Sohn zu schützen, auf christlich-religiöse Gewalt und auf ein Kind, das um sein Überleben kämpft. Erst als Jugendlichem gelingt Altmann die Flucht. Die schreckliche Erfahrung aber kann ihn nicht brechen. Sie wird vielmehr der Schlüssel für ein Leben jenseits des Opferstatus. Ein Leben, in dem er seine Bestimmung als Reporter findet: »Hätte ich eine liebliche Kindheit verbracht, ich hätte nie zu schreiben begonnen, nie die Welt umrundet ...«

Andreas Altmann arbeitete u. a. als Privatchauffeur, Anlageberater, Buchclubvertreter, Parkwächter und Schauspieler, bevor er endlich das fand, was er wirklich machen wollte: die Welt bereisen und als Reporter darüber schreiben. Heute zählt er zu den bekanntesten deutschen Reiseautoren und wurde u. a. mit dem Egon-Erwin-Kisch-Preis und dem Seume-Literaturpreis ausgezeichnet. Zuletzt erschien von ihm »Triffst Du Buddha, töte ihn!«. Altmann lebt in Paris.

www.andreas-altmann.com

Andreas Altmann

Das Scheißleben meines Vaters, das Scheißleben meiner Mutter und meine eigene Scheißjugend

PIPER

Mehr über unsere Autorinnen, Autoren und Bücher:
www.piper.de

Von Andreas Altmann liegen im Piper Verlag vor:
Bloßes Leben
Gebrauchsanweisung für die Heimat
Leben in allen Himmelsrichtungen
In Mexiko
Das Scheißleben meines Vaters, das Scheißleben meiner Mutter und meine eigene Scheißjugend
Gebrauchsanweisung für die Welt
Gebrauchsanweisung für das Leben
Frauen.Geschichten.
Verdammtes Land
Dies beschissen schöne Leben

Unser Versprechen für mehr Nachhaltigkeit
• Klimaneutrales Produkt
• FSC®-zertifiziertes Papier
• Hergestellt in Europa

FSC www.fsc.org
MIX
Papier | Fördert gute Waldnutzung
FSC® C021394

Ungekürzte Taschenbuchausgabe
ISBN 978-3-492-30179-4
1. Auflage November 2012
8. Auflage April 2023

Umschlaggestaltung: semper smile, München
Umschlagabbildung: H. Schmidt-Luchs/Ullstein Bild
Satz: Fotosatz Amann, Memmingen
Gesetzt aus der Swift
Gedruckt von ScandBook in Litauen
Printed in the EU

Es ist mein Herz, das zerstörteste Land.
GIUSEPPE UNGARETTI

Für meinen Bruder, den einen, den Tapferen.

DER KRIEG / Teil eins

1

Als ich zum ersten Mal in Paris lebte, hatte ich meine Wohnung in Deutschland vermietet. Ich war mir nicht sicher, ob mein Umzug nach Frankreich endgültig sein würde. Eines Morgens bestieg ich panikartig den Zug zurück nach M. Meine Untermieterin, so hatte ich nachts per Albtraum erfahren, war dabei, mein Hab und Gut zu ruinieren.

Bis auf wenige Details war alles wahr. Ich klingelte und da stand die junge Frau. Wie immer schön und, wohl zufällig, nackt. Ich sah die Nackte und die Verwüstung. Die verschmierten Wände, das Geschirr im schwarzen Badewannenwasser, die Brandlöcher im Teppichboden, die Fliegen auf der verranzten Herdplatte, die angeschimmelten Lebensmittel, das unbetretbare Klo, die faulen Kartoffeln im Waschbecken, die Weinflecken auf dem Leintuch, ein Berg verstunkener Wäsche, unübersehbar, die fünfzig Quadratmeter waren zum Basislager der Heroinsüchtigen verkommen.

Ich blieb erstaunlich ruhig, forderte Linda auf, sich anzuziehen, kündigte der 23-Jährigen fristlos und trug ihre Sachen hinunter auf die Straße. Zwei Stunden später war ich wieder Alleinmieter. Ich begann aufzuräumen, zuletzt waren es zwei Plastiksäcke voller Müll. Dann checkte ich die Bücherwand. Die einzig verdächtige Lücke fiel mir sogleich auf. »Mein Kampf« von Adolf Hitler fehlte. Aus dem Jahr 1939, mit der Unterschrift des Autors. Natürlich war Linda kein Naziliebchen. Aber wie alle Junkies brauchte sie Geld und mit der Souveränität eines jeden, der ununterbrochen nach Verwertbarem Ausschau hielt, fand sie das einzige Buch, für das es auf dem Flohmarkt mehr als fünfzig Pfennig gab. Etwa viertau-

send Mark war der damalige Schwarzmarktpreis. Das reichte für mindestens vierzig Spritzen.

Seltsamerweise war mir sofort klar, dass dieses Buch die letzte (physische) Erinnerung an meine Eltern war. Sie hatten es, wie jedes andere Paar in jenen Zeiten, zu ihrer Hochzeit bekommen. Der Verlust stimmte mich froh. Nun war ich alles los, was mich an die beiden erinnerte. Nur um das Geld tat es mir leid, nicht um die Schwarte. Jeder Blick darauf hatte nur Hass ausgelöst. Nicht auf den massenmordenden Verfasser, sondern auf die zwei, die ich damals für das Unglück meines Lebens verantwortlich machte. Dafür gab es Gründe.

2

Ich kam mit einem Verzweiflungsschrei zur Welt. Er stammte von meiner Mutter. Sie sah mein Geschlecht und stieß diesen hysterischen Schluchzer aus. Als Zeichen grausamer Enttäuschung. Für sie war alles Männliche – und was wäre männlicher als ein Schwanz – Symbol von Niedertracht und Unterdrückung, ja, lebenslänglicher Ernüchterung. Nie war Sex imstande gewesen, sie zu begeistern, sie wegzutragen in einen Zustand seliger Benommenheit. Auch nicht neun Monate zuvor, als ihren Ehemann, meinen Vater, wieder einmal ein Bedürfnis überkam. Und er zufällig seine Frau neben sich fand. Sie ließ es zu, in der wilden Hoffnung, eine Tochter zu gebären: endlich nach drei Söhnen ein Wesen (der Erstgeborene starb kurz nach der Geburt), das keine Insignien der Gewalt mit sich herumtrug. Jetzt kam ich, der insgesamt fünfte Schwanz in der Familie, jetzt war das Maß voll. Jetzt – und ich sollte erst viel später davon erfahren – verlor sie die Nerven. Kaum war sie allein mit mir im Wochenbett, drückte sie das Kopfkissen auf mich. Lieber töten, als noch einen auszuhalten, der zum Unglück der Welt beitrug. Gerettet hat mich die Hebamme, die rechtzeitig wieder das Krankenzimmer betrat. So kam ich davon. Wenn auch mit der Ahnung im blauen Kopf, nicht willkommen zu sein.

3

Die nächsten vier Jahre sind schnell berichtet. Ich habe nicht die geringste Erinnerung daran. Nur, dass ich »Puppa« genannt wurde, wie Püppchen, wie Puppe. Denn so zeigen es die Fotos und so hat es Mutter später erzählt: Sie steckte mich in Mädchenkleider, um nicht daran erinnert zu werden, dass ich ein Mann werden würde, ein Schwein. Puppa klang mädchenhaft, ich sah aus wie ein Mädchen, meine goldenen Locken passten vollkommen. Absurderweise nannte sie mich jetzt ihren »Lieblingssohn«. Sie war katholisch und das Wissen, dass sie ihr eigenes Kind zu töten versucht hatte, machte ihr zu schaffen. So überschüttete sie mich mit Liebe. Als eine Art Wiedergutmachung, um der Hölle zu entgehen. So dachte sie, so würde sie es eines Tages erzählen.

4

Dann kam das Unglück zu mir zurück. Meine Schwester wurde geboren. Und damit der Posten des Lieblingsmenschen neu besetzt. Die Freude meiner Mutter muss ungeheuer gewesen sein. Ein schwanzloses Wesen kam zu ihr, wie ein Schutzengel wurde sie empfangen, ohne Würgegriffe diesmal, dafür mit Tränen der Fassungslosigkeit. Und auf die drei heiligen Namen »Maria Perdita Désirée« getauft, die Geliebte, die Verlorengeglaubte, die Ersehnte.

Jetzt begannen meine ersten Erinnerungen. Der Fotograf wurde einbestellt und wir vier Kinder fotografiert. Mit der immer selben Aufstellung: die Tochter in der Wiege und wir drei Brüder mit Blick auf sie. Als Bewunderer, als Frohlocker. Aber immer ohne Ehemann, ohne den Vater. Sicher hat Mutter diese Fotos absichtlich so arrangiert. Damit dieser Mensch, der Erwachsene mit dem erwachsenen Schwanz, nicht den Zauber der Situation zerstörte.

5

Es dauerte eine Weile, bis mir klar wurde, dass die Vorzugsposition, die ich vier Jahre lang bei Mutter eingenommen hatte, vorbei war. Bisher wurde ich umarmt, umschlungen, umgarnt, geküsst, herumgereicht, hergezeigt, ausgestellt und lauthals gelobt. Ich war der Liebling, der Lieblingssohn, das Lieblingskind. Meine Brüder, beide älter, verschwanden neben mir. So sehr, dass ich sie kein einziges Mal wahrnahm. Es gab nur mich. Auch Vater blieb verschwunden. Ich und Mama, sonst kein Mensch. Symbiotisch, neurotisch, mit Bravour einem Desaster entgegen. Denn alles war falsch an mir: Ich war der falsche Liebling, der falsche Lieblingssohn, das falsche Lieblingskind. Mutter und ich taten nur so, als ob. Denn nicht Liebe hatte ihren Überschwang genährt, sondern ein penetrant schlechtes Gewissen. Als die tatsächlich Geliebte erschien, war mein Sonderauftritt vorbei. Ich war wieder Schwanzträger, wieder Andreas (griechisch, der Tapfere! Der Mann!), wieder lästiger Nachwuchs, den ihr ein besoffener Mann zugeschanzt hatte.

6

Um mich an mein neues Dasein zu gewöhnen, landete ich in einem Heim. Wochenweise, monatsweise, immer dann, wenn Mutter mit den »Nerven runter war«. Sie war oft runter. Später erfuhr ich, dass man sie hinter vorgehaltener Hand eine »Kuckucks-Mutter« nannte, eine Mutterschlampe, die ihre Kinder in fremde Nester legte, um sie loszuwerden. Aber sie war keine Schlampe, keine richtige, sie wollte nur jene Exemplare loswerden, die sie nervlich überforderten. Das war zuallererst ich, der Ex-Günstling. Mutter gehörte zu jener Menschenrasse, die tatsächlich nur den Kopf in den Sand stecken musste, um zu vergessen. Sie war eine Verdrängungsweltmeisterin. Nicht immer, aber oft. Sie deponierte mich an der Pforte und verschwand. Um irgendwann wieder aufzutauchen und mich abzuholen. Ich weiß bis heute nicht, welche Rolle mein Vater in diesem Kinderversteck-Spiel innehatte. Noch immer war er nicht vorhanden, noch immer taucht er in meinen Erinnerungen aus dieser Zeit nicht auf.

7

Von den Hunderten von Heimtagen habe ich ein paar Bilder abgespeichert. Eines davon, stets das gleiche: Ich kroch in dem dämmrig beleuchteten Massenschlafsaal aus dem Bett und schlich vor zur Tür, öffnete sie und lugte in den Gang hinaus. Endlos lang, eisiger Steinboden, eisige Luft, dunkel, verlassen, grauenhaft still. (Meist musste ich im Winter hierher, da war Mutters Leben noch depressionsgeladener.) Und ich sah mich, den Tapferen, wie ich mit mir haderte und den Hader verlor. Weil ich den Weg zum Klo nicht schaffte, weil mich die Angst vor der Dunkelheit bezwang, weil ich ins Bett zurückkehrte und wieder das wurde, für das ich inzwischen bekannt war: ein Bettnässer.

Unvergesslich: diese Mischung aus Erleichterung, diesem Strahl warmen – Wärme! – Wassers und dieser elenden Scham, deren Beweis noch Stunden später für jeden sichtbar war. Zweimal Scham: die eine des Feiglings, die andere des uralten Säuglings, der noch immer nicht stubenrein war. Der Konflikt schien unlösbar, die Furcht vor jeder Finsternis ging tiefer als die Furcht vor der täglichen Bloßstellung.

Und doch, irgendwann gab es eine Lösung. Mein älterer Bruder Manfred wurde nun ebenfalls hier abgeladen (Stefan, der älteste, war inzwischen Internatsschüler, nur Perdita blieb bei Mutter). Und Manfred wurde der große Bruder, der Beschützer, der Unersetzliche. Er tapste mit mir durch den schaurigen Korridor zur Toilette. Und stand Wache. Nie ließ er mich spüren, dass er tapfer war und ich nicht.

8

Ich kam in die Schule. Ich war wieder zu Hause (nur die Ferien über musste ich zurück in den Massenschlafsaal). Fräulein Rambold, ganz grau, ganz altes Mädchen, kümmerte sich um uns. (Auch in der zweiten Klasse.) Sie trug keine Kleider, sie trug Stoffballen um ihre einsamen Hüften und in ihren Augen stand die Gewissheit, dass ihr Leben anders verlief, als sie es sich irgendwann vorgestellt hatte. Früh hatte ich einen Blick für traurige Frauengesichter entwickelt.

Ich wurde ein passabler Schüler, fast nur Zweier, ein Einserturner. Noch heute blicke ich mit Bewunderung auf Lehrerinnen. Auf geheimnisvolle Weise sind sie mitverantwortlich, ob einer mit Neugier auf die Welt zugeht oder nicht. Und die Rambold war kein böses Weib, die andere ihr glanzloses Leben spüren ließ. Auch nicht uns Kinder. Sie gab, was sie hatte. Mir schrieb sie drei Bemerkungen ins Zeugnis, eher kritisch: »intelligent, doch sehr phlegmatisch« und »Mut hat Andreas noch wenig. Er ist ein Angsthase.« Ein Pluspunkt und zweimal minus. Mein Name war ganz offensichtlich kein Omen.

9

Mutter war auch nicht »böse«, aber ihr Unglück konnte sie nicht verheimlichen. Ihre Nähe tat mir nicht gut. Jetzt fühlte ich am lebendigen Leib, dass ich sie nicht interessierte. Ich war ihr Pflichtprogramm, die Kür – die Liebe – bekam die Schwester. Die unten ohne.

Mein Körper nahm das nicht hin. Es fing arglos an: Nägelbeißen. War ein Drittel weg, biss ich links und rechts vom Nagel ins Fleisch. War auch hier nichts mehr zu holen, zog ich die Schuhe aus und bearbeitete die Zehennägel. Mit den bereits blutenden Fingern. Und aß alles auf. Aß mich. Ich wurde ermahnt, beschimpft, auf das hässliche Ergebnis verwiesen. Welch wunderlicher Versuch, mich zur Besinnung zu bringen. Immerhin holte Mutter die Rolle Leukoplast hervor und klebte je ein Fünf-Zentimeter-Stück auf meine Wundstellen. An manchen Tagen trat ich mit einem Dutzend Pflaster vor sie hin, barfuß, die Hände nach oben streckend: »Schau, wie ich blute«, und es klang wie: »Schau, ich will deine Liebe.«

Sie kam nicht. Ich begann, meine Nase zu traktieren. Aus der kindlichen Vermutung heraus, dass das Leiden ihres Sohnes Mutter zur Umkehr bewegen könnte. Zu mir zurück.

Rein in die Nase. Nicht leicht mit einem stumpfen Zeigefinger, zwei stumpfen Zeigefingern, deren Spitzen bei jeder Berührung schmerzten. Doch irgendwann floss das Blut aus meinem Gesicht und vermischte sich mit dem meiner Hand. Ich schleckte alles ab, auch die Nasenpopel. Jetzt legte ich mich auf den Boden, mit den kaputten Fingern, den kaputten Zehen, den rot verschmierten Nasenlöchern. Jetzt blutete ich von Kopf bis Fuß, blutete links und rechts. Die lächerliche, dramatische Geste verpuffte. Jedes Mal war Mutter unfähig, sie zu dechiffrieren. Sie sah mich, erschrak – und verabreichte Erste Hilfe. Ein Taschentuch, ein Wattebausch, ein paar abwesend gemurmelte Floskeln. Eher nervös als fürsorglich.

10

Ich hielt ihre Ferne nicht aus. Ich entdeckte meine Haare und riss sie aus, stellte mich vor den Spiegel und zerrte am Schopf. Aus brutaler Wut darüber, dass es mich gab. Ich hatte kein Recht zu existieren. Sodass ich den Körper in Stücke zerlegte, damit er aufhörte zu sein. Möglich auch, dass es genau umgekehrt war: dass ich das alles unternahm, um ihn zu fühlen. Dass es ihn gab. Obwohl die eine, die alles bedeutete, nie wollte, dass er, der Körper, lebte. Jedenfalls blutete irgendwann der Schädel. Ich hatte ein Büschel erwischt, weniger resistent, das sich nun wie ein

Skalp mit blutigen Hautfetzen in meiner rechten Hand befand. Bei allem Schmerz befriedigte es mich. Zudem war die Reaktion von Mutter plötzlich energisch. Mit hysterischer Stimme lief sie zum Telefon und rief nach dem Hausarzt. Eine Stunde lang war ich der Mittelpunkt. Die Wunde musste genäht werden, wie eine Trophäe trug ich den Verband. Für Tage hörte ich auf, mich zu zerstückeln. Die Illusion einer Rettung überkam mich. Eine Woche lang glaubte ich, dass Liebe käuflich sei. Und wäre es mit Blut. Wie kann einer nicht geliebt werden, der sich mit Haut und Haar auslieferte?

11

Mutter war nicht umzustimmen. Auch nicht mit blutgetränkten Bandagen. Kaum verkrustete die Schädeldecke, wendete sie sich wieder ihrem Lieblingsobjekt zu. Ich war erneut auf der Reservebank. Wie ein Spieler, den der Trainer nicht mehr aufstellen will, aber aus irgendwelchen Gründen nicht entlassen durfte. Mutter konnte mich nicht feuern, das nicht, aber sie konnte mich auf Sparflamme setzen. Bekam ein abgeschobener Fußballer ein Mindestgehalt, bekam ich nun die Mindestration an Wärme, die man von einem zivilisierten Menschen erwarten konnte.

Mein Körper holte noch einmal aus. Mit seiner letzten Trumpfkarte. Ein eher gefährliches Unternehmen, das in seiner Radikalität nur bewies, wie mich nach ihr und ihrer Liebe hungerte: Ich verweigerte den Stuhlgang. Spürte ich den Druck, hielt ich inne und presste die Pobacken zusammen. Bis zur nächsten Druckwelle. Die heftiger kam und heftigeren Gegendruck forderte. Selbst mitten im Unterricht, mitten beim Sport. »Andreas muss Scheiße verdrucken« war die bald gefundene Wendung meiner Klassenkameraden, wenn sie mich – mittendrin zur Salzsäule erstarrt – dastehen sahen.

Das kümmerte mich nicht. Was zählte, war die Anteilnahme meiner Mutter. Sie sollte mich erstarren und leiden sehen. Und sie sah mich, ganz unvermeidlich. Aber erst, als ich im Bett lag und mich nicht mehr rühren konnte. Jetzt hatte ich sie da, wo ich sie haben wollte. Nah, mit warmer Stimme, mit Fragen, die nur mich betrafen. Ich erzählte ihr, dass ich seit sieben Tagen nicht mehr auf dem Klo war. Und diese abwesende Frau kam plötzlich wieder in mein Leben, legte ihre Frauenhände auf meinen steinharten Bauch und bekam Angst, tatsächlich Angst. Und suchte nach einem Nachttopf, zündete den Gasboiler an, holte mich aus dem Bett und setzte mich in den jetzt mit heißem Wasser gefüllten Pott. Die Wärme sollte meinen Unterleib aufweichen, ihn zur Herausgabe überreden.

Mutter blieb an meiner Seite. Stunden, vermute ich. Sie saß neben mir und wartete. Und irgendwann – ich presste und wimmerte – kam die Belohnung. Als ich erschöpft zur Seite kippte, sah ich den Topf ebenfalls kippen und sah die Wurst, stahlhart und von feinen Blutrinnsalen überzogen, auf den Teppich des Badezimmers schwemmen. Und Mutter hielt zu mir, wiegte mich, ließ die Blutwurst liegen, bis ich ausgeheult hatte.

12

Ich kam nie wieder so nah an sie heran. Obwohl ich mich weiter verstümmelte, weiter an mir fieselte, weiter den Magen schindete, ja, irgendwann mit einer Darmvergiftung ins Krankenhaus kam. Sobald ich wieder vom Abgrund wich, wich sie auch. Ich hatte nur in Gefahr, nein, in höchster Gefahr, ein Recht auf sie.

13

Jetzt trat mein Vater auf. Ich kann bis heute nicht sagen, warum ich ihn bis zu meinem neunten Lebensjahr nicht zur Kenntnis genommen habe. Wahrscheinlich war ich zu sehr damit beschäftigt, meiner Mutter hinterherzulaufen. Vielleicht, weil jetzt beide Brüder nicht mehr da waren. Wobei nur Manfred fehlte. Der Bruder, der zählte, der Hüter. (Er kam wegen schulischer Schwierigkeiten in ein Internat.) Beim Abschied weinte ich um ihn. Ich Trottel, ich hätte ihm zu seinem Glück – weg sein zu dürfen – gratulieren sollen.

14

Jetzt verschoben sich die Fronten. Jetzt wurde aus dem bislang unsichtbaren Vater ein Kriegsherr, ein Wüterich, ein Choleriker mit psychopathischen Tendenzen. Sicher war er das schon vorher, versteckt, unterdrückt, aber erst jetzt nahm ich ihn als solchen wahr. Manche Frauen erzählten mir später, dass ihre Männer bis zum Hochzeitstag als Gentlemen auftraten und nach der Hochzeitsnacht als Bestien aufwachten. Der Unterschied zu Franz Xaver Altmann war, dass er nach der Trauung den Tornister packen und in den Krieg ziehen musste, den Weltkrieg.

15

Ich bin bereit, alles Schlechte über meinen Vater zu bezeugen. Ich werde auf den nächsten hundert Seiten, sollte das reichen, seine Schandtaten ausbreiten und vor keiner Missetat haltmachen. Dabei nicht den Satz von Georges Simenon vergessen: »Ich bin als Schriftsteller nicht hier, um zu urteilen, sondern zu verstehen.« Das ist ein leidlich intelligenter Spruch. Schon wahr: Hinter den Schandtaten liegen die Gründe der Schande. *The story behind the story*. Ich gehe davon aus, dass ich – wie alle Schreiber vor mir – nicht ausreichend erklären kann, warum ein anderer, hier Franz Xaver Altmann, so oder so geworden ist. Ein Teil Rätsel und Unbegreiflichkeit bleibt immer. Man kann nur Wahrscheinlichkeiten anbieten, Grundzüge, die entscheidende Richtung. Klar, urteilen werde ich auch, selbstverständlich. Ich wurde immerhin Vaters bevorzugtester Prügelknabe, ich habe ein Recht auf meinen Hass.

16

Während des Vietnamkriegs wurde der Ausdruck »posttraumatic stress disorder« bekannt. Man bezeichnete damit eine seelische Krankheit, an der Veteranen litten, die traumatische Erlebnisse hinter sich hatten. Vorkommnisse, die das eigene psychische »defence system« überforderten. Frechheiten, ja Beleidigungen, kann man hinnehmen, ohne die innere Balance zu riskieren. Aber jeden Tag töten und jeden Tag getötet werden können, macht krank. So kamen die Männer nach Hause und hatten den Verstand verloren. Oder ihre Stimme. Oder jede Freude. Delirierten wach in ihren Betten, sahen sich kämpfen und Angst schwitzen, sahen ihre Freunde verrecken und ihr eigenes (unverdientes) Überleben, lagen leblos und impotent neben ihren Frauen, wurden kriminell oder lebensmüde oder verlauste Obdachlose. 700 000 von insgesamt drei Millionen GIs begaben sich damals in Behandlung, Diagnose: PTSD.

17

Als mein Vater heil aus dem Krieg zurückkam, war er bereits verwüstet. Seelisch. Hätte er von seiner »posttraumatischen Belastungsstörung« gesprochen, man hätte ihn ausgelacht. Damals gab es keine Schachtel Aspirin umsonst. Was Vater in Polen und Russland – und es gab ein Foto von ihm in SS-Uniform, das später verschwand – gesehen hat, als Soldat, als Täter, als Barbar (die Barbarisierung schien unvermeidlich), hat keiner von uns erfahren. Von einigen folkloristischen Episoden abgesehen, die er Manfred erzählte und die ohne einen Funken Grauen auskamen, hielt er den Mund. Es hatte ihm wohl die Sprache verschlagen. Was man als Zeichen von Anstand deuten könnte, von Gewissen. Vielleicht war er nur vorsichtig. Um nicht überführt zu werden. Immerhin protzte er nicht mit seinen Freveln – die er anstiftete oder bei denen er danebenstand.

Wir beide haben nie darüber geredet. Als ich in das Alter kam, in dem Vergangenheit mich zu interessieren begann, verhandelten wir schon nicht mehr miteinander. Was – das Nicht-darüber-Reden – ich heute aufs Tiefste bereue. Ich hätte ihn zur Aussage zwingen sollen. Er tauchte als Vierzigjähriger, genau in der Mitte seines Lebens, als Zombie aus dem Krieg wieder auf und führte genau die nächste Hälfte seines Lebens wieder Krieg. Aber diesmal diente nicht der ferne Ural als Kampfzone, sondern die eigene Familie.

18

Unbegreiflich, wenn man bedenkt, was für Aussichten er gehabt hatte. Immer wenn ich Fotos aus seinem jungen Erwachsenenleben betrachtete, wünschte ich, so daherzukommen wie er, so lässig den eigenen Körper bewegen zu können. Dazu ein Filmschauspieler-Gesicht, die Haare nach hinten gewellt, so ein nachlässiges Lächeln. Ein Beau, ein Mann, ein notorischer Gutausseher.

Das waren die einen Göttergaben. Die anderen betrafen sein Leben. Die Familie hatte Geld und der 30-Jährige besaß ein Pferd, ein Haus, ein Motorrad, ein Segelflugzeug und – heute nicht mehr denkbar – einen Sportwagen nach eigenen Entwürfen. Einen Prototypen, ein Einzelstück für ihn allein. Ich vermute, er gefiel den Frauen, ich vermute, er dachte, sie und die Welt gehörten ihm. Der Nazi Hitler störte nicht. Man war ja patriotisch, durchaus deutschnational. Und zuletzt: Vater war intelligent, hatte in seiner Jugend Zeugnisse hingelegt, die für eine fulminante Akademiker-Karriere gereicht hätten.

Nun, der Konjunktiv verweist auf den Haken. Sie hätten gereicht: *wenn*. Wenn er einen anderen Vater gehabt, einen, der ihn nicht zu seinem Unglück gezwungen hätte. Oder wenn er die Kraft gehabt hätte, sich diesem Vater und dem von ihm verabreichten Unglück zu entziehen. Aber er hatte sie nicht. Vielleicht war er korrupt. Korrumpiert vom guten Leben. Vielleicht ein Schwächling, für den Geldausgeben (für sich) aufregender war, als sich hinzustellen und »Nein« zu sagen. Nein zu einem Beruf, der ihn für den Rest seiner Zeit, nur unterbrochen von den sechs Jahren Soldatenleben, kränkte. (Und jeden kränkte, der damit in Berührung kam.) Eine Tätigkeit, die alles Erfreuliche an ihm verwittern ließ: seinen Charme, sein Hirn, seine musische Begabung. Er war der erste Mensch, bei dem ich verstand, dass Attraktiv- und Klugsein nicht reichen, um nicht abzustürzen in ein gnadenlos banales Schicksal. Irgendeine Kraft muss dazukommen, so etwas rücksichtslos Stolzes, was keine Kompromisse duldet und sich mit einer kühlen Handbewegung über die Träume der Väter hinwegsetzt.

Nicht Franz Xaver, er ließ sich nach ein paar Jahren Gymnasium, mit Einsernoten, von der Schule kommandieren. Nicht, um durch Europa zu reisen. Oder in Cambridge ans College zu gehen und hinterher englische Literatur zu studieren. Oder den Amazonas hinunterzurudern und das Lied von der Schönheit der Erde zu singen. Nein, er kuschte, setzte sich ins Nest und wurde das Kläglichste, was einer mit seinen Gaben werden konnte, er wurde, wie sein Vater, wie sein Großvater, er wurde – ROSENKRANZHÄNDLER. Und um die Schmerzgrenze der Erbärmlichkeit noch einmal anzuziehen, verbrachte er seine knapp achtzig Jahre in einem Kaff, das man als Geburtsort nicht öffentlich aussprechen, nur als Geburtsfehler verheimlichen will: ALTÖTTING.

Hätte sich sein Leben in Buenos Aires oder San Francisco oder an den Ufern des Lago Maggiore abgespielt, es wäre erträglicher gewesen. Die Schönheit dieser Orte hätte die Zumutungen entschärft. Auch entschärft die nicht auslotbare Gemeinheit, sein Dasein als Devotionalien-Trödler verbringen zu müssen. Aber »AÖ«, dieses Provinzloch mitten in Bayern, seit Jahrhunderten eisern in römisch-katholischer Hand, das tat weh. Diese Brutstätte hechelnder Bigotterie (ich liefere noch die Fakten), dieses weltberühmte Wallfahrtsziel, an dem sie seit Urzeiten den pilgernden Schafsherden Wunderlügen, Weihwasser, die »Allerheiligste Madonna im Schneegestöber« und als uneinholbaren Verkaufsschlager den »Gekreuzigten« – ein Gefolterter als Markenzeichen passt unschlagbar zur *allein seligmachenden Kirche* – verscherbeln, das war ein Schicksal, sein Schicksal. Und in dieser Stadt voller Pfaffen und von Pfaffen geducktem Volk zum »Rosenkranz-König« aufzusteigen, sprich, jeden Tag die Schafshirten und ihre Schafe mit dem Gebetsmühlen-Schrott zu versorgen, der keinem anderen Zweck diente, als dass die Schafe auf immer Schafe blieben: Das war kein Schicksal, auch kein bedauerliches, das war eine in den Himmel schreiende Jämmerlichkeit, das war mein Vater. Der besoffen seine Frau schwängerte. Der Ex-Playboy. Der Kinderschläger. Der SA-Mann. Der Ehebrecher. Der SS-Uniformträger.* Der Kirchenchor-Tenor. Der Playboy-und-Praline-Onanist. Der getreue Katholik. Der Kinderarbeit-Arbeitgeber. Der tadellose Kirchensteuer-Zahler. Der Russland-Frevler. Der Polen-Frevler. Der Bruder-Hasser. Der Jeden-Bruder-Hasser. Der Nachbar-Hasser. Der CSU-Wähler. Der Frauen-Hasser. Der Männer-Hasser. Der Alle-Hasser. Der Kinder-Erniedriger. Der respektable Bürger. Der Ohne-Liebe. Der Ohne-Freunde. Der Ohne-Freude. Der Prozesshansel. Der Vertreiber. Der Speisekammer-Verschließer.

* Antrag zur Mitgliedschaft: *»Ich verspreche, unbedingte Manneszucht und gute Kameradschaft zu halten; ich erkläre ausdrücklich, dass ich keiner Geheimorganisation angehöre. Ich versichere pflichtgemäß, dass ich niemals aus der SA oder SS zwangsweise ausscheiden musste. 1. November 33, Franz Altmann (Unterschrift)«*

Der Tischgebet-Aufsager. Der Lebensmittel-Entzieher. Der Klingelbeutel-Spender. Der Niederbrüller, morgens. Der Niederbrüller, mittags. Der Niederbrüller, abends. Der Blumenliebhaber. Der viehische Liebhaber. Der zuverlässige Begräbnisbesucher aller Gehassten. Der Minus-Mann. Der ordentliche Steuerzahler. Der Entwerter. Der Mensch, die Krone der Schöpfung, das Schwein. Mein Vater.

19

Mein Leben veränderte sich. Plötzlich vernahm ich seine Stimme. Ganz unvermeidlich, denn sie war schneidend und kalt. Wenn sie nicht schrie. Vielleicht hatte er auf diese Weise, so lange konnte es nicht her sein, einer Horde Polacken Befehle erteilt. Aber im »Altmann-Haus«, dem stattlichen Haus, dem von seinem Vater geerbten Teil, gab es keine Polacken. Gott behüte. Es gab nur uns, nur die fünfjährige Schwester und mich, den bald Neunjährigen. Und es gab meine Mutter. Sie war der Polack, der Jude, der ewige Sündenbock für das nun an allen Ecken und Enden misslingende Leben meines Vaters.

Alles war längst weg, der Flitzer, das Flugzeug, die BMW, der Hengst, die Freiheit, das smarte Leben, Großdeutschland. Geblieben war ihm Altötting, das von '33 bis Ende April '45 brav mitlief und keinen Muckser gegen die NS-Kreisleitung verlauten ließ. Bürgermeister Karl Lex war Parteimitglied. Erst in den letzten Tagen – die Amerikaner standen schon an der Donau – taten sich ein Dutzend Männer zusammen, um die lokalen Nazibonzen zu verhaften. Sechs der Beherzten haben diese Mutprobe mit ihrem Leben bezahlt. Unter den Aufständischen befand sich sogar ein Vertreter der Kirche. Dass man sich in Altötting im Laufe der folgenden Jahrzehnte die Legende vom entschlossenen Anti-Nationalsozialismus zimmerte, sollte nicht überraschen. Überall im Nachkriegsdeutschland wurde daran gebastelt. Und dass die meisten AÖ-Obernazis, auch wie überall, ungeschoren zurück ins brav verlogene Bürgerleben fanden, ist ein alter Hut. Man kann ja nicht von jedem Mitläufer verlangen, dass er sich – wie der Altöttinger Bürgermeister – per Kopfschuss von seiner Mitschuld verabschiedete. Unter den Aufrechten, und er entzog sich durch Flucht der standrechtlichen Hinrichtung, war jedoch der Onkel meiner Mutter, Gabriel Mayer, der Bruder ihres Vaters Hans (der sich zu dieser Zeit nicht in Altötting aufhielt). Sie standen gemeinsam auf der »Todesliste« der Nazis. Schade, dass ich die beiden nicht kennen gelernt habe. Und schade, dass Mutter nichts von deren Tapferkeit geerbt hat. Die hätte sie brauchen können, jetzt, während der letzten zwei Jahre, in denen sie von ihrem Ehegatten geschunden wurde. Bis er sie nicht mehr aushielt und hinauswarf. Und sie, leidensbegabt wie ein Haustier, tatsächlich nicht mehr leiden konnte und davonlief.

20

Natürlich ging die Schinderei schon vorher los. Nur war sie mir verborgen geblieben, gefangen in der eigenen Welt, den eigenen Verlusten. Aber jetzt kam Mutter zu mir zurück, ich war ja der einzige, der sie »beschützen« konnte. Ich durfte sogar zu ihr ins Bett, am frühen Morgen, wenn Vater noch schlief. Sie brauchte meine unschuldige Nähe. Von meinem Kinderbett ins eheliche Doppelbett. Mutter war immer dick vermummt, zwei Nachthemden plus eine Strickjacke, plus eine kurze und zwei lange Unterhosen. Eine Art Rüstung, um allen etwaigen »ehelichen Pflichten« vorzubeugen (damals gab es dieses Gesetz noch). Ich kam immer auf die Ritze. So lag vor mir der warme Körper meiner Mutter und hinter mir, jenseits der Ritze, mein Vater. Schnarchend, nein, durch die Nase pfeifend, noch im Schlaf aggressiv atmend. Wäre ich älter gewesen, ich hätte die Ironie der Situation verstanden: der tumbe Gatte und der heimliche Liebhaber.

Zu dieser Zeit hatten die zwei es schon überstanden: alles Sexuelle, denn das von Mutter unterzeichnete Statement – von dem ich erst in ein paar Jahren erfahren sollte – lag bereits im Safe. Per Unterschrift bestätigte sie darin, »alle weiteren sexuellen Handlungen zu verweigern«. Ihre Winterkleidung im Bett, auch im Hochsommer, war folglich nur noch Reflex. Für den Fall, dass Vater den »Vertrag« brechen sollte.

Unter all dem Panzer, unter dem Mutter ihren Körper verschanzt hatte, fühlte ich zum ersten Mal bewusst die Haut einer Frau. Am Nacken, der frei lag. Sog den Duft ein, hörte ihr Herz, das leise Pochen, drängte mich an sie wie ein Liebender, der noch nicht reif war, um das Spiel zwischen Mann und Frau zu kennen, die unfassbaren Dinge.

Mutter genoss es, sicher. So linkisch und unwissend meine Kinderhände sich auch benahmen, linkischer als die meines Vaters konnten sie nicht sein. Nicht, dass Mutter auf mein Streicheln reagiert hätte. Aber ich bildete mir ein, dass für eine kurze Weile die Angst aus ihr wich und sie eine Ahnung davon bekam, wie anders ihr Leben hätte verlaufen können. Wenn ihr Mann kein Seelenkrüppel gewesen wäre, sondern ein Liebender.

So hatten wir täglich eine halbe Stunde für uns. Dann verduftete ich und ging wie mit einer Heimlichkeit, noch bevor Vater aufwachte, zurück in mein Zimmer. Um das Geheimnis zu retten. Um den Augenblick zu vermeiden, in dem er verrotzt aus dem Bett stieg und die Badezimmertür hinter sich verriegelte.

21

Mutters Jugend, sie war fünfzehn Jahre jünger als Vater, verlief erfreulich. Hübsches Mädchen neben drei Schwestern und einem Bruder. Hotelierstochter, vom »ersten Haus am Platz«, dem *Hotel Post* (offiziell: *Hotel zur Post*). Nur zweihundert Meter vom Haus des »königlichen Kommerzienrats, des Ehrenbürgers Altöttings« entfernt, dem Vater ihres zukünftigen Mannes. Zwei »beste Familien«, könnte man sagen.

Brave Kindheit, von Gouvernanten und Wohlstand behütet, von wohlwollender Nachlässigkeit der Eltern begleitet, die gern »repräsentierten«. Elisabeth ging in die »Höhere Töchterschule« der *Englischen Fräuleins*. Nach Abschluss musste sie für ein Jahr zum »Reichsarbeitsdienst« nach Remagen und durfte dann als 18-Jährige nach Hamburg, an ein Spracheninstitut. Für eine solche Entscheidung in damaligen Vorkriegszeiten, eine solche auch geistige Großzügigkeit, müsste man ihren Eltern noch nachträglich einen Lorbeerkranz flechten. Hatte der zweite Rosenkranz-König seinen Sohn Franz Xaver, meinen Vater, zum Rosenkranz-König Nummer drei dressiert, so durfte Elisabeth das Kaff verlassen und in eine Weltstadt ziehen.

22

Man sagt, dass jeder Mensch (ok, fast jeder) im Laufe seines Lebens Chancen bekommt. Mindestens einmal steht das Glück zur Verfügung. Aber er muss es sehen, muss, noch wichtiger, den Mut haben, sich ihm in den Weg zu stellen, es couragiert herauszufordern. Aber Mutter war blindwütig entschlossen, kein Unglück auszulassen. Statt sich am Hamburger Hafen festketten zu lassen, folgte sie einem Mann, den sie an einem »geselligen Abend« getroffen hatte. Sie hatte sich für den Ungeselligsten entschieden, der sich für sie, die Höhere Tochter, die Bildhübsche, die Fremdsprachen-Studentin, begeisterte.

Das Glück war da gewesen. In Gestalt eines spendablen Vaters, einer Großstadt, eines Studiums, das ihr die Möglichkeit geboten hatte, eines der aufregendsten Dinge zu lernen: Sprachen. Was für ein Zaubermittel, um die Welt zu erobern, die Weltbewohner auszufragen, seine Erkenntnislust zu stillen. Aber Mutter war wohl zu brav, zu verwöhnt von der Widerstandslosigkeit ihrer Jugend, zu voll von den Bildern eines bürgerlichen Frauenglücks, um zu realisieren, dass sie – verliebt und ohne Hunger nach Wissen und Erfahrung – die Koffer für den Weg ins Fegefeuer packte. Gewiss wollte sie wirtschaften im großen Haus, wollte schön sein und stolz sein auf den schönen Mann, wollte die schönsten Töchter. Es kam anders, es kam so: vom »Tor zur Welt« zurück zur Dösigkeit von Hinterbayern. Vom Trubel eines Studentenlebens umweglos aufs Laken eines unglücksschwangeren Ehebetts. Von Friedenszeiten in einen monströsen Krieg. Die Hochzeitsgeschenke waren noch nicht ausgepackt, da schäumte Hitler schon durch den Volksempfänger: »Seit 5.45 Uhr wird jetzt zurückgeschossen!«

Etwas Absurdes passierte. Sie bekam noch einen Aufschub. »Die himmlischste Zeit«, Originalton Mutter, »meines Lebens begann.« Der Mann zog in den Osten, sie in den Westen. Nach München, wo sie immer wieder ein paar Wochen verbrachte. Freundinnen besuchte, ein Theater-Abonnement für die Kammerspiele kaufte und noch Jahre danach »von Hans Albers in der Loge gegenüber« schwärmen sollte. Die »Hauptstadt der Bewegung« strahlte, das blaue Wetter, die Biergärten, die roten Hakenkreuzfahnen, Deutschland im Siegerrausch. »Elly« war ein junges dummes Ding, politisch vollkommen unbeteiligt, zu verzogen, um auch nur ansatzweise das Verderben zu ahnen, das auf Deutschland zurollte. Und auf sie. Aber jetzt war jetzt, sie atmete, sie lachte, eine nie gekannte Lebensfreude kam über sie.

Noch eine bizarre Begegnung. Im Frühjahr '42 waren die Ausflüge ins *High Life* vorbei, sie blieb in Altötting. Irgendwann, es ging schon dem Ende des Tausendjährigen Reichs zu, kam ein Russe bei ihr vorbei, ein Zwangsarbeiter. Soweit sie verstand, war er auf der Flucht. Vielleicht verstand sie in ihrem Schrecken auch alles falsch und verwechselte einen verdreckten Landstreicher mit einem Vertreter eines Volks, dessen Männer grundsätzlich – so die Propaganda – deutsche Frauen vergewaltigten. Auf jeden Fall hielt sie ganz still und gab keinen Ton von sich. Er war kein um sich schlagender Unhold und war bald fertig, flüsterte eher beruhigend auf die Starre ein. Und verschwand mit einem Laib Brot und kam nie wieder.

23

Als mir Mutter, wieder viel später, die Geschichte erzählte, war ich einmal mehr fasziniert von dem, was Gewalt konnte. Sich eine Frau und etwas zum Essen verschaffen. Einfach so. Ohne jede Vorbereitung, ohne Kenntnisse, mittellos, mit nichts. Sie war das erste Gewaltopfer, das ich kennen lernte. Ich meine nicht nur den nächtlichen Überfall, sondern – vor allem – ihre Zeit im Altmann-Haus. Was man einem Menschen alles zumuten konnte. Weil einer Macht hatte und der andere nicht. Weil einer (Vater) handelte und der andere (Mutter) behandelt wurde.

Seltsamerweise berichtete sie gefasst über die dramatische Begebenheit. Als hätte sie Mitleid mit dem Wildfremden gehabt, zumindest Verständnis. Mutter war keine Analytikerin, sie hatte keine Erklärung für ihre Nachsicht. Auf meinen Vorschlag, dass sie milde gestimmt gewesen sei, weil er keine Gewalt anwendete, eher drängte und bettelte, nickte sie mit dem Kopf und meinte: »Schon möglich.« Was sie an Vater so hasste, der nie von der Begegnung mit dem Fremden erfuhr, war die Brutalität, dieser Mangel an Zärtlichkeit, seine blöde Talentlosigkeit im Umgang mit ihrem Körper und dessen Sehnsüchten. Ihr Mann schien nichts anderes als den Eingang bei ihr zu suchen, den Zutritt für seine Geilheit. Den Rest, ihre zwei Quadratmeter Haut, ließ er unberührt liegen. Haltloses Schmusen brach nie aus. Wie Hengst und Stute gingen sie miteinander um. Bekam er eine Erektion, fuhr er in sie hinein. Und sie wartete, bis sich sein Aufbäumen beruhigt hatte.

24

Ich kam in die dritte Klasse. Die traulichen Zeiten mit Fräulein Rambold waren vorbei, jetzt übernahm Oberlehrer Johann (Hans) Korbinian Spahn das Kommando. Er erinnerte mich sofort an meinen Vater. So ein latenter Zorn in seinem Gesicht, so eine Generalwut auf die Welt. Einer, der niemanden anlächeln konnte. Nur anstarren. Kriegsteilnehmer, noch ein Kriegskrüppel. Ich wundere mich noch immer, über wie viel Stauraum für Tobsucht und Jähzorn diese Männer verfügten. Heute sind ihre Taten gesetzlich verboten, aber damals war nicht denkbar, dass man sich über einen im Klassenzimmer randalierenden Lehrer beschwerte. Dort war sein Jagdgebiet, sein Freiraum, seine Stätte, um zu züchtigen. Auf dem Grab des Lehrers müsste per Gerichtsbeschluss »Nebenberuf: Kinderschänder« stehen. Dabei scheint belanglos, ob er sexuell (auf Umwegen) oder körperlich (gewiss) und seelisch (aber sicher) geschändet hat.

Spahn tourte auf leisen Sohlen durch die Bankreihen. Und wenn ein Neunjähriger ihm nicht passte, dann griff er zu. Der Schüler konnte »schlecht« dasitzen, die Hände »verkehrt« halten, die Hausaufgabe nicht gemacht haben, verträumt zum Fenster hinausblicken, seine Murmeln zählen, keine Antwort wissen: Spahn sprang auf ihn los, japste triumphierend »Ich packe dich am Suppenschlauch!«, umklammerte mit der linken Hand den Kinderhals, riss Hals und Kind hoch, zerrte den Gebückten nach vorne und warf sein Opfer – ein Ritual – auf die inzwischen in Blitzgeschwindigkeit von zwei Mitschülern geräumte vorderste Bank. Hier konnte er breitbeiniger dastehen und geräumiger ausholen. Und mit dem »spanischen Rohr« auf den inzwischen nackten Hintern dreschen. Ob manche von uns die Hose herunterlassen mussten, um noch schmerzverzerrter die vorgeschriebene Ablassformel – »Ich bitte um Barmherzigkeit!« – zu brüllen oder um noch schneller dem Erziehungsberechtigen, dessen Hände zu scheinbar allem berechtigt waren, zu seinen kranken Phantasien zu verhelfen, konnte ich damals nicht entscheiden. Ich könnte aber mit Bestimmtheit sagen, dass Spahn an manchen Tagen der Schweiß ausbrach, so rückhaltlos bemühte er sich um uns. War er fertig, flüsterte er: »Weitermachen!« Dann durfte der vor aller Augen an Leib und Seele Entblößte sich wieder bedecken, an seinen Platz zurückgehen und sich vorsichtig an den Stuhlrand setzen. Und weitermachen, soll sagen, am Unterricht teilnehmen, als wäre nichts geschehen. Spahn konnte nur heiser krächzen. Die restlichen Töne, so das Gerücht, hatte ihm ein anderer Krieger, im Krieg, weggeschossen.

Seine beiden Arme funktionierten tadellos. Leider. Hätte er sie auf dem Schlachtfeld der Ehre gelassen, sie hätten weniger Unheil angerichtet. Denn nicht immer hatte die Zeremonie der Abrechnung mit den blutstriemigen Arschbacken ein Ende. Überkam den Unkündbaren das Gefühl, dass »der Gerechtigkeit noch nicht Genüge getan sei« (Spahn war praktizierender Anhänger einer mühelos abrufbaren Selbstgerechtigkeit), dann fuhr er mit dem Tafellappen über den noch heißen Rattanstab und bemerkte trocken: »Tatzen!« Das Wort hatte zwei Bedeutungen: »Hände« oder die nun folgende Bestrafung für sie: »Jetzt gibt es Tatzen!« Kinderarme nach vorne strecken, Hände ebenfalls, Außenseite nach oben.

Und nun wartete der 58-Jährige, bis das Angstzittern der Kinderhände aufhörte (was es nicht tat), verlor aber bald die Geduld und bestrafte das Zittern gleich mit. Und vollzog. Von rechts oben mit Schwung nach unten auf die Fingerknöchel. Dann das flehentliche »Ich bitte um Barmherzigkeit!« genießen. Dann wieder ausholen. Und wieder. Wehe dem Kind, das mit seinen Händen aus der Schusslinie zuckte. Dann kam die Innenseite dran, fünf, sechs, sieben, acht, neun, zehn Mal. Nach zwanzig Tatzen konnte man stundenlang nicht mehr schreiben. Die

Hände jaulten, wie glühende Brennstäbe hingen sie hinterher an den Unterarmen. Mitten im »Gnadenort« Altötting.

Ich erinnere mich noch daran, dass ich die Herabwürdigung der anderen so tief empfunden habe, als wäre ich selbst gerade die Beute von Spahn gewesen. Wieder der Anblick von nackter Gewalt, von hundsgemeiner Verletzung der kindlichen Innenwelt. Und wieder an Gegnern, die keine sein konnten, da haushoch unterlegen. Ich hatte in dieser Zeit einen Maciste-Film gesehen, in dem ein Schweinehund ausgepeitscht wurde. Es ist die einzige Episode, die ich bis heute nicht vergessen habe. Auch nicht den Wunsch, dass ich gern Maciste gewesen wäre, um ein paar Erwachsenen in meinem Kinderleben den Rücken blutig zu schlagen.

25

Jahre später lernte ich den Begriff *Spanking* kennen, den die deutsche Sprache übernommen hat. Sogleich musste ich an Spahn denken. Die Ähnlichkeit zwischen den beiden Namen ist nicht zu übersehen und – noch absurder – der englische Ausdruck bedeutet nichts anderes als: verprügeln. Nicht genug. Heute wird der Begriff nur noch in einem »erotischen« Zusammenhang verwendet. Für Leute, die sich gegenseitig das Hinterteil versohlen, um die Erregungskurve nach oben zu treiben. Sobald ich das wusste, erschien mir Spahns geradezu manische Sucht, uns arschnackt über einer Bank liegen zu sehen und draufzudreschen, im eindeutigen Licht eines sexuell verdrehten Sadisten. Ach ja, der Mann war regelmäßiger Kirchgänger. Fest im Glauben. Einmal habe ich sein Pult durchsucht. Alles säuberlich aufgereiht. Kreide, Papier, Schulhefte, die Bibel.

Nachforschungen – beim Schreiben dieses Buches – haben ergeben: Johann Korbinian Spahn (7.6.1900 – 29.4.1979) war nicht nur reputabler Katholik, sondern Parteimitglied der NSDAP, zudem beim NSLB eingetragen, dem Nationalsozialistischen Lehrerbund, dessen Aufgabe primär darin bestand, »die nationalsozialistische Weltanschauung zur Grundlage des Erziehungs-, vor allem des Schulwesens« zu machen. Unter seinem Namen existiert sogar eine Akte »Parteikorrespondenz«.

26

Zweimal die Woche kam der Religionslehrer, Josef Asenkerschbaumer. Nach Tagen verpasste ihm die Klasse das stimmige Pseudonym »Roter Teufel«. Denn ein helles Fleischrot gleißte über sein Gesicht, wenn er ausholte und der »Watschenbaum« fiel. Der Rohling trat als Zorn Gottes auf. Gleich zu Beginn (dienstags), wenn er fragte, ob jeder die Sonntagsmesse besucht hätte. Und mindestens einer dumm genug war, ein »Nein« zu beichten. Immerhin musste sich keiner vor der Züchtigung ausziehen. Die Watschen zischten auch (und an schlechten Tagen schlug er mit Fäusten und Tritten nach uns), wenn sich die Hand eines Drittklässlers (!) zu nahe am Hosenschlitz befand. Das war, so erfuhren wir fassungslos, »eine schwere Sünde«. Der Kaplan hatte wohl laut katholischem Lehrplan die Aufgabe, uns den Abscheu vor dem eigenen Körper einzubläuen. Allem voran den Ekel vor den Geschlechtsteilen. Von der »Unkeuschheit« schien er besessen. Unserer, wenn ich richtig verstanden habe. Das klang in meinen Kinderohren umso abstruser, als ich ein Spätentwickler war, ja, das Wort Unkeuschheit nicht verstehen konnte, da ich dazu – zum Unkeuschsein – physisch nicht in der Lage war. Mein Penis schien zum Pipimachen da. Noch nie war ich lüstern gewesen, noch nie hatte ich mit Begehrlichkeit auf eine Frau geblickt. Zudem war über das Thema zu Hause nie gesprochen worden. Weder Vater noch Mutter hatten mich aufgeklärt. Der »Gottesmann« klärte uns vorbeugend auf. Nicht über die Wunder des Eros, sondern über die Abgründe, in die »unkeusche Lust« die Menschen zu stürzen vermag.

Unauslöschlich bleibt mir der Mann im Gedächtnis, weil er eines Tages etwas tat, was am radikalsten meine Angst vor Frauen und meinen Schrecken vor ihrem Geschlecht genährt hat. Ich behaupte, dass ich den Katholizismus von der Pike auf gelernt habe. Und mich instinktiv vor vielem schützte. Nur da nicht, denn auf verheerend erfolgreiche Weise ging die religiöse Saat der Leibfeindlichkeit, nein, des Leibhasses, des Lusthasses, in mir auf. Wie flüssiges Gift breitete sich die Tat des Asthmatikers in meinem Kopf aus. Und blieb dort, wie Ameisensäure. So lang, so endlos lang unaufhebbar.

Was war geschehen? Das Thema war Eva, die Paradies-Eva, die ja als schönes, hinterhältiges Weib den schuldlosen Adam verführt hatte. Und die beiden deshalb nach dem »Sündenfall« von »Gottvater« in die kalte Welt vertrieben wurden. Das Weib somit für das Elend auf Erden (das Jammertal!) verantwortlich war.

So predigte der Asthmatiker und so kam es bei uns an. Bei mir zumindest. Die Frau als das Böse, das Gefährliche, das furchtbare Übel. Um nun die These von der Unheilsbringerin zu illustrieren, verteilte der Priester eines Morgens an jeden in der Klasse ein handgroßes Bild, auf dem vorne ein gemaltes weibliches Wesen zu erkennen war, »anständig« gekleidet, mit einem durchaus hübschen Gesicht. Nun der Clou: Die Rückseite war wie ein Adventskalender. Zwei Karton-Türchen bildeten den Rücken. Und jetzt forderte uns der Religionslehrer auf, die beiden Flügel zu öffnen. Da passierte es: Im Rücken der Frau wimmelte es von Würmern, Schlangen und Spinnen. Der ganze Leib war randvoll mit Tieren, die nichts als Grauen auslösten. Und damit wir auch alle die Botschaft verstanden und keiner auf die Idee kam, es handele sich um einen Scherz, sprach der Erziehungsberechtigte zu uns Neunjährigen: »Seht nur, Kinder, was dahinter steckt!« Hinter der Fassade der Frau, hinter dem Lächeln: das Tückische, das Versaute, das Unglück des Mannes.

Asenkerschbaumer hatte noch einen Kollegen, auch Kaplan, auch in Altötting stationiert: Josef Strohammer war mein erster Religionslehrer, größer und noch wuchtiger als der rote Teufel. An mehr kann ich mich nicht erinnern. Erst bei der Recherche zu diesem Buch kam er zurück in mein Gedächtnis, da ich eine Frau traf, in die ich als kleiner Junge verliebt gewesen war. Sie war zauberhaft. Barbara (so soll sie heißen) war die Hübscheste in der Nachbarschaft, ein blondes Gesicht mit blonden Zöpfen. Aber ich wagte kein Wort. Einmal hielt ich eine riesige Kastanie in meiner rechten Hand, als Geschenk. Sie hat nie davon erfahren.

Als wir die vielen Jahre später über »damals« redeten, fiel irgendwann der Name von Josef Strohammer. Nur der Name fiel. Erst bei unserem dritten Treffen hatte Barbara genug Vertrauen und berichtete von ihrem »Erlebnis« mit dem – so wurde er immer vorgestellt – »geweihten Mann«. Der Geweihte unterrichtete Religion auch an ihrer Mädchenschule, bei den »Englischen Fräuleins«, die selbst nicht dazu autorisiert waren. Denn das »Wort Gottes predigen« war Männersache. Brachte es Asenkerschbaumer zum Kinderschläger, so schaffte es Strohammer zum Kinderschänder. Der eine hasste Frauen, der andere missbrauchte sie. Im Gnadenort Altötting. Hier Barbara H.'s Bericht (eine Eidesstattliche Versicherung wird bei Bedarf vorgelegt):

»Herr Strohammer steht vor uns, der dritten Volksschulklasse. Wir sollen auf die ›Heilige Kommunion‹ vorbereitet werden. Nachdem er uns alle gezählt hat, müssen die ›Evangelischen‹ den Raum verlassen und jede von uns bekommt eine eigene Bank. Er nimmt mich als einzige bei der Hand und führt mich zu einem Platz neben der Tür. Die Hand ist groß, rau, hält mich wie eine Zange. Mir ist das peinlich, aber vielleicht gehört das zum Unterricht.

Dritte Stunde. ›Alles heilig‹, sagt der Herr Kaplan, wie lieb uns Jesus hat, die unglaubliche Gnade, dass wir Kommunionkinder sein dürfen. Dass wir Jesus lieben müssen und auch sonst ganz lieb sein müssen. Ja, ich will lieb sein, fühle mich schon ganz heilig werden. Da plötzlich die laute Stimme des Kaplans. Hat er meinen Namen genannt? Habe ich nicht aufgepasst? Tatsächlich. ›Barbara, du siehst so blass aus, ist dir nicht gut?‹ Was, ich? Nein, mir geht es ausgezeichnet, bin ganz bei der Sache. ›Nein, Barbara, ich glaube, du brauchst frische Luft.‹ Aber ich brauche jetzt keine frische Luft, ich bin wohlauf. Das sage ich auch. Aber der Mensch lässt nicht locker: ›Doch, wir gehen jetzt an die frische Luft, ich will nicht verantworten, dass dir hier was passiert.‹ Er kommt an meine Bank, zieht mich hoch, nimmt meinen Arm und schiebt mich hinaus. Die erstarrte Klasse, ich schaue hilflos zurück, Stille, niemand sagt was, nur maßloses Staunen. Raus. Bis runter zur Tür, die in den Garten hinter der Schule führt, denke ich noch: Womöglich hat er mehr gesehen als ich, womöglich bin ich kreidebleich und falle gleich um. Der Religionslehrer geht langsam, schaut sich um, zieht mich weiter, hat meine Hand eisern im Griff. Niemand im Garten, hohe Hecken zwischen den Kieswegen. Er späht nach allen Seiten und zerrt mich in eine Nische, gut verborgen. Dann berührt er umgehend meinen Kopf, fährt über meine Haare, umfasst mit beiden Händen meine Schultern, drückt mich an sich, mein Kopf jetzt an seinem Bauch, drückt mich weiter nach unten, jetzt mein Gesicht zwischen seinen Beinen, ich denke, ich muss ersticken, er klammert noch härter, ich sehe nur noch schwarzen Stoff, er riecht, er hat so viel Kraft, ist so groß, er atmet wie ein Stier. Plötzlich sind meine Füße weg vom Boden, er zieht mich nach oben, zerrt an meiner Unterhose, seine dicken Finger bohren herum, wollen irgendwie in mich hinein. Ich strample, trete mit den Beinen, schreie, sofort ist seine linke Hand auf meinem Mund, presst ihn zu. ›Still, Kind, still!‹, dann wieder ein Spähen nach allen Seiten, dann: ›Alles ist in Ordnung, die Luft hat dir gut getan, geh jetzt schön zurück in die Klasse.‹ Ich stoße mich ab, renne zur Schule und traue mich nicht, vor meine Mitschülerinnen zu treten. Meine zerzausten Haare, das wild klopfende Herz, die brennenden Backen. Ich schäme mich zutiefst. Aber vor der Tür stehen zu bleiben, geht auch nicht. Zudem besteht die Gefahr, nochmals allein diesem Mann zu begegnen. Mit gesenktem Kopf trete ich ein und setze mich an meinen Platz. Vollkommenes Schweigen. Eine, zwei Minuten später kommt auch der Priester zurück, bestens gelaunt: ›Siehst du, Barbara, jetzt hast du eine frische Farbe.‹ Ich schaue ihn nicht an, stiere nur auf das Holz der Bank, weiß, dass ich schuldig bin, dass ich versagt habe, dass niemanden außer mir eine Schuld trifft. Der Herr Kaplan erzählt wieder vom heiligen Jesus und wie lieb der uns hat, wenn wir auch lieb sind.«

PS: Weiteren Versuchen des Geistlichen, sie an die frische Luft zu drängen, hat Barbara energisch widerstanden. Sie weiß natürlich nicht, wer noch an der Schule in den Genuss hochheilig geweihter Geilheit kam. Denn wie so viele Opfer hat sie die Untat lange Zeit für sich behalten. Schuldbewusst, immer gepeinigt von dem Gedanken, dass es an ihr lag, an ihrem Wesen, warum der Pfarrer sich so »komisch« benommen hatte. (Ähnlich ihrer Schwester, die ebenfalls aufs Schwerste sexuell behelligt wurde und anschließend kein Wort verlauten ließ; die Geschwister »klärten« sich erst Jahrzehnte später gegenseitig »auf«.) Dieses Schweigen ist mit ein Grund, warum Josef Strohammer, verstorben 1976, mit den typisch scheinheiligen Hymnen der Dankbarkeit ob seiner langjährigen Verdienste beerdigt wurde. Keine Stimme erhob sich am Grab, um seine sexuellen Missbrauchseskapaden an Achtjährigen zu denunzieren.

27

Es gibt Ereignisse in einem Kinderleben, deren Vehemenz nicht sofort zutage tritt. Die aber wie Giftgas langsam und beständig tiefer ins Hirn, ins Herz dringen, ins Innerste eines Kindes. Als wenn sich in der Dunkelkammer seiner Seele ein Foto entwickelte. Täglich einen Hauch schärfer, knallhärter. Die Würmerfrau war so ein Ereignis, so ein Foto. Irgendwann hatte sie sich bei mir eingehängt, krallte sich immer ungestümer in mir fest. Lange Zeit. Bis ich sie loswurde, lange Zeit später.

28

Ich hatte bis zum Abitur Religionsunterricht. Bis ich aus der Kirche austrat. Leider hatte ich vorher nie erfahren, dass man bereits ab zehn »religionsmündig« war. Natürlich kam eine Ideologie, die sich für allein selig machend hielt, nicht auf die Idee, über andere Religions-Ideologien zu unterrichten. Selbstverständlich hatte ich mitbekommen, obwohl notorischer Schwänzer dieses Unterrichtsfachs, dass sich die Christen einen Herrgott erfunden hatten, dessen Sohn sich von den Juden, den »Christusmördern« (das Wort fiel im Unterricht), ans Kreuz hatte nageln lassen. Damit der Vater des Totgenagelten sich unserer Sünden erbarmte. Ich war kein besonders schlauer Schüler, aber hier blieb ich hell. Vielleicht war es die ungeheuerliche Brutalität dieser Idee, die mich abstieß. Später gewiss die groteske Vorstellung, dass einer geschlachtet werden musste, um die Menschheit und mich zu erlösen.

29

Schade, dass ich damals noch nicht das japanische Märchen von den zwei Urgöttern Izanagi und Izanami kannte, die sich auf einer Wolke liebten. Mit produktiver Lust. Was beim Liebesspiel abtropfte, fiel als Insel aufs Meer. Und wurde ein wunderschönes Land, wurde Japan. Von Schuld und Sühne keine Spur, von mörderischen Kreuzigungen nie die Rede. Unsäglich der toxische Müll, der in unsere Kinderhirne abgeladen wurde.

30

Der Kaplan, der Schweratmende, blieb unvergessen. Aus noch einem Grund. Denn er war es auch, der uns die Geschichte von Absalom erzählte. Dem rebellischen Sohn Davids, der sich auf der Flucht vor seinem Vater mit den Haaren in einem Ast verfing und durch den Schwerthieb eines vatertreuen Generals umkam. Im Katechismus sah man ein Bild von ihm, verhangen und gefangen im Baum. Es hat mich auf ganz andere Weise beeindruckt als der von Untieren verseuchte Rücken. Obwohl mein eigener Krieg – nicht mit dem König von Juda, nur mit dem Rosenkranzkönig – noch nicht begonnen hatte. Aber ich war bereits Kriegsbeobachter, kam schon als Kollateralschaden vor, hatte schon mehr Gewalt gesehen und gespürt, als einem Neunjährigen guttat.

31

Ich habe zu Hause nichts von Lehrer Spahn erzählt, auch nicht vom Frauenhasser, dem Religionslehrer. Mutter nicht, um sie zu schonen, auch weil klar war, dass sie die Zustände nicht ändern könnte. Vater nicht, weil ich inzwischen ahnte, dass S.' Vorstellungen vom Umgang mit Minderjährigen seinen eigenen entsprachen. Nur eine Weile musste noch vergehen und er würde dem Oberlehrer nacheifern. Nein, falsch, er würde ihn überholen und den Beweis liefern, dass die Bereitschaft zu Gewalt, zu Brachialgewalt, bodenlos sein konnte. S. war sozusagen der Vorbereitungskurs, um mich auf die väterliche Kälte, die Eiseskälte, einzustimmen.

Warum Franz Xaver Altmann mich die nächsten zwei Jahre noch körperlich schonte, kann ich nicht sagen. Vielleicht flackerte ein Rest *common sense* in ihm. Vielleicht dachte er, dass erst Elfjährige den tieferen Sinn des Faustrechts verstehen würden. Vielleicht scheute er davor zurück, weil die Anwesenheit Mutters – so furchterregend schwach und hilflos sie auch war – mich schützte. Möglich auch, dass die Psychotherapie, der sich beide einmal pro Woche in München unterzogen, hemmend auf sein Schläger-Gen wirkte. Allein die überraschende Tatsache, dass er sich als behandlungsbedürftig einschätzte, ließ die Vermutung zu, dass irgendwo in ihm eine Gegenstimme vorhanden war, die ihn an einen anderen Umgang mit dem Leben erinnerte.

Nun, die Einsicht fand ein rasches Ende. Nach einem halben Jahr stellte er die Gespräche ein. Seine Erklärung entbehrte nicht einer gewissen Komik, sie kam mitten aus einem Dick-und-Doof-Film: »Nicht ich spinne, sondern der Psychologe.« Damit war sein inneres Gleichgewicht wieder hergestellt. Seine Unberührbarkeit kam zurück, die Haltlosigkeit, mit der er über seine Mitmenschen zu bestimmen trachtete.

32

Die Fronten waren gezogen. Auf der einen Seite die »kranke Frau« (sie fuhr weiter zum Therapeuten), die mit allem überfordert war, was von ihr gefordert wurde: der Erziehung meiner Schwester und von mir, dem Haushalt, dem Haus, der Mitarbeit im Rosenkranz-Business, jenem in jedem Augenblick an die Stupidität des Daseins erinnernden Eintüten von Devotionalien-Blech. Jeder Tag machte sie nieder. Ihr erschöpftes Gesicht war ihr *besonderes Kennzeichen*, die Untröstlichkeit über das Nichteintreffen ihrer Illusionen stand ihr fassungslos in die Augen geschrieben.

Im krassen Gegensatz zu ihrem leuchtenden Gesicht, das sie auf den Fotos kurz nach ihrer Hochzeit zeigte. Mit träumerischer Anmut und unverbrüchlich auf eine fulminante Liebe hoffend, blickt sie, die freien Schultern in dunkler Abendrobe, in einen Spiegel, dreht sich, weiß wie jede schöne Frau, dass sie schön ist. Einmal hatte ich Mutter heimlich beobachtet, wie sie – Lichtjahre schon entfernt vom geträumten Leben – diese Bilder betrachtete. Und zu heulen anfing über Zeiten, die nie waren und nie kommen würden: die Zeiten der Träume.

Irgendwann habe ich sie auf die heimliche Beobachtung angesprochen. Und sogleich fing sie wieder zu schluchzen an. Ich wollte sie trösten, aber keiner vermag eine Frau zu trösten, die nicht geliebt wurde. Und weiterlebte wie eine, die blindlings auf ihr Grab zuging.

33

Vater hatte sich vorgenommen, Mutter zu demontieren. Sie war der erste greifbare Sündenbock, um sein eigenes Unglück auszuhalten. Sie redeten nicht miteinander, redeten nie wie: Einer sagt etwas, ein anderer hört. Und dann umgekehrt. Nein, er bellte und sie wurde stumm. Oder er setzte diese böse Fratze auf, diesen heiligen Zorn des moralisch Edlen, der auf die Welt gekommen war, um den Rest der Menschheit abzustrafen. So ein leiser, hämischer Ton flirrte dann durch den Raum, so eine Ladung Gift, eine Handgranate Gehässigkeit, die aus nichts anderem als Verachtung bestand. Doch die Granate explodierte nicht, löste bei der Getroffenen nie eine Detonation aus, nie eine ebenso höhnische Widerrede, einen Gegenschlag. Von einer physischen Reaktion nicht zu reden, wie dem Griff nach der Tischlampe oder dem nächsten Schürhaken. Nie. Vaters Wörter fuhren in Mutters Herz, um es zu strangulieren. Und jeden Tag kam eine neue Fuhre und blieb dort liegen. Als Stinkbombe. Tausend Stinkbomben, tausende.

Franz Xaver Altmann, ehrenwerter Bürger, erledigte seine Ehefrau, ebenfalls ehrenwerte Bürgerin. Täglich in Altötting. Jenem Ort, an dem Papst Johannes Paul II. am 18. November 1980 eine Rede halten und – immer der höheren Wahrheit verpflichtet – dem Altöttinger Volk zurufen sollte: »Der Allmächtige hat Großes in jedem von euch getan.« Als Plakette hängt das Gottes-Stellvertreter-Blabla seit drei Jahrzehnten am Kapellplatz, gleich neben der »Gnadenkapelle«. Ich liebe den Irrwitz, das absurde Theater im Leben.

Großes also. Hier steht es. Bevor Vater in den letzten Jahren vor seinem Tod vermüllte und einen Hausstand voll vergrindeter Töpfe und verstunkener Wäsche zurückließ (zu geizig für eine Putzfrau), frönte er dem Sauberkeitswahn. Das funktionierte, denn seine Frau war seine Putzfrau. Jetzt, als ich die Szenen dieser Ehe aufschreibe, kann ich ein Grinsen nicht unterdrücken. Sie erinnern an die Bewegungen von Verrückten in einer Heilanstalt. An ihr Bramarbasieren und Brüllen, an das Tun von Leuten, die sich von der »Normalität« schon verabschiedet und beschlossen hatten, »anders« mit der Wirklichkeit umzugehen. Hätte man Vaters Verhalten in einen Film über Geisteskranke hineinkopiert, es wäre nicht aufgefallen. Der einzige Unterschied war die Motivation. Trieb die einen der Zufall, das Schicksal oder was auch immer ins Närrischsein, so hatte Vaters Wahn immerhin ein Ziel: die Vernichtung einer Frau, den Ruin eines Menschen, den er einmal angetreten war, zu respektieren und zu lieben.

So stürmte er plötzlich aus dem Büro, kroch neben eine Kommode und fuhr mit dem rechten Zeigefinger an der hinteren untersten Leiste entlang. Um triumphierend mit der jetzt schmutzigen Fingerspitze wieder aufzutauchen und sie seiner Putzfrau, seiner Frau, unter die Nase zu halten. Als Beweis, dass sie nicht einmal dafür taugte. Kroch nochmals und fuhr am anderen Ende entlang. Wieder verstaubt. Statistisch kann man davon ausgehen, dass diese Teile eines Möbels in 99 Prozent aller Haushalte nicht blitzblank leuchten. Weil nur Verwirrte sich jede Stunde auf die Knie werfen, um eine aseptische Umgebung herzustellen.

Oder er schwang die Klobürste (!) und deutete auf die Fäkalienreste, die sich noch zwischen den Borsten befanden. Die Geste sollte klarstellen, dass seine Frau die Pflicht hatte, nach jedem Stuhlgang eines Familienmitglieds die Toilette zu checken. Bis hinein in die Scheiße. Seine Frau war auch seine Klofrau. Nie wäre ihm die Idee gekommen, dass eine solche Pflicht entwürdigend ist. Möglicherweise täusche ich mich. Vielleicht wusste er um die Würdelosigkeit. Und bestand auf ihr. Als Zeichen von Macht.

Oder er hielt ein Hemd in die Höhe, das – nur für das Auge eines Neurotikers – nicht strahlend weiß war. Hielt es wie ein Beutestück, wie einen weiteren Beleg für die Nichtigkeit seiner Frau. Hatte gleichzeitig wieder diesen Blick eines Kriegserklärers, der eben niemandem den Frieden oder die Freundschaft erklärte, nur immer die Mühsal des Lebens. Packte Mutter am Unterarm und zog sie in die Waschküche, in der keine Waschmaschine stand, sondern ein Kessel, der mit Kohle beheizt werden musste. Riss den schweren Deckel herunter und stocherte mit einer Art Holzkeule in dem mit Wäsche vollen Trog, rührte wutschnaubend im siedend heißen Wasser, Subtext: »Schau, Alte, so macht man das! So dient man dem Mann! So wird ein Hemd neurotisch weiß!«

Oder hetzte die Heizkörper entlang, die Frau vor sich hertreibend, fasste an die Radiatorrippen und erklärte sie für zu – warm. Lautstark, entschieden missbilligend. Denn zu warm hieß zu teuer. Verschwendung! Luxus! Typisch für jemanden, der keine Ahnung von Geld hatte! Und packte sie wieder und zog sie hinunter in den finsteren Keller, in dem drei finstere Türme standen, in die man ebenfalls Kohle schaufelte, zweimal, um zu heizen, einmal, um Wasser zu erhitzen. Und Vater ließ Mutter antreten, damit sie ihm zeigte, wie und wie viel sie schaufelte. Und natürlich schaufelte sie falsch und zuviel. Und natürlich demonstrierte er ihr, wie man richtig und richtig dosiert schaufelte. Und natürlich genoss er die Situation, eine Gelegenheit mehr, um für eine halbe Stunde von seinem jämmerlichen Dasein abzulenken.

35

Er konnte nicht begreifen, er wollte nicht. Mutter war kälteempfindlich, wärmesüchtig. Kälte machte sie unglücklich. Und im Altmann-Haus kroch sie aus allen Ecken. Ein altes Haus, alte Fenster, alte Türen, alte Mauern. Das gesamte Treppenhaus auf drei Etagen (inklusive Erdgeschoss) blieb ungeheizt. Wärme hielt es hier nicht aus, sie verzog sich, verpuffte. Die andere Kältewelle hatte mein Vater zu verantworten. Wie ein Eishauch kam er in die Nähe von Mutter.

36

Die beiden waren nie fertig miteinander. An anderen Tagen riss er die Speisekammer auf, ließ die Frau antanzen und räumte alle Nahrungsmittel (bescheiden genug) heraus, kroch obligatorisch zu den verborgensten Ritzen, hob wieder den beleidigten Zeigefinger und hielt eine Moralpredigt zum Thema: »Wie lagere und konserviere ich angemessen Lebensmittel?«. Auch als Lagerfrau missfiel die Gattin. Sie stellte die Margarine neben die Marmelade, die Milch neben die Tomaten, die Nudeln neben den Reis, den Zucker neben das Salz. Und natürlich war das alles verkehrt. Und vor versammelter Mannschaft, wir als Zeugen einer verfehlenden Mutter, belehrte er sie. Über die rechte Handhabung eines Vorratsraums. Wie ein bösartiger Dorftrottel hantierte er. Wie einer, der nicht einsehen konnte, dass sein Tun (das Degradieren) und sein Lassen (das Lieben) in einem Zuschauer nur Widerwillen auslösen konnte. Das waren die Momente, in denen ich zu hassen lernte. Vater quälte meine Mutter. Und mich, indem er mich zwang, bei diesem Schauspiel der Qual anwesend zu sein.

Mein Hass kam schnell, in wenigen Monaten brach er das letzte Tabu. Einmal lag am Schauplatz der Erniedrigung ein Küchenmesser, rein zufällig. Und ich ertappte mich bei der Vorstellung, dass man damit einen Vater töten könnte. Ich war noch nicht reif für die Tat, auch körperlich nicht. Aber die Vorstellung war bereits angekommen. Als abrupter Gedanke, den ich mir sofort verbot. Noch viele Tage und Nächte mussten vergehen, bis mich die Aussicht wie eine Erlösung begleitete: seine Stimme irgendwann zum Verstummen zu bringen. Dass unser letzter gemeinsamer Tag mit einem um Haaresbreite erfolgreichen Versuch enden würde, diesen Vater zu beseitigen, hat uns wohl beide nicht mehr überrascht.

37

Ob je Schuldgefühle an ihm nagten? Für all sein Tun? Immerhin agierte er als Altöttings erster Grossist christlichen Wallfahrer-Zubehörs. Eher nicht, eher keine Bisse im selbstgefälligen Gewissen. Ich verdächtigte Vater immer, dass er die frömmelnde Maskerade nur vorführte, um das Geschäft zu fördern. Wenn es Gott jemals in seinem Leben gab, dann vor dem Krieg. Während des Krieges hat er ihn, den Allgütigen, an der russischen Front verscharrt. Sicher überwältigt von göttlicher Erbarmungslosigkeit. Vielleicht war alles anders. Er hat nie darüber gesprochen.

38

Mutter und ich wurden vorsichtig. Für jedes Gespräch gingen wir in den Garten. Eine kleine Paranoia jagte uns bereits. Wir waren überzeugt, dass Vater überall Gerätschaften aufgestellt hatte, um uns zu belauschen. Und was wir zu bereden hatten, war nicht für ihn bestimmt. Da er meist das einzige Thema war. Während der letzten Weihnachtstage (ich war im Heim), so erzählte Mutter einmal voller Reue, hätte es eine Möglichkeit gegeben, ihn sterben zu lassen, offensichtlich beschäftigte uns beide derselbe Hintergedanke. Vater, schon über fünfzig, hatte einen

Schlaganfall erlitten und anstatt ihn ungerührt liegen zu lassen, rief sie den Rettungswagen. Um einen zu retten, der sich nach seiner (schnellen und vollständigen) Genesung wieder mit Schwung aufraffte, sie in den Dreck zu ziehen. Selbst wenn er nicht gestorben, sondern als behinderter Blödian davongekommen wäre: Unser Leben hätte eine hellere Richtung eingeschlagen. Der Schrecken wäre verschwunden und wir hätten – Mutter und ich redeten wie Profis – den hässlichen Anbau verkauft, in dem die hunderttausend Rosenkränze und die hunderttausend Glaskugeln mit der Jungfrau lagerten, die Zentner voller Devotionalien-Plunder. Wie wir uns hineinsteigerten, uns freuten, ja, Pläne für eine ganz andere Zukunft schmiedeten.

Apropos Rosenkränze *made in Altötting*: Heimarbeiterinnen bastelten bei sich zu Hause die Ware. Von der Firma »F. X. Altmann & Sohn« bekamen sie säckeweise die Bestandteile, die Perlen aus Holz, Perlmutt, Alpaka oder Eloxal, und den Draht, die Kruzifixe. Mutter war clever genug, immer wieder ein paar Kilo Ware unbefugt – vorbei an der offiziellen Buchhaltung, vorbei an Vater – herstellen zu lassen, sie schwarz zu verkaufen und schwarz dafür zu kassieren. Die Kleintandler am Kapellplatz, die Auslagen immer voller Christlichkeit, waren stets kooperativ, stets empfänglich für die (billigere) Hehlerware. Einen Teil des Gewinns bekam ich als Taschengeld. Mit dem Rest hob Mutter das Haushaltsgeld an. Um das von Vater zugeteilte Minimal-Budget aufzubessern.

39

Ich mochte Mutters kriminelle Energie. Ihre Bereitschaft zu illegalen Handlungen bewies, dass sie noch über Kraft zum Widerstand verfügte. Aber bedingt, kleinlaut. Zur großen Geste war sie nicht fähig. Nie. Ich habe sie später gefragt, warum sie damals das Krankenhaus angerufen habe, um einen Mann am Leben zu halten, der ihr eigenes so radikal misshandelte. Und Mutter antwortete wie ein Kind (und sie würde noch öfters so antworten): »Weil ich sonst in die Hölle kommen würde.« Lieber die Hölle auf Erden als die Hölle unter der Erde.

40

Nicht anders war ihr Verhalten als Ehefrau zu erklären. Zu gefangen schien sie in ihrer einmal zugewiesenen Rolle, als dass sie – abgesehen von scheuen Heimlichkeiten – den Fehdehandschuh ihres Mannes aufgenommen hätte: um mit ihm auf gleicher Augenhöhe Krieg zu führen. Oder ihn souverän, via Trennung, via Scheidung, via Strafanzeige, beendet hätte. Sie war eben Frau, sprich, körperlich schwächer. Eben Katholikin, immer deklassiert zur Dienerin ihres Herrn. Eben Feigling, der lieber schluckte als ausholte. Eben Hausfrau, die nichts gelernt hatte, als von den Handreichungen ihres Mannes abhängig zu sein. Eben Gottgläubige, die schon in ihrer Kindheit von dem Hirngespinst erledigt worden war, dass einer »oben« saß und die Strafen verteilte, die sie »verdiente«. Mit einem solchen Programm im Kopf gewann man keinen Krieg, nimmer ein Leben.

Die Beschreibung der folgenden Szene, die sich hunderte Male ähnlich unerbittlich wiederholte, wird zeigen, was ein Mensch – meine Mutter – an Kälte aushalten konnte, aushalten musste. Weil die Untröstlichkeit längst zur Gewohnheit geworden war, weil sie nicht willens, nicht fähig war, den Leuteschinder zu stoppen.

Mittagessen, immer kasernenhof-pünktlich zur selben Zeit. Im Esszimmer mit dem großen Kruzifix in der Ecke. Um zuerst – hintereinander stehend, Schwester, ich, Mutter, Vater – das *Vaterunser* zu sprechen: » … Und führe uns nicht in Versuchung, sondern erlöse uns von dem Bösen …«, und dann Platz zu nehmen und *Silentium* einzuhalten, absolutes Redeverbot. Ein mit dem lateinischen Wort beschriftetes Blatt Papier in der Mitte des Tisches erinnerte uns an die Anordnung.

Mutter verteilte die Suppe und es ging los. In neun von zehn Fällen lief nun das immer gleiche Szenario ab. Vater begann zu essen und verzog nach spätestens drei Löffeln das Gesicht. Und wurde wieder alttestamentarischer Menschenhasser. Brütend, wortlos. Um die Pein seiner Frau zu intensivieren, die ihm gegenüber saß. Obwohl sie wusste, was sie erwartete, war ihre Reaktion so unveränderlich wie seine Feindseligkeit. Wasser schoss in ihre Augen und sie erstarrte. Er, der Henker, sie, das Schlachtvieh. Und ich, rechts neben Vater, erbleichte, erbleichte am ganzen Körper, presste meine zitternden Hände und Füße an den Stuhl. Wäre ich mutig gewesen, ein Ritter, ein Beschützer, ich hätte die gusseiserne Suppenschüssel gegriffen und nach links an seinen Schädel geschmettert. Hätte den Hasser in rasendem Hass ausgelöscht. Oder Mutter hätte es tun sollen. Sie wäre sicher mit fünf Jahren auf Bewährung davongekommen. Hätte »seelische Grausamkeit«, nein, nur »Grausamkeit«, als Motiv anzugeben brauchen. Und wir alle hätten sie unter Eid bestätigt.

Niemand wurde ausgelöscht. Hunderte Male niemand. Nach der Suppe schob Vater den ersten Bissen Fleisch in den Mund und ein Ekel zog über seine Visage, als hätte er einen verschimmelten Kuhfladen zwischen den Zähnen. Und er rotzte sein Urteil hinüber zur Erstarrten. Und rotzte noch einen Kommentar dazu, einen K.-o.-Haken, der jede Gegenrede im Keim ersticken sollte: »Schämst du dich nicht, nicht einmal kochen kannst du?« An den finstersten Tagen spuckte er den vollen Mund wieder aus. Ansonsten kaute er weiter. Auf perverse Weise genüsslich, um die Niederlage seiner Frau zu zelebrieren, um ihr Selbstwertgefühl weiter unter Null zu halten.

41

»… Und führe uns nicht in Versuchung, sondern erlöse uns von dem Bösen …«, leierten wir täglich. Irgendwann begriff ich: Ein Gebet ist ein Gebet ist ein Gebet, soll sagen, kein Geleier und kein spiritueller Mumpitz Richtung Herrgott werden je einen Zustand ändern, wenn derjenige, der ihn leiert, nicht selbst die Änderung herbeiführt. Er muss sich ändern (wollen), er muss begreifen, dass aus keiner Himmelsrichtung je Hilfe kommt. Und leierte er hundert Mal pro Stunde. Vater wurde nicht erlöst, seine Schuld würde er mit ins Grab nehmen. Ich wüsste von keinem hier auf Erden und keinem aus himmlischen Heerscharen, der sie ihm abgenommen hätte. Sein Anteil an Bosheit in der Welt verschwand erst mit seinem Tod. In keiner Sekunde habe ich einen Hauch von Reue an ihm wahrgenommen. Nur einen Satz hätte er sagen müssen, nur ein Wort, nur ein »Sorry!«. Und Mutter hätte ihm verziehen. Für seine Liebe wäre sie jeden Kuhhandel eingegangen.

42

Ich wurde zehn. Außerhalb der Kriegszone, in einer gewissen Entfernung vom Altmann-Haus, verbesserten sich die Zustände. Ich kam in die vierte Klasse und Sadist Spahn, der Oberlehrer, war überstanden. Nun unterrichtete Frau Leichnam. Wie Hundebesitzer irgendwann ihren Tieren gleichen, so gleichen andere irgendwann ihrem Namen. Um das Klischee zu vervollständigen, trug »die Leichnam« nur Schwarz. Hätte sie sich eines Tages als »Frau Sarg« vorgestellt, wir hätten es ohne Überraschung zur Kenntnis genommen. Mich wunderte, wie gleichmütig sie den Tatbestand hinnahm. Statt sich zu wehren und den Namen zu ändern. Oder zumindest ihr Image zu unterlaufen: mit hellen Kleidern, hellen Schuhen. Nein, wie einen Festtagsputz trug sie ihre Leichentücher.

Doch sie war friedlich, wie Fräulein Rambold. Auch sie ertrug ihr glanzloses Leben mit freundlicher Resignation. Keine Gewalt ging von ihr aus, auch keine verbale. Mein letztes Zeugnis vor dem Gymnasium schloss ich mit einem Notendurchschnitt von Zweikommanull ab. Nur das Schönschreiben war vorbei, jetzt gerade noch »befriedigend«. Darunter stand: »Der Schüler hat sich bemüht, sein temperamentvolles Verhalten zu zügeln.« Mein Phlegma schien verschwunden, »Temperament haben« ist ein Lob. Auch sie war mit meiner Intelligenz zufrieden (»fasst rasch und leicht auf«). Dafür monierte sie: » ... Er will immer im Mittelpunkt seiner Umgebung stehen.« Das war keine Hymne auf meinen Charakter, aber der Vorwurf klang erträglicher als der Hinweis, ein Angsthase zu sein. Lieber eitel als feig.

Ach ja, der Religionslehrer gab mir auch einen Zweier. Ärgerlich, denn verdient hätte ich für mein Desinteresse ein »Mangelhaft«. Aber, so war zu erfahren, Fünfer gab es nie in Religionslehre. Das wäre als Eingeständnis verstanden worden, dass sich ein schwarzes Schaf in der Klasse befand. Jedes Schaf war willkommen, nur kein renitentes.

43

Nun hatte ich eine Freundin, Sandra. Ihr Auftauchen empfand ich als Trost gegen die Trostlosigkeit. Sie war die Nichte des Schusters auf der anderen Straßenseite. Irgendwann standen wir nebeneinander vor der wuchtigen Maschine, an der die Absätze poliert wurden. Sie half mit, ich war Kunde. Die 12-Jährige lebte mit ihrer Mutter über der Werkstatt. Auf zwanzig Quadratmetern, mit Außenklo.

Bei dem Mädchen mit den Sommersprossen habe ich viel über das Spiel zwischen Mann und Frau gelernt. Obwohl wir beide wundersam ahnungslos waren. Ich kann jetzt keine wilde Geschichte erzählen, in der eine Frühreife einen Einfältigen – mich – ins Reich der Sinne entführte. Hatte ich im Bett von Mutter auf vage Weise erfahren, was für ein Glück die Nähe eines Frauenkörpers bedeuten konnte, so wusste ich es jetzt. Jetzt sah ich das Glück. Durfte es fühlen. Es zum ersten Mal anfassen, »richtig« anfassen.

Ich kam, wenn möglich, jeden Spätnachmittag zum Schuhmacher und erzählte ihm begeistert von einer Sendung, die gerade lief. Und fragte, ob Sandra da sei. Um mit ihr fernzusehen. Alles scheinheilig, nur Vorwand, um ohne Verdacht zu erregen über die Hintertreppe in die Küche zu gelangen. Zu Sandra, die wusste, dass ich sie besuchen würde. Und die, wie in einer verruchten Bordellszene, bereits auf dem Sofa lag und auf mich wartete. Wir hatten das erotische Wissen von Dreijährigen, aber mit fassungsloser Selbstverständlichkeit legte ich mich neben sie. Die Küche war winzig und wunderbar leise. Das TV-Gerät lief, aber ohne Ton. Damit wir etwaige Schritte hörten, ja, sofort aufdrehen und uns pfeilschnell hinsetzen konnten. Aber niemand störte, nie.

Wir redeten nicht. Nur ein paar Flüsterer zweier wunderlich keuscher Liebhaber. Wir vertrauten unseren Bewegungen, waren ohne Stimme vor Aufregung. Und gingen an die Grenzen dessen, was wir an Dramatik und Sünde (Religionsunterricht!) verkrafteten. Dem Geheimnis der Sehnsucht ist es wohl zu verdanken, dass Sandra immer ein Kleid trug, das man vorne aufknöpfen konnte. Und ich gleich beim ersten Mal jene Knöpfe fand, die das Kostbarste freilegten, was die Welt in diesem Augenblick besaß: Sandras Busen (da war sie frühreif). Ich war ganz still und ganz hingerissen. Obwohl ich noch immer nicht Mann war und ihre Brüste nichts anderes in mir auslösten als den Wunsch, sie zu betrachten und zu berühren.

Sandra lag auf dem Rücken, gelöst und einverstanden wie eine Göttin, die Augen geschlossen. Und meine rechte Hand lag da, wo zuvor die drei, vier Knöpfe ihr Innerstes verschlossen hatten. Ich erinnere mich an keinen einzigen

Satz. Wir haben nur geatmet und geflüstert, nur leichte Worte wie: »Psst« oder »Mutter kommt heute später«.

Nach einer guten Stunde ging ich zurück über die Straße, zurück in das Haus, wo die Sehnsucht für einander schon erloschen war. Wo schon lange kein Mann mehr neben einer Frau lag, die er für eine Göttin hielt. Sicher hatten sich auch Vater und Mutter vor langer Zeit aneinandergeschmiegt. Und nicht im Traum daran gedacht, dass aus Liebe kalte Asche werden, schlimmer, eine Arena entstehen sollte, in der ein Unglücklicher eine Unglückliche täglich ins nächste Unglück jagte.

Seltsam, und es fiel mir erst später auf: Nach der Berührung von Sandra legte ich mich nicht mehr neben Mutter. Irgendetwas war jetzt anders, ohne dass ich hätte sagen können, was.

44

Der Rosenkranzhandel blühte. Trotzdem kündigten die Angestellten. Die Nähe meines Vaters war keinem zuträglich, auch nicht dem Packer, auch nicht dem Ausfahrer. Er schrie jeden nieder, er entwertete, wann immer sich eine Gelegenheit bot. Zuletzt wollte Otto M. davon, der Buchhalter, der standhafteste Treue. So brüllte sein Arbeitgeber noch entschiedener auf ihn ein. Bis Otto, der Goggomobil-Fahrer, blieb. Gestaucht von Angst, gewiss nicht wegen finanzieller Anreize. Vater beutete beides aus, die Seele und den Körper. Halbe Sachen kamen bei ihm nicht in Frage. Ich würde später Zahlen erfahren, Gehaltszahlen, die so absurd niedrig lagen, dass man beim ersten Hören mit Gelächter reagierte.

45

Vater und Mutter waren noch nicht fertig. Da immer weniger Leute für F. X. Altmann & Sohn arbeiten wollten, schien die billigste Bürokraft weit und breit die Ehefrau. Überraschenderweise kam eine Hausgehilfin zu uns, Katja. Sicher zum Dritte-Welt-Tarif. Eine hübsche 19-Jährige, drall und lebenslustig. Mein Gott, was muss Vater bei ihrem Anblick gelitten haben. Dort die in seinen Augen frigide, von fünf Geburten erschöpfte Gattin, hier eine Kindfrau, deren Typ er sich ja als fotografierte Vorlage – Praline-Hefte! – zur Selbstbefriedigung besorgte. Der französische Schriftsteller Michel Houellebecq hat die Weltbewohner einmal in zwei Klassen eingeteilt: In jene, die Zugang zu Sex haben. Und die anderen, die Sexträumer, die Sexverhungerten. Daran stirbt keiner, aber in jeder Nacht wird das Leben um fünf Grad kälter. Zu ihnen gehörte mein Vater.

Natürlich hat Katja die Probezeit nicht bestanden. Keiner bestand sie. Aber während ihrer drei Monate bekam ich die nächsten Unterrichtsstunden in Sexualkunde: Das Mädchen hatte einen Freund, der zweimal die Woche mit seiner *Adler MB 250* vorfuhr und – spätabends und leise – ins Haus schlich. (Schleichen musste sein, denn hier war kein Ort, der Verliebte willkommen hieß.) Und in ihrem Zimmer im zweiten Stock verschwand. Sobald ich das Schloss einschnappen hörte, sprang ich aus dem Bett, drei Wände weiter, und schlich näher. Um diesem seltsam innigen Stöhnen zu lauschen, das nun nach außen drang. Und keine, absolut keine Assoziation in mir auslöste. Nur letzte Verwirrung. Bis ich sie wieder reden hörte, zurücksprang und zuletzt sah, wie Fabian vorsichtig die Treppen hinunterging. Ich mochte den Kerl, er schien so männlich und bestimmt. Als er auf das Trottoir trat, lehnte ich schon am Fenster und schaute auf die Straße. Denn jetzt fing er zu pfeifen an. Nicht gellend nach oben zu seiner Freundin, nein, er pfiff Liebeslieder, dunkel und fern, lehnte an seiner Maschine und rauchte. Als wäre er glücklich. Altötting war schon tot um diese Uhrzeit, noch hartnäckiger tot als tagsüber, aber jetzt kam ein Flair von Welt über diesen Leichenacker.

46

Eines Tages kam kein Liebhaber mehr. Der Mann mit der Lederjacke hatte Katja verlassen. Mehr sagte sie nicht. Nahm lieber Tabletten, eine halbe Hand voll. Dass sich jemand im Altmann-Haus das Leben nehmen wollte, sollte niemanden wundern. Überraschend nur, dass diesmal nicht der Hausbesitzer dafür verantwortlich war. Kein Krankenwagen wurde gerufen. Mutter erzählte mir später, dass Vater einen »Skandal« vermeiden wollte. Damit nirgends zu lesen stünde: »Busenwunder unternimmt Selbstmordversuch bei Rosenkranzkönig«.

Ich wurde abkommandiert, um ihren Zustand zu überwachen. Katja lag schweißgebadet im Bett, wälzte sich, redete wirres Zeug, rief nach Fabian und zog sich irgendwann das Nachthemd vom Oberkörper. Und da lag wieder das Wunder, wieder ein Wunderbusen. Ebenfalls glänzend vor Schweiß. Eine aberwitzige Situation. Ich war jungfräulich und unschuldig und ignorant, wie ein Zehnjähriger nur sein konnte. Nichts an meinem Körper veränderte sich, war reif genug, um die erotische Wirkung von Katjas Nacktheit zu enträtseln. Und doch war ich gerührt, war einmal mehr überwältigt von Schönheit und ihrer Macht, die sie über mich besaß. Ich saß und gaffte. Wie bei Sandra. Wie unter einem Bann.

47

Katja durfte noch ein paar Mal kotzen, dann wurde sie entlassen. An diesem Arbeitsplatz, nur dreihundert Meter entfernt von der »Gnadenkapelle«, gab es kein Mitgefühl zwischen Arbeitgeber und Arbeitnehmer. Hier wurde nach dem Ausbeutungs-Quotienten verrechnet. War der ausgereizt, war die Ausbeutung zu Ende. Als ich später als Jugendlicher Gewaltfilme sah, musste ich an die Umgangssitten bei Franz Xaver Altmann denken. Über Probleme wurde auf der Leinwand nicht verhandelt, nicht geredet, nie wog einer das Für und Wider ab. Stattdessen wurde der *troublemaker* über den Haufen geschossen, vernichtet. Bei uns kam er, der Almosen-Empfänger, mit dem Leben davon. Aber geschröpft an Leib und Seele.

48

Vater und Mutter befanden sich nun auf der Ziellinie Richtung *Big Bang*. Wie immer kommt irgendwann der Punkt, an dem das gemeinsame Leben von zwei Menschen, die sich verachten, aufhört. Aufhören muss. Denn die Hitze der Emotionen lässt eine friedliche Lösung nicht mehr zu. Der Druck sucht nach einem Ausweg. Und dann kracht er, explodiert er.

Vater entschloss sich zu einem diabolischen Schachzug. Er heuerte wieder jemanden an. Aber keinen blühenden Teenager, sondern ein verblühtes, spätes Frauenzimmer, dessen Torschlusspanik sie zu vielen Untaten anstiften sollte. Holte einen Trampel aus Niederbayern mit Damenbart ins Haus, dicklich, jederzeit bereit, das Schlechteste aus sich zu machen. Neben Mutter sah sie aus wie eine Magd, die wusste, dass sie wie eine Magd aussah. Und deshalb umso verbissener in den Kampf zog. Instinktiv roch sie ihre Chance. Und Vater die seine. Souverän erkannte er dieses Juwel an Aufopferung, das sich ihm ausgeliefert hatte. Ihre bescheidenen Geistesgaben und ihre vom bayerisch-katholischen Religionsmief genährte Seele waren sein Trumpf: um sie abzurichten und gefügig zu machen. Und als Spitzel auf Mutter zu hetzen. Wurde sparsam genug gekocht? Hielt sie ihr Sprechverbot mit den Leuten im Büro ein? Was besprach sie mit Andreas? Warum telefonierte sie so lang? Mit wem hatte sie Kontakt? Hielt sie die Zeiten des »Hausarrests« ein, den Vater ihr auferlegt hatte? (Mutter musste sich öfters stundenweise im Schlafzimmer aufhalten, tagsüber, als Strafe für irgendein Fehlverhalten, das er sich ausgedacht hatte.) »Detta« – aus unerfindlichen Gründen nannten wir sie so – wurde sein Hiwi und Hilfssheriff, seine rechte und linke Hand, seine Spießgesellin. Und irgendwann, vorläufig stand Mutter noch im Weg, holte er sie in sein Bett.

Ich habe oft darüber nachgedacht, wie elend tief das Leben eines Mannes abstürzen muss, um ein solches Weib zu begehren. Eine, die keiner mehr erniedrigen musste, da sie schon erniedrigt zu Diensten stand. Offensichtlich waren Vater seine ästhetischen Ansprüche abhanden gekommen. Vielleicht war er, auf seine Weise, unerträglich einsam. Schien somit froh über jedes Stück Haut, das sich von ihm berühren ließ. Vielleicht war alles ganz anders und er blieb sich treu, suchte nur wieder nach einer Öffnung für seinen zügellosen Schwanz.

49

Die letzten Monate vergingen. Der Idiot in der Familie sank wieder auf die Knie und suchte nach Staubresten, die Mutter übersehen hatte. Oder zischte über den Esstisch sein Missfallen. Oder zerrte seine Frau durch die Büroräume, um ihr zu zeigen, wie fehlerhaft sie gearbeitet hatte. Es gab keine Fehler, denn die Arbeit war auf vulgäre Weise dämlich und ohne ein Gramm Hirn zu bewältigen: Erbauungsschund einpacken, auspacken, hinstellen, wegstellen, aufstellen. Dürers *Betende Hände* aus echtem Blech neben den Händen aus imitiertem Silber. Weihwasserkessel mit Schutzengel hierher, Weihwasserkessel ohne dorthin, den heiligen Josef lackiert oder ganz ohne Lack, das Jesuskind holzgeschnitzt mit braun gebeizter Wiege oder handkoloriert und wiegenlos. Eintüteln, austüteln, in helle Schachteln, in dunkle Schachteln, in dieses Regal oder das zweite oder dritte oder vierte dahinter.

Das Wort »Devotionalie« kommt aus dem Lateinischen, von »devot«: Unterwürfigkeit, fromme Hingabe. Das ist zum Schreien lustig. Ich habe all die Jahre über nicht einen – keinen der Familie und keinen der Angestellten – jemals anders mit den Aberglauben-Requisiten umgehen sehen als mit Desinteresse und (innerer) Abwesenheit. Jeder wollte es so schnell wie möglich hinter sich bringen. Wie jede andere dröge Beschäftigung. Hätte uns jemand beobachtet, ohne zu wissen, was wir in Händen hielten, er hätte vermuten können, dass wir Sardinendosen oder Schuhlöffel sortierten. Geisttötend, herztötend, wohl die Strafe dafür, dass wir so nachlässig mit unserem Leben umgingen.

50

Die Entscheidung, die Explosion, nahte. Ohne sich vorher anzukündigen: Es war das erste Mal, dass wir während der großen Ferien mit Vater zum Campen fuhren. (Genauer: keine drei Wochen lang, hinterher hieß es wieder zum »Feriendienst« in der Firma antreten, ab acht Uhr, für 30 Pfennig den Vormittag, das machte drei Brausetüten für fünf Stunden.) Um uns auf die »Erholung« einzustimmen, mussten wir im Garten den »Zeltaufbau« üben. In immer neuen Rekordzeiten. Unter Stoppuhr-Aufsicht.

Detta saß jetzt wie selbstverständlich auf dem Beifahrersitz. Mutter blieb zu Hause. Meine Bitte, ebenfalls hierbleiben zu dürfen, wurde abgewiesen. Natürlich. Lieber in Altötting hocken, als ins Ausland reisen zu wollen, das klang verdächtig. Die Aussicht, knapp zwanzig Tage vaterlos sein zu dürfen, war zu schön, um respektiert zu werden. Dabei ahnte ich schon damals, dass Reisen ein zweites Leben bedeutete, ein anderes, ein für die Plattheit des Alltags unerreichbares.

Es kam, wie es kommen musste. Auch der Gardasee, auch sein blauer Sommer und seine lufthauchleichten Brisen waren nicht imstande, aus Franz Xaver Altmann einen umgänglichen Mitmenschen zu zaubern. Nicht einmal zwei Tage hintereinander. Nicht einmal die Nähe Fremder zwang ihn zu Bedachtsamkeit. Einmal schrie er wegen eines verloren gegangenen Herings so vehement auf Manfred und mich ein, dass ein Zeltnachbar gelaufen kam, um vermittelnd einzugreifen. Erst jetzt, auf souveräne Weise bloßgestellt, ließ Vater ab. Nicht aus Einsicht, einen Fehler begangen zu haben, sondern weil er plötzlich begriffen hatte, wie peinlich sein Auftritt war. Hätte jemand versucht, ihn im Altmann-Haus zu beschwichtigen, er hätte weitergebrüllt, noch inniger gebrüllt, da zudem wütend auf den Friedensstifter. Hier nicht. Hier fühlte er sich überrascht, spürte die Grenzen seines Imperiums.

Ich weiß noch, dass ich durch den fremden Mann in einen absurden Zwiespalt geriet. Einerseits schämte ich mich für meinen Vater. Weil mir einmal mehr bewusst wurde, was für ein uneleganter Arsch er war, was für eine öffentliche Beschämung er darstellte, so fern von meinen Träumen eines angesehenen Vaters. Andererseits imponierte mir der Wildfremde, der besonnen blieb und sich nicht provozieren ließ. Ich sah zum ersten Mal einem (männlichen) Erwachsenen zu, der anders mit der Welt umging. Der nicht ausholte und zuschlug, sondern gelassen ein Problem zu lösen versuchte. Der nicht herrschte. Sofort überflutete ich ihn mit meinen Sehnsüchten. Und in diesem Augenblick begann etwas Kurioses: Wann immer ich einen Mann sehen würde, der mir gefiel, weil er Stärke und Nachsicht signalisierte, stellte ich ihn mir als meinen Vater vor. Schob ihn vor Vaters Kriegsszenen, die er Mutter und seinen Söhnen lieferte. Und sah die Szenen nochmals, diesmal gewaltfrei und lautlos. Das alles, weil an diesem Augusttag ein Mensch an Franz Xaver Altmann herangetreten war und ihn davon überzeugt hatte, wenn auch nur kurzfristig, dass ein bisschen mehr Swing im Umgang mit seinen Kindern nicht schaden könnte.

Und noch etwas passierte. Ich sah Vater zum ersten Mal bewusst in einer Badehose. Ich sah ihn bestimmt vorher in diesem Aufzug, ohne ihn aber als Halbnackten in Shorts wahrzunehmen. Jetzt schon. Und ich sah den Bauch und ein anderes Grundgefühl fing an: mein Ekel vor Fett. Ich war zutiefst enttäuscht von einem Mann, der auf Fotos einmal so begehrenswert aussah und nun so leichtfertig seine Attraktivität verschleuderte. Sein schöner Körper war bereits Vergangenheit. Dramatisiert wurde der Eindruck durch die Anwesenheit Dettas, die schon dick bei uns angerauscht war und nun im Badeanzug – Modell Bärenfell – neben ihm hertrottete. Inzwischen noch voluminöser. Ich konnte nicht verhindern, dass die formidablen Hochzeitsfotos von Vater und Mutter vor meinen Augen auftauchten. Ein Traumpaar. Und jetzt stand da ein Fleischsack neben seiner (heimlichen) 80-Kilo-Braut. Der Abstieg des Rosenkranzkönigs war beachtlich.

51

Auf der Rückfahrt erzählte Vater wieder von der »Nervenkrankheit« seiner Frau. Wie üblich lästerte er gegen sie. Er ließ nicht viele Gelegenheiten aus, unser Hirn zu indoktrinieren. Mit seinen Tiraden über Mutters desolaten Seelenzustand. Er spürte, dass wir Detta ablehnten. Da wir noch »normal« waren, noch empfindsam, noch nicht hornhautverkrüppelt wie er. Dass ich später selbst »nervenkrank« und knapp zwanzig Jahre brauchen würde, um nicht an den von ihm verursachten Lädierungen einzugehen, wusste ich damals noch nicht. Auch nicht, dass sich Manfred eines Tages ein Magengeschwür wegoperieren lassen würde. Aber ich wusste, dass ich seine Reden nicht hören wollte. Und dass sie nicht fruchteten.

Als wir in Altötting, dem Gnadenort, ankamen, war in der Zwischenzeit etwas im Altmann-Haus geschehen, das einmalig sein könnte in der Beziehung zwischen Mann und Frau. Um den Zusammenhang besser zu verstehen, hier ein paar Zusatzinformationen: Bis auf drei Räume stand das Erdgeschoss bei uns leer. Hinter einem Loch, das mit Plastik verhängt war, sah man auf Schutthalden in finsteren Verliesen. Mitten in einem Wohnhaus, mitten in der Stadt. Das schien umso widersprüchlicher, als mein Vater zur Rasse der Erbsenzähler gehörte, die lieber Lebenszeit verschleuderten als ein paar Pfennige, sprich: Ohne größeren Aufwand hätte man die hundertfünfzig Quadratmeter renovieren und vermieten können. Bedenkt man, dass sie bereits seit vielen Jahren nicht genutzt wurden, konnte man an zehn Fingern nachrechnen, dass die Mieteinnahmen die Investitionen längst amortisiert hätten. Aber Vater war Krämer mit einer Krämerseele. Wie ausgeklügelt er es verstand, diese Obsession auszuleben, würde sich noch zeigen. Noch rabiater als bisher.

Zurück zum Tag der Rückkehr. Was war passiert? Mutter hatte während der drei Wochen Alleinsein kreativ gehandelt. Sie hatte die Handwerker gerufen, hatte in dem Verlies acht Quadratmeter ausgesucht, hatte Mauern hochziehen, sie streichen, einen Boden und einen Teppichboden legen lassen, hatte ein Bett und zwei Sessel hineingestellt. Und hatte das alles mit einer dick isolierten Tür versperrt, an der außen kein Griff befestigt war. (Somit nur mit einem Spezialschlüssel zu öffnen.) Ein »Spion« sorgte dafür, dass jeder Besucher von innen gesehen werden konnte. Insgesamt drei Sicherheitsbarrieren hatte sie installiert, immer gegen den Hausherrn gerichtet, die Polsterung, die fehlende Türklinke, das Guckloch. Gegen sein Geschrei, gegen seine Anwesenheit, und – sollte er sie dennoch überrumpeln: via Fenster gab es einen Fluchtweg direkt auf die Straße, ins Freie. Selbstverständlich wurde der Umbau nicht mit seinem Geld finanziert, sondern mit Hilfe von Omi, der Großmutter mütterlicherseits. Die alte Dame wusste um den Zustand dieser Ehe. Und natürlich hatte sie Hausverbot.

Das war ein unheimliches Bild, von dem Mutter mir später erzählte: Als sie sah, dass unser Uralt-Opel in die Garage einbog, flüchtete sie in ihr Refugium. Und konnte noch ein paar Minuten an sich halten. Bis sie Vaters alles penetrierende Stimme hörte und – in die Hose machte. In diesem Moment fing ihre Inkontinenz an.

Noch unheimlicher: Einst standen die beiden als Braut und Bräutigam vor dem Traualtar und der Pfarrer fragte ihn: »Franz Xaver, willst du diese Frau, Elisabeth, die Gott dir anvertraut, als deine Ehefrau lieben und ehren und die Ehe mit ihr nach Gottes Gebot und Verheißung führen in guten wie in bösen Tagen, in Gesundheit und Krankheit, in Reichtum und Armut, bis der Tod euch scheidet, so antworte: ›Ja, mit Gottes Hilfe‹.« Und Franz Xaver antwortete mit Ja. Das war gelogen.

Ganz offensichtlich hat kein Herrgott geholfen, eher der Teufel. Und das Ergebnis musste ihn freuen: Durch alle Wände, alle Türen, alle Schutzmechanismen hindurch drang die elende Angst vor einem Mann, der nicht lieben und ehren konnte, der nur an allen Tagen lieblos und ehrlos mit Elisabeth verfuhr. Und das heilige Sakrament der Ehe unheilig zuschanden kam. Lediglich der letzte Satz stimmte, »bis der Tod euch scheidet«. Wenn auch nur im übertragenen Sinn, denn in genau dreizehn Tagen würden sie sich trennen. Aber erst an Vaters Todestag würde Mutter die Macht über ihre Schließmuskeln zurückgewinnen.

Noch ein Nebensatz, er illustriert den Aberwitz in der Tragödie, der mit einem Detail den Blick auf die Wirklichkeit noch einmal schärft: Um in Mutters Bunker zu gelangen, musste man durch die »Ausstellung«. So hieß der Raum, in den die Kundschaft geführt wurde, um sich den sakrosankten Klimbim anzusehen, den F.X. Altmann &

Sohn zum Verkauf anbot, in drei Vitrinen, mit rotem Veloursspapier ausgelegt. Rosa Kitsch in einem kalten Ambiente. Die Vorstellung, dass sich zwei Klosterschwestern inniglich über ein Bild des Herrn Jesu Christi – mit dem brennenden Herzen in der Brust – beugten und darüber diskutierten, ob sie fünf oder sechs Dutzend davon kaufen sollten, während zwei Meter weiter die angstgepeinigte Ehefrau des Rosenkranzkönigs mit nasser Unterhose saß, diese Vorstellung entsprach in etwa der Wirklichkeit. Mitten im Gnadenort Altötting.

Nicht mehr für lange, denn die beiden, Vater und Mutter, kamen täglich dem Höhepunkt näher. Nicht dem einen mit Lachen, Freudentränen und siegestrunkenen Leibern, nein, jenem, der für alle anderen reserviert ist, die sich nicht mehr aushalten. Die Trennung von Tisch und Bett war nur noch eine Frage der Zeit.

53

Mit ihrem Unterstand hatte Mutter die Lunte gelegt. Jetzt brannte die Zündschnur Richtung Pulverfass. Immerhin hatte sie einmal Mut bewiesen, einmal etwas getan, das ihren Herrn und Gebieter für jeden sichtbar bloßstellte. Ein stärkeres Symbol seiner und ihrer Entwürdigung hätte sie nicht finden können: Eine Frau flieht (mehrmals pro Tag) vor ihrem Mann hinter undurchdringliche Wände. Im eigenen Haus.

Aber Franz Xaver Altmann wäre nicht Franz Xaver Altmann gewesen, hätte er nicht entsprechend gekontert. Die Schmach war unannehmbar. Zudem, und er muss die Chance sogleich erkannt haben: Ein günstigerer Zeitpunkt würde nicht wiederkommen, um sich ein für alle Mal von einem sexlosen (seine Worte), zu Hysterieanfällen neigenden (seine Worte), die Kinder manipulierenden (seine Worte) Mitesser zu befreien. Und Detta, schon abgerichtet wie ein Bluthund, sekundierte. Auch sie wusste, was auf dem Spiel stand: ihre Position und die endgültige Demontage ihrer Gegnerin.

54

Während der Tage am Gardasee hatte ich angefangen, Tagebuch zu führen. So sporadisch und linkisch wie andere knapp Elfjährige. Gleichwohl kann ich anhand meiner Daten die letzten Detonationen ziemlich genau rekonstruieren:

31. August. Mutter saß in der Küche und bügelte. Ihr Mann stürzte herein, umklammerte ihr Kinn, griff nach ihrem Haarschopf, riss ihn nach hinten und schrie: »Ich weiß schon, warum du das alles hier aushältst, du dreckige Erbschleicherin, du dreckige!« Dann ließ er ab, verschwand wieder so prompt, wie er aufgetaucht war.

1. September. Mein erster Schultag am Gymnasium in Burghausen. Ich war jetzt Fahrschüler. Hatte ich früher zwanzig Minuten benötigt, so waren es ab jetzt eineinhalb Stunden, um im Klassenzimmer anzukommen. Stand ich um halb sechs auf und war ich um 14 Uhr wieder zu Hause, lagen sechs Unterrichtsstunden, knapp sieben Kilometer Fußweg und sechzig Minuten Eisenbahn hinter mir.

2. September. Detta gab mir eine Anweisung, die ich nicht einsah. Irgendeine Schikane, um ihren Status auszutesten. Ich wandte mich an Mutter, die sich zufällig im selben Raum befand, bat sie, die Anordnung rückgängig zu machen. Im selben Augenblick bereute ich es. Mutter sah erschöpft aus, wie Tage durchs Wasser gezogen. Aber es war zu spät. Sie half mir, war – wieder überraschend – beherzt und forderte mich auf, nicht hinzuhören.

»Nicht hinzuhören«, das waren die falschen Worte. In

Sekunden eskalierte die Situation. Der Bluthund, nun Blut leckend, verstieg sich zu dem größenwahnsinnigen Satz: »Sie wissen genau, Frau Altmann, dass Sie ihren Kindern nichts mehr zu sagen haben!« Mutters Mut wuchs weiter, sie packte wortlos den Kopf der Ungustiösen, holte mit der Rechten aus, haute links und rechts auf die Visage der Anmaßenden, zerrte das niederbayerische Getüm hinaus auf den Gang, trat nach. Der Fettfleck verlor das Gleichgewicht und landete hart auf dem Parkett.

Mutter als Catcherin, nie zuvor gesehen. Möglicherweise ahnte sie, dass sie nichts mehr zu verlieren hatte. Wie auch immer, ihr Auftritt war eine Heldentat, ein Akt der Menschlichkeit, ein letzter Rettungsversuch vor dem eigenen Untergang. Denn nun kam der Schlussgong: Detta ächzte sich hoch und lief zum Haustelefon. Die Demütigung durfte nicht ungenutzt verstreichen. Dieser Mensch hätte Scheiße gefressen (und sie würde sie fressen, Seelenscheiße), um sein Ziel zu erreichen: die nächste Ehefrau Altmann zu werden, die nächste, die blindlings in ihr Unglück rannte. Ihr Gemaule gegenüber Mutter erschien mir später wie eine abgekartete Provokation, schon geplant, schon einstudiert. Um den *High Noon* zu forcieren, um endlich eine definitive Entscheidung herbeizuführen.

Und sie kam. Das Gespräch am Telefon dauerte keine dreißig Sekunden, dann hörte man schon die Schritte, die Sturmschritte, vom Büro herauf. Mit geschlossenen Augen hätte man glauben können, ein Stier raste näher. Vater fragte gar nicht mehr, die Meinung seiner Frau war die letzte, die er hören wollte. Jetzt war sie da, die goldene Stunde, der eine maßgebliche Moment. Und er wartete nicht mehr ab, bis er zum Stehen kam. Noch fünf Meter von Mutter entfernt schrie er durchs Haus, mit dem gestreckten rechten Arm Richtung Ausgang deutend: »Du verlässt sofort das Haus!«

Ein unzweideutiger Satz, den wir alle verstanden. Die einen mit Genugtuung, Mutter und ich fassungslos. Dass er so schnell kommen würde, so radikal, das schien nun doch zu brüsk. Man nimmt oft Zustände geistig vorweg. Aber wenn sie eintreffen und Wirklichkeit werden, dann zuckt man über die Plötzlichkeit der Erfahrung. Mutter antwortete nicht, sie schien in Trance, ließ meine Hand los und ging ins Schlafzimmer. Die 40-Jährige öffnete den Kleiderschrank und begann zu packen.

55

Ich weiß nicht mehr, was bis 18 Uhr passiert ist. Vielleicht stand ich unter Schock, war unfähig, etwas wahrzunehmen. Ich habe nicht die geringste Erinnerung. Beim Abendessen kam ich wieder zur Besinnung. Das übliche Silentium, nein, diesmal Totenstille. Vater, Detta, meine Schwester, ich. Von unten drang plötzlich das Geräusch der schließenden Haustür, ein scheppernder, unangenehmer Laut. Das war Mutter. Wir durften uns nicht verabschieden, unter Strafe waren wir an den Tisch beordert worden. Mir schwindelte. Das fasst kein Mensch. Mutter war fort, geflüchtet, verjagt von ihrem Mann, meinem Vater.

Eine Woche später, datiert vom 9. September, gab ich die vom Gymnasium verlangte »Gesundheitskarte« im Sekretariat ab. Von Franz Xaver Altmann, dem »Erziehungsberechtigten«, unterschrieben. Auf dem Blatt waren alle unsere Krankheiten und Impfungen aufgelistet. Keine besonderen Vorkommnisse. Neben der Frage »Bestehen oder bestanden in der Familie Nerven- oder Gemütskrankheiten?« hatte der Gemütskränkste von uns geschrieben: »Nein«.

So gingen die beiden auseinander. Und fanden nie wieder zusammen. Wie sollten sie auch. Nicht *eine* Geste war den zweien unterlaufen, die Sehnsucht nacheinander hätte auslösen können. Eisern liefen sie durch Landschaften der Freudlosigkeit. In den elf Jahren habe ich sie nicht einmal beim Schmusen überrascht. Ihre Bilanz war ein desaströser Offenbarungseid: nie geheimnisvoll getuschelt, nie mit den Fingerspitzen die Wangen des anderen berührt, nie sich ausgelacht, nie sich angelacht, nie einen Veitstanz der Freude hingelegt, nie wild und süchtig den anderen am Hintern gefasst, nie gierig gegurrt, nie zugezwinkert, nie ein geheimes Zeichen der Verliebtheit, nie ein Code der Nähe, nie durchs Haar gefahren, nie sich gegenseitig die Tränen getrocknet, nie dem anderen ein Stück Schokolade in den Mund geschoben, nie ein Liebesgedicht vorgelesen, nie sehnsuchtsvoll ins Telefon geflüstert, nie ein Funken (schönen) Wahnsinns, nie um den Hals gefallen, nie vollgelaufen durchs Haus getorkelt, nie sich besoffen himmlischen Nonsens ins Ohr gewispert, nie mit ausgebreiteten Armen auf die Haustür zugelaufen, nie in der Badewanne geblödelt, nie Kerzen im Schlafzimmer angezündet, nie »Unforgettable« von Nat King Cole aufgelegt, nie einen Slow gedreht, nie nachts ineinander versunken, nie ein Geschenk vom anderen ausgepackt, nie eines für den anderen eingepackt, nie atemlos vor Eifersucht, nie bangend, nie tagträumend, nie Blumen hinter dem Rücken versteckt, nie Blinde Kuh gespielt, nie gespielt, nie mit einem Gänseblümchen die Nase des anderen gekitzelt, nie eine Lieblingsmelodie vorgesummt, nie gemeinsame Fleischeslust, nie Lebenslust, nie Überraschungslust, nie Ringelreihen, nie Entzücken, nie Händchen gehalten, nie den anderen festgehalten, nie ihn gehalten, nie den Rücken massiert, nie die Füße, nie aufgeheitert, nie angefeuert, nie sich von der Schönheit der Welt erzählt, nie einen Liebesbrief des anderen geöffnet, nie einen gerührt zusammengefaltet, nie hüftumschlungen durch Paris geschlendert, nie durch Venedig, nie durch Lissabon, nie umschlungen, nie zu einem Mitternachtsdinner abgeschleppt, zu keinem Dinner, nie sich im strömenden Regen geküsst, nie den anderen zur Sinnenfreude entführt, nie in ein Flugzeug geeilt und champagner-betütelt geschwebt, nie ein Schiff bestiegen und auf hoher See gekuschelt, nie sich verkleidet und Ritter und Ritterfräulein inszeniert, nie in den Wald gerannt und sich kichernd aufs warme Moos gezogen, nie den anderen bewundert, gepriesen, gerühmt, nie sich die Unterwäsche vom Leib gezerrt, nie sich hinterher den Schweiß von der Stirn gewischt, nie sich als Liebespaar der Welt präsentiert, nie als Verbündete, nie als Gefährten, nie schwärmte einer von den schönen Augen des anderen, nie Jubel, nie ein Foto vom ihm oder ihr herumgetragen, nie ein Wort auf Flügeln, nie ein Satz von einem Zauberer für seine Verzauberte, nie eine Sekunde Märchenland, nie ein cooles Lächeln füreinander, nie stillte einer des anderen Blut, sein Herzblut, nie ein Held und eine Angebetete, nie König und Königin, nie in höchsten Tönen das Lied der Begeisterung gesungen, nie dem anderen sein Glück vermacht, nie getröstet, nie einander beschützt, nie stark wie zwei, nie stark wie Liebe, nie.

DER KRIEG / Teil zwei

57

Seltsam, so schwach Mutter war, so wenig sichtbar ihre Autorität: Jetzt wurde ihr Fehlen in wenigen Tagen deutlich. Nun gab es keinen mehr, der den Irrsinn von Franz Xaver Altmann eindämmte, ihn, wenn auch bescheiden, zügelte. Jetzt hatte er freie Bahn, konnte ungehindert irrsinnig sein. Jetzt brach der Damm und ein Dauerfrost aus Heimtücke, Rohheit, rasend gewordenem Spießertum und hundert Mal hundert Prügel zog ins Altmann-Haus ein. Jetzt holte der Zeuger aus, jetzt züchtigte er seine Nachkommen, jetzt stand keiner mehr im Weg.

58

Wie wurde Franz Xaver Altmann dieser Mensch? War es der Krieg? Sicher. War es seine puritanisch verseuchte Mutter, die ihn mit hysterischen Aufrufen zur Sparsamkeit, sprich, wieder und wieder mit einem Zentner Schuldgefühlen, drangsalierte? War es sein kalter Vater, der ihn zu einem Leben, einem Berufsleben, zwang, dessen Ausübung man nur unter Tränen der Wut hinter sich bringen konnte? War es sein Abstieg vom Weiberhelden zum Daddy mit Wampe? War es Altötting, diese Oase bigotter Inzucht, wo seine Delirien von Drill und Ordnung und Gnadenlosigkeit erst gedeihen konnten? Ja, tausend Mal ja: das alles.

59

Bis zu meiner Flucht würde kein Erwachsener uns besuchen. Oder einmal und dann nie wieder. Bald kam keiner mehr, auch nicht für eine halbe Stunde. Keiner wollte bei uns eine Nacht verbringen. Vater sollte der einzige Mensch in meinem Leben bleiben, der nie einen Freund hatte. Geschwister schon, gleich sechs, aber der Mehrheit war der Zutritt verboten und die zwei übrigen wollten nicht. Wollten nicht mehr. Von der Verwandtschaft meiner Mutter gar nicht zu reden. Alle suspekt. Die Welt als *persona non grata*. Das Altmann-Haus galt als Kriegsgebiet. Wo Krieg herrschte oder eisige Waffenruhe. Sogar der Briefträger blieb eines Tages draußen vor der Tür stehen, nachdem er von unserem Dackel, dem »Altmann-Köter«, gebissen worden war. Der sich kurz darauf überfahren ließ. Auf irgendeine Weise suchte hier jeder das Weite. Hamster, Meerschweinchen, Wellensittich, Schildkröten. Alle längst davon, umstandslos verschwunden. Ohne dass je einen die Sehnsucht trieb, zurückzukehren.

Oder sie kehrten zurück und flohen, immer aufs Neue: Wir hatten eine Tischtennisplatte, Modell antiquarisch. Aber sie funktionierte, die Risse störten nicht. War Vater außer Haus, holten wir unsere Bekannten aus der Nachbarschaft und spielten »Rundlauf«. Kam der Tischtennisplatten-Besitzer zurück, legten alle still die Schläger weg und schlichen davon. Ohne Aufforderung, ohne Absprache. Die beiden Seiten kannten sich. Durch irgendein Gebrüll, dessen Zeuge sie einmal geworden waren. Nicht als Opfer, nur als Anwesende. So rechneten sie damit, dass dieser Mann nicht spielen wollte, sondern das Spiel verderben. Durch nichts als sein Vorhandensein. Wie ein Flammenwerfer fegte er seine Umgebung menschenleer. Ein Pesthauch entströmte ihm. Jeder in seiner Nähe versuchte nur eins: ihm zu entkommen.

60

Es gab Ausnahmen. Wenn sich doch jemand für eine halbe Stunde zu uns wagte. Ein Kunde, ein Handwerker, ein Fremder, der sich in der Adresse geirrt hatte. Plötzlich war Vater charmant, konziliant, gesprächig, plaudernd. Ich traute meinen Augen, meinen Ohren nicht. Ein Weltmann trat hier gerade auf. Elegant im Umgang, zuhörend, kein Bläschen Schaum vor dem Mund. Traf ich manchen Besuch nach Wochen wieder, irgendwo, rein zufällig, dann schwärmte dieser noch immer von »diesem angenehmen Herrn Altmann«. Ich reagierte grundsätzlich mit wütender Konsternation auf solche Nachrichten. Erst später würde ich verstehen, dass Menschen in verschiedenen Situationen ganz verschieden sein konnten. Am drastischsten habe ich das begriffen, als ich in der Schule zum ersten Mal einen Dokumentarfilm über Nazigrößen des Dritten Reichs sah. Hitler beim heiteren Tête-à-Tête auf dem Obersalzberg. Oder beim Tätscheln eines Kinderkopfes. Auschwitz-Kommandant Höß beim Kraulen einer Katze. Die rüdesten Gegensätze hatten anscheinend Platz in einem Menschen. Warum nicht auch in meinem Vater. Selbst wenn er keine Größe war, nur ein Mitläuferwürstchen, eine SA-Null, eine SS-Null.

61

Ich war jetzt ohne Bundesgenossen. Manfred ging noch immer in einem Internat zur Schule und Mutter war bei ihrer reichen Verwandtschaft untergekommen. Weit weg, als Kindermädchen und Küchenhilfe. (Und Patientin bei ihrem Therapeuten.) Mit meiner Schwester, jetzt sieben, gab es die üblichen Zankereien zwischen Geschwistern. Und mit meinem Bruder Stefan, inzwischen zurück in Altötting und ebenfalls Fahrschüler nach Burghausen, entstand keine Wärme. Er war sechs Jahre älter und definitiv nicht an mir interessiert. Auch nicht an meinen Fragen.

Ich vermute, ich war ihm lästig. Stand etwas in der Zeitung, das ich nicht verstand und von ihm erklärt haben wollte, antwortete er abwesend mit: »Lies!« Er war kein Beschützer, kein Welterklärer.

Was uns verband, war die Wut auf den »Alten«. Unser Pseudonym für Franz Xaver Altmann, der nun nach Vertreibung seiner Frau die Verhältnisse, die Arbeitsverhältnisse, neu organisierte. Innerhalb einer Woche. Da die meisten Angestellten inzwischen ebenfalls die Flucht angetreten hatten, wurde Detta vor allem im Geschäft eingesetzt. Sie stieg zum Vize-Rosenkranzkönig auf. So blieb keine Zeit für den Haushalt. Kamen Stefan und ich um 14 Uhr nach Hause, so machten wir uns die Reste warm, die vom Mittagessen übrig waren. Armer Leute Kost. Meist Knödel, Linsen, Kartoffeln, eine fade Suppe, ein Glas Milch. Fast nie eine Nachspeise. Alles in schäbigen Töpfen und Kesseln aus dem frühen Jahrhundert. Verbeult, verkratzt, der Schutzbelag am Boden längst abgeschabt. Vater hatte einst die Geschichte seiner Mutter erzählt, die noch mit Draht ihre Pfannen und Pfannenstiele zusammenhielt. Gut, diese Pfannen waren verschwunden, alles andere kam sicher aus dem Erbe der Hochverehrten. (Pathologische Geizkrägen waren die Lieblingsheiligen des Geizkragens.) Nach dem Essen musste entweder Stefan oder ich – im 14-Tage-Rhythmus – das gesamte Geschirr von drei Mahlzeiten, inklusive das vom Vorabend, inklusive Frühstück, abspülen. Nach einem genau festgelegten »Spülplan«, der dafür sorgte, dass ein Minimum an heißem Wasser verbraucht wurde. Dann abtrocknen, dann einräumen, dann »Meldung machen«, das hieß, man ging zum Alten und meldete: »Die Arbeit ist erledigt, das Geschirr gespült.« Dann Kontrolle. Selbstverständlich ging ein Teil zurück, musste nochmals abgewaschen werden. Kein Mensch auf Erden kann so perfekt eine Aufgabe erfüllen, auf dass nicht ein Wahnsinniger sie beanstandete. Bewegte sich vorher seine Frau in Franz Xaver Altmanns Schusslinie, so waren es jetzt seine Kinder. Die Zielscheibe wechselte, nicht der Schütze.

62

Nach dem Spüldienst kam der »Arbeitsdienst«, ab 16 Uhr. Vater legte Wert auf seine aus dem Krieg mitgebrachten Wörter. Das Schneidende schien ihn zu beruhigen, brachte System in sein Leben. Er wusste, dass ich sechs Mal die Woche um halb sechs Uhr morgens aufstehen musste. Dass ich allein drei Stunden für den Weg zur Schule und zurück brauchte. Dass ich erst elf Jahre alt war. Dass ich die fünfte Klasse eines humanistischen Gymnasiums besuchte. Dass schon im ersten Halbjahres-Zeugnis der Abstieg vom mühelosen Volksschüler zum Hinterbänkler nachzulesen war, dessen Vorrücken als »gefährdet« vermerkt wurde. Ja, dass ich bereits theoretisch – dank zweier Fünfer – durchgefallen war. Kein Wunder, dass der *Klassleiter* nur noch eine »durchschnittliche Begabung« feststellen konnte, die »wenig konzentriert« war, ich sogar als Vorzeigesportler nur noch mit »Befriedigend« in *Leibeserziehung* abschnitt. Sogar mein Leib fing an zu lahmen. Ich schien nur noch nebenberuflich Schüler. Die meiste Zeit war ich als Arbeitstier und Krieger unterwegs. Ach ja, jetzt unterschrieb Detta das Zeugnis als »Erziehungsberechtigter«. Mit Magda L., ihrem Namen. Sie war nicht intelligent, aber sie war schlau, gerissen kletterte sie nach oben. Wo sie allerdings etwas vorfinden würde, was sie nicht vermutete.

Der Arbeitsdienst sorgte dafür, dass wir mit demselben Stumpfsinn konfrontiert wurden, dem alle anderen schon begegnet waren, die hier vorbeikamen: Devotionalien-Business. So könnte die Hölle aussehen, ganz unspektakulär, ohne Feuersbrunst, ohne kannibalische Teufel, ohne Verzweiflungsschreie. Nur die Dumpfheit des Daseins, nur das unwiderrufliche Wissen, dass jemand – hier der Vater – einem anderen – hier dem Kind – die Sinnlosigkeit des Lebens vorführte.

63

Im Nachhinein ließe sich nicht sagen, was ich alles – ganz unfreiwillig – diesem Vater verdanke. Gegen wie viele Sünden er mich geimpft hat. Eben auch gegen die Todsünde, einen Beruf zu ergreifen, der nicht fordert, nicht das Herz, nicht das Hirn, nur mechanische Monotonie verlangt, nur das Grauen produziert, sich beim Totschlagen der Zeit zusehen zu müssen. Natürlich habe ich es als Knirps nicht so formuliert, doch genau so empfunden. Ich fühlte bereits die Rage, den Groll. Und Wut ist ein wunderbares Mittel, um sich zu finden. Um den Weg zu entdecken, der zu einem führt.

64

Ab jetzt galt das Faustrecht, nun war es rechtens. Was es auch immer gewesen sein mag, das Vater bisher zurückgehalten hatte, als Faustkämpfer gegen seine Söhne anzutreten, es blieb sein Geheimnis. Fest stand, jetzt war die Schonfrist vorbei, jetzt hieß es: Ring frei für Franz Xaver Altmann, Schwergewicht, im Kampf gegen seinen Kindersegen, die Papiergewichtler. Wobei der Fairness halber angemerkt werden muss, dass er Perdita, seine Tochter, nicht prügelte. Das mag verschiedene Gründe gehabt haben: Weil es doch noch Tabuzonen bei ihm gab? Weil sie die kleinste Angriffsfläche bot, da von Anfang an zur Anpassung bereit? Weil sie ein Mädchen, eine Frau, war? (Eher nicht, irgendwann würde ich von Mutter erfahren, dass er sie gewürgt hatte. Aber strikt darauf achtete, dass ihm keiner dabei zusah. Deshalb am liebsten im Schlafzimmer, hier schien er am hemmungslosesten.) Nun, obwohl die

Siebenjährige als Punchingball ausfiel, konnte sich Vater nicht beschweren, standen doch noch immer drei Sparringspartner – Manfred sollte bald zurückkehren – zur Verfügung.

65

Nach dem Spüldienst und dem »Abmelden« war ich »entlassen«. Wenn ich Glück hatte. Ohne Dank. Hatte ich keines, musste ich »nacharbeiten«. Ebenfalls ohne Dank. Dann war endlich Zeit, die Schulaufgaben zu erledigen. Nach Minuten schlief ich über den Büchern ein. Die ersten Monate mit schmerzhaften Folgen. Denn Vater hatte mich überrascht und mittels Ohrfeigen daran erinnert, »dass man dem Herrgott nicht den Tag stiehlt«. Müdesein war Sünde. Das war die Zeit, in der ich anfing, meine Schlaflosigkeit zu trainieren. Oder eine Art Schlaf, in der ich Vater hörte, wenn er die Treppen hochschlich und ich noch ein, zwei Sekunden hatte, um wieder aufzuwachen und eine sündenfreie Haltung einzunehmen. Eine dem Herrgott und ihm gefällige. Den intakten, den selig schlummernden Schlaf muss ich damals verlernt haben.

66

Mir kam mein Leben abhanden. Nicht mit Abenteuern und Ekstasen der Lebenslust, nicht mit Eltern, die auf große Fahrt gingen und mir rastlos die Welt zeigten. Nicht mit einem Kinderleben, in dem ein Kind struppig und verrotzt vom Spielplatz nach Hause rannte und zu seiner Neugier beglückwünscht wurde, zu seiner Wildheit, zu seinem Hunger nach Erfahrung. Nein, ich war Kindersoldat. Allerdings unbewaffnet. Nur ausgerüstet – das wusste ich erst später – mit dem unbedingten Willen, an diesem Krieg nicht zu zerbrechen.

67

Ich wurde so schlecht in der Schule, dass ich selbst in Erdkunde einen Fünfer verpasst bekam. Ich konnte nicht lernen, ich saß vor dem Stoff und mein Blick verschwamm in einer Mischung aus Erschöpfung, Schuldgefühl und der Unmöglichkeit, dieses Schuldgefühl loszuwerden. Eines bedingte das andere, ich war schlapp, schlecht und schuldig. Das Gefühl der Minderwertigkeit saß bereits fest. In mir, in meinem Denken. Auch diese Kunst beherrschte mein Vater: Zur körperlichen Sühne kam die seelische Vergewaltigung. Statt einem Kind die Kraft fürs Leben einzutrichtern, es zu initiieren für die nächsten sechzig, siebzig Jahre Zukunft, schlug er das Kinderherz in Stücke, demolierte es. Vielleicht trieb ihn die Wahnvorstellung, dass einer zuerst ruiniert werden musste, um in der Wirklichkeit bestehen zu können. Vielleicht war das seine Auffassung von Fürsorge. Vielleicht gehörte er zu jenen, die nichts ausließen, um sich als Hassobjekt zu profilieren. Er schien, und das empfand ich als das Erstaunlichste, auf die Zuneigung seiner Kinder keinen Wert zu legen. War das ein Hinweis auf Stärke? Oder das besondere Kennzeichen eines Herzens, das schon verwaist war, obwohl es rein mechanisch noch funktionierte? Als Muskel, als Pumpe, aber nicht mehr als Zentrum von Seele und Empfinden.

68

Ich stand im Epizentrum von Vaters Furor. Rein zufällig. Manfred war noch nicht zurück. Perdita kam als Schlachtopfer nicht in Frage. Und Stefan, mein ältester Bruder, war cleverer als ich. Auch, ähnlich unserer Schwester, konformistischer. Keine Frage, auch für ihn gab es Hiebe, Strafarbeiten, Strafpredigten. Aber Stefan, bereits 17 bei Mutters Abgang, konnte taktieren, kannte schon besser die Spielregeln im Umgang mit Erwachsenen. Er steuerte keinen Konfrontationskurs, kam dem Alten weniger frontal entgegen. Und er hatte eine ungemein originelle Idee ersonnen, um sich den Kinderschinder auf Distanz zu halten: Sein Zimmer, in dem einst die pralle Katja gelegen hatte, wurde zum Stinkbombenlager. Er weigerte sich zu lüften und furzte – lernend und zwischendurch Klavier spielend – die Bude voll. Wer die Tür öffnete, wich erschrocken zurück. Wie eine hochgezogene Kettenbrücke verbot der Gestank jeden Zutritt. Der Raum war nicht penetrierbar, der Mensch darin stand unter Quarantäne. Wir redeten nur durch den Türspalt mit ihm. Die Theorie, dass die vehemente Darmtätigkeit mit der Verpflegung im Altmann-Haus zu tun hatte, lag nahe. Trotzdem, ich beneidete ihn. So stinken und so Klavier spielen können! Eigentümlicherweise ließ sich Vater von dieser Geruchskeule beeindrucken. Er blieb draußen, forderte auch nie eine Zwangslüftung. Er bellte durch die Tür, aber er drang nicht ein.

Doch es gab noch andere Gründe, warum Stefan unbeschadeter davonkam. Zivilisierte Gründe. Er war ein unauffälliger Schüler, fiel weder durch gute noch schlechte Noten auf, bekam keine Verweise, wurde nie zum Rektor vorgeladen, zog nie Jeans an, bevorzugte von früh an Grau, klassisch, verhalten. Zuletzt, und da wurde er von allen hofiert: Er war ein Ausnahmesportler, zeitweise mit Abstand der Beste der Schule, einer der Besten Bayerns. Er lief die hundert Meter in Rekordzeiten und sprang über sechs Meter weit. Dieser Nimbus schützte ihn. Teilweise auch vor Vater.

69

Ich hatte keinen Nimbus. Immerhin schaffte ich es, aus den Fünfern im Winterzeugnis ein paar notdürftige Vierer zum Schuljahresende zu machen. Gerade noch »vorgerückt«. Wobei mein Benehmen »Anlass zu Beanstandungen« gab. Ansonsten schaffte ich nichts, ich wurde noch als »blass und hochgewachsen« wahrgenommen. Viel mehr fiel dem Klassleiter zu mir nicht ein. Doch, ich sei »geltungsbedürftig, vorlaut und schwer leitbar«. Nicht verwunderlich, dass einer – wenn er schon bei seinem Vater nichts galt – woanders nach Geltung suchte. Doch das seltsam formulierte, durchaus negativ gemeinte Urteil »schwer leitbar« gefiel mir. Ich muss schon als Kind geahnt haben, dass man sich nichts gefallen lassen darf. Nichts gelten und trotzdem frech sein, das zeugte von einem bestimmten Überlebenswillen.

Als im Frühjahr der mobile Untersuchungswagen im Schulhof parkte, um jeden einzelnen Schüler zu röntgen, wurden bei mir Tuberkulosenarben auf der Lunge festgestellt. Und eine »Delle im Brustkorb«: Rachitis. Um sie zu bemerken, reichte das bloße Auge. Schlechte hygienische Verhältnisse, so hieß es, waren für TBC verantwortlich. Und der »Altmann-Fraß« (so verständigten wir Geschwister uns untereinander) schien meinem Leib nicht zumutbar, er verformte sich. Ich war folglich schlecht ausgerüstet für den Kampf mit einem, der knapp hundert Kilo auf die Waage brachte. Meine Akte beim Schularzt füllte sich im Laufe der Zeit mit den Daten eines Schwächlings: Ich begann als »Astheniker«. Bedeutet »Sthenos« im Griechischen »Kraft«, so bedeutet ein »A« davor: keine Kraft. Typen wie ich, so stand es im Lexikon, waren mager und flachbrüstig. Dazu dünne Arme und Beine, empfindlich, kompliziert, sprunghaft, schmal und »käsig«. Ich hatte noch nie im Kino einen Helden gesehen, der so aussah wie ich.

Das muss der Grund gewesen sein, warum ich in jeden Herkulesfilm ging. Ich kannte alle Darsteller, aber Steve Reeves war der wiedergeborene Halbgott aus Athen. Sein Körper schien überirdisch schön. Er wurde schon mit sechs Monaten zum »gesündesten Baby von Valley County« gewählt. Und ich war, so stand es im jährlichen Bericht *An die Eltern unserer Schulkinder*, »kurzsichtig« (minus vier Dioptrien), »schielte«, hatte »beidseitig Senkspreizfüße«,

»fallende Schultern«, »einen Rundrücken«, »Haltungsschäden«, trug Einlagen, eine Brille und sieben Zähne mit Karies. Plus »Struma I«, eine Mangelfunktion der Schilddrüse, mit einer (leichten) kropfartigen Verformung, die sichtbar wurde, wenn ich den Hals nach hinten bog (was ich vermied). Zuletzt litt ich unter einer »Tachykardie«, wörtlich »Schnellherzigkeit«, sprich, mein Herz raste oft.

Steve trug nicht einmal eine Brille. Die Legende ging, dass er von einem Pferd getreten und von einem betrunkenen Rowdy angefahren worden war, zudem ein Erdbeben und eine Malariainfektion überlebt hatte. Als ich noch erfuhr, dass er kurz nach der Geburt seinen Vater durch einen Unfall verloren hatte, war meine Bewunderung, nein, mein Neid auf ihn ohne Halt. Wie ein Wurm saß ich im Dunkeln und sah einem Mann zu, der die Welt besiegte. Die Diskrepanz war so groß, dass ich während der Vorstellung mehrmals zu heulen anfing. Anders war die Ungerechtigkeit nicht auszuhalten.

70

Unübersehbar, unter dem Sparwahn meines Vaters verformte sich mein Körper. Die oft kalten Räume, unser verwahrlostes Klo (ich komme noch darauf zurück), das von mehreren Personen benutzte Badewannen-Wasser am Samstag, die tägliche Arbeitszucht, der so oft erschöpfte Leib, die scharf kalkulierten Essensrationen.

Der Alte hatte sich inzwischen selbst übertroffen: Ich war immer wieder – gegen das ausdrückliche Verbot außertourlicher Nahrungsaufnahme – heimlich in die Speisekammer geschlichen. Die offiziellen Mahlzeiten waren einfach zu karg. Mein Vater war nicht arm, aber er hielt auf eine Vorratskammer armer Leute. Kein Schinken lag herum, kein fetter Käse, kein Orangensaft, kein Quark, kein Obst. Aber Brot gab es, Margarine, Kunsthonig und Marmelade. Mit fliegender Eile nahm ich ein paar Züge aus der Limonadenflasche, füllte Wasser nach, schnitt ein paar Scheiben herunter (nicht mehr als drei, um keinen Verdacht zu wecken) und schmierte den Aufstrich aus Zeitmangel in meine linke Handfläche. Damit auf Zehenspitzen zurück ins Zimmer, wo ich mit einem Taschenmesser den Nachschub präparierte.

Aber mein Vater war ein Glückspilz, und ich war verantwortlich für sein Glück. Eines Nachmittags stand er vor der Tür, sah mir zu, wie ich mit dem geklauten Brot heraustrat. Ich hatte ihn nicht kommen hören. Er schlich wohl wie ich. Immerhin konnte mich mein Vater noch überraschen: Denn er brüllte nicht los, schlug nicht zu. Er schob mich nur zur Seite, drehte den Schlüssel zweimal um, steckte ihn ein und sagte beiläufig, mühselig die Freude unterdrückend, die Freude desjenigen, der bestrafen durfte: »Ab sofort geschlossen!« Nach ein paar Metern drehte er sich noch einmal um und verkündete: »Bei Zuwiderhandeln verschärfter Arbeitsdienst!« Den Satz habe ich erst später verstanden. Wie denn zuwiderhandeln? Einen Nachschlüssel machen lassen? Das Schloss aufbrechen? Oder – und so war er gemeint – sich auf anderen Umwegen, ebenfalls verborgen, Proviant verschaffen? Wie auch immer, die Extraportionen, so bescheiden sie auch ausgefallen waren, hatten ein Ende. Sieben Jahre lang würde er den Schlüssel nicht mehr stecken lassen.

71

Ein paar Wochen vergingen und ich selbst lieferte ihm den Vorwand, wieder zu seiner alten Rolle zurückzukehren. In der er kein Zucken und keine Wut unterdrücken musste. In der nur seine Reflexe zählten: die Prügel, die Verdammnis, die Erniedrigung.

Ich hatte schon beizeiten die Angewohnheit entwickelt, alles zu durchsuchen, ich »gruschte« in jeder Schublade, jedem Schrank, jeder Besenkammer, jeder herumliegenden Hose, früher in jeder Handtasche von Mutter. Bis ich eines Tages Vaters Briefmarkensammlung fand. Mit ausgesucht feinen Liebhaberstücken. Ich zögerte, wusste ich doch, wie sehr er daran hing. Andererseits brauchte ich Geld, wollte mir seit langem eine Torwart-Ausrüstung kaufen, eine gefütterte Hose, Knieschützer, Ellbogenschützer, die griffigen Handschuhe. Ich war kein Ass als Keeper, aber wegen meiner Länge ganz brauchbar. Als ich darüber sinnierte, ob ich zugreifen sollte, hörte ich Vater die Treppe vom Büro heraufkommen. Er war unverwechselbar. Er kam nicht, er marschierte. Ich hatte noch ein paar Sekunden Zeit, um die sechs Alben zurückzulegen, die Kommode zu verschließen und den Schlüssel an seinem geheimen Platz (rechter Zinnkrug) zu deponieren. Als Vater die Wohnzimmertür öffnete, ging ich auf und ab, lateinische Vokabeln memorierend. Ohne Einleitung rief er in den Raum: »Komm, es gibt Arbeit für dich.« Ich war umgehend erleichtert. Seine unverschämte Aufforderung, ohne Bitte eine Dienstleistung – wie gestern, wie alle Tage zuvor – von mir einzufordern, beschleunigte die Entscheidung. Während er mich in eine dümmliche Beschäftigung einwies, war ich schon beim Verkauf der Briefmarken.

Am nächsten Tag nahm ich Kontakt mit »Wiggerl« auf. Er war zwei Jahre älter als ich. Keine hundert Meter die Straße runter lebte er mit seiner Mutter, einer Büglerin. Ich mochte ihn, er war rotzig und pampig, Hauptschüler und kleiner Bürgerschreck. Er sollte als Zwischenhändler agieren, als Hehler. Er war der einzige, dem ich vertraute. Wir kannten uns vom Tischtennis spielen. »Immer wenn ich deinen Vater sehe«, sagte er einmal zu mir, »gehe ich auf die andere Straßenseite.« Er war der Richtige.

72
Obwohl ich gravierende Fehler machte, entdeckte ich mit den Briefmarken meine Lust am Stehlen. Auf zweifache Weise befriedigte sie mich, trotz des Fiaskos, das nun über mich kommen sollte: Ich stahl, um meine Rachegefühle an Franz Xaver Altmann auszuleben. Und ich stahl, weil ich plötzlich ein Gefühl an mir wahrnahm, das ich damals nicht benennen konnte und für das ich erst später einen Namen finden sollte. Auf jeden Fall handelte es sich um die unaufhaltsame Lust, Dinge zu tun, die verboten waren. Der materielle Gewinn dabei – wie jetzt die nagelneue Sportbekleidung – war im Grunde nur ein Vorwand, ein feiner Nebeneffekt. Was zählte, war die Aufregung, der Widerstand, das famose Gefühl, »frei« zu sein, immerhin frei genug, Verbote zu überschreiten.

73
Wiggerl war sogleich einverstanden. Seine schlauen Augen, sein Grinsen machten mir Mut. Wir besprachen die Details. Zweimal die Woche würde ich versuchen, ihn zu beliefern. Immer bei ihm, wenn er allein war. Vierzig Prozent für ihn, sechzig für mich. Und wir schworen uns, ja wir schworen, dass keiner den Namen des anderen – sollte die Sache auffliegen – preisgeben würde.

Und alles ging seinen Weg. Nachts schlich ich – trotz meiner widerlichen Angst vor Dunkelheit – ins Esszimmer, öffnete die Kommode, zog ein Album heraus und huschte damit zurück in mein Zimmer. Dort entnahm ich unter dem Schein einer Taschenlampe drei »Linien« und ersetzte die freien Stellen mit ganz normalen Zehn-Pfennig-Briefmarken. Dann wieder runter, zurücklegen, zusperren, auf Zehenspitzen ins Bett. Ich kannte auf der Treppe, vom Erdgeschoss bis in den zweiten Stock, jede Stelle, wusste, wo es knarrte und wo ich lautlos auftreten konnte.

Am folgenden Nachmittag traf ich Wiggerl, im Schulranzen hatte ich die Ware und einen Briefmarkenkatalog. Wir schauten nach den offiziellen Sammlerpreisen und legten fest, um wie viel billiger wir sie verkaufen würden. Mit etwa zwanzig Prozent Rabatt, mehr nicht.

Und Wiggerl verkaufte. Ich habe nie erfahren, wer zu seinen Kunden gehörte. Wahrscheinlich legten sie Wert auf Diskretion. Wie wir. Als ich nach drei Tagen wiederkam, lag das Geld abgezählt auf dem Tisch. Wie ein Profi saß der Achtklässler daneben und nickte cool mit dem Kopf Richtung Scheine. Bei dem 15-Jährigen habe ich zum ersten Mal begriffen, dass auch Ganoven eine Ehre haben, über die nicht verhandelt wird. Wiggerl war ein Schlitzohr, das jeden ausnahm. Nur keinen Freund. Da war er todernst und ehrlich.

Der Dilettant war ich. Mein erster Fehler: Die wertvollen Marken durch billigste Wertzeichen zu ersetzen. Ich flog nur deshalb nicht gleich auf, weil sich Vater nur sporadisch um seine Sammlung kümmerte. Der zweite Fehler: Kaum hatte ich die ersten hundert Mark in Händen, ging ich einkaufen. Ich führte mich auf wie ein Bauarbeiter, der eine Bank überfallen hat und am übernächsten Tag mit einem *Porsche Spyder* zur Arbeit fährt. Als noch mehr Geld hereinkam, besorgte ich mir zusätzlich Fußballschuhe mit abnehmbaren Noppen, plus Wadenschützer und Stutzen.

Natürlich beorderte mich Vater zu sich, um nach dem Woher der plötzlichen Kaufkraft zu fragen. Mit den fünfzig Pfennig Taschengeld waren die Anschaffungen nicht zu finanzieren. Ich schob Mutter vor, die mir Geld geschickt hätte. Jetzt wütete er gegen die »bodenlose Unverantwortlichkeit« der Frau, die er in die Flucht geschlagen hatte. Aber meine Lüge hielt, war wasserdicht. Vorläufig.

Ich wurde übermütig. Mit jedem kriminellen Akt wuchs die Befriedigung über die gelungene Abrechnung mit dem Alten. Ihm seine Niedrigkeiten heimzuzahlen, auch die

Scheinheiligkeit, mit der er wieder über Mutter herzog, das tat gut. Er, der Frauenschinder, der sich in der Pose des aufrechten Empörers suhlte. Zudem lernte ich, noch ein Gewinn, das Wort »Mundraub«. Wiggerl hatte es erwähnt, als ich ihm berichtete, dass ich Brot und Marmelade zu Hause entwendet hatte.

Das war. Nun investierte ich einen Teil meiner sechzig Prozent in Speis und Trank, um die heimischen Hausierer-Portionen aufzustocken. Ich raubte auch, um meinen Mund zu befriedigen, den Hunger. Um nicht noch blasser, noch ausgezehrter zu werden. Irgendwie klang das pervers: Ein Sohn musste bei seinem Vater stehlen gehen, um seinen Magen-Darm-Trakt intakt zu halten. Wohlgemerkt, bei keinem Prolo, keinem saufenden Arbeitslosen, nein, bei einem römisch-katholischen Rosenkranz-Fabrikanten, der zur gehobenen Mittelklasse gehörte.

74

Nach ein paar Wochen waren die Alben geplündert. Über die Hälfte aller Marken erwiesen sich jedoch als unverkäuflich, besaßen wenig Wert oder fanden keinen Interessenten. Wieder kam mir meine Neugierde zu Hilfe, diese Sucht, zu stöbern. Wir hatten einen Speicher voll mit altem Gerümpel. Da Vater auch gerissene Schuhriemen und ausgeleierte Gummibänder aufbewahrte, lag hier eine halbe Tonne nutzlosen Plunders, verteilt in Hunderte von Tüten, Körben und Dosen. Meist lag ein »Kommissionszettel« bei, worauf Vater detailliert den Inhalt auflistete. Sein Listenwahn.

Die Wut trieb mich an, auch die Gier, diese maßlose Freude, als knapp 13-Jähriger Hundert-Mark-Scheine anzufassen. In einem Haushalt, in dem Pfennigbeträge auf die Goldwaage gelegt wurden, war das ein Akt der Revolte. Ich war der Leibeigene meines Vaters, den er ausbeutete, beleidigte, züchtigte. Wenn ich jedoch einen Laden betrat, die Taschen voll mit Banknoten, war ich das alles nicht. Dann war ich ein stolzer Mensch, ja respektiert, ja hofiert.

Ich hatte Glück, wieder einmal. So zufällig, wie ich auf den Schlüssel im Zinnkrug gestoßen war, so zufällig fand ich, abgestellt hinter einem türlosen Schrank, einen prallen, mit Hanfstricken verschnürten Sack. Staubbedeckt, seit Urzeiten nicht berührt. Eine Schatztruhe, denn der Zentner bestand aus nichts anderem als aus – Briefmarken. Und ich griff zu. Wieder zweimal die Woche. Aber diesmal verkauften wir pfundweise. Wiggerl und ich freuten uns über beides: die Scheine und den Idiotismus jener, die für viereckige Papierstückchen Bargeld herausrückten.

75

Die Freude währte sieben Wochen. Jedes Pfund Wertzeichen ersetzte ich durch ein Pfund wertlosen Zeitungspapiers. Dann kam der dritte Fehler, der eine, den irgendwann alle Amateure begehen: Nachlässigkeit, Mangel an Professionalität. Statt wie immer mit dem Diebesgut sofort das Haus zu verlassen, deponierte ich es zwei Tage lang in der Schublade meines Schreibtischs. Unverzeihlich. Ich begriff den Fehler, als mein Bruder Stefan ins Zimmer trat und ohne Umschweife erklärte: »Du verkaufst Vaters Briefmarken.« Und die Schublade aufzog. Irgendwann in den letzten 48 Stunden musste er sie entdeckt haben. Aus purem Zufall? Getrieben von einer Ahnung? Er verweigerte jede Auskunft. Und alles Flehen prallte an ihm ab. Manfred hätte sich eher vierteilen lassen, als mich an unser aller Peiniger zu verraten. Nicht unser Sportsmann. Sein Streberherz wollte punkten. Zehn Minuten nach unserem kurzen Gespräch hörte ich die dröhnenden Schritte meines Vaters. Mir kamen die Tränen. Weniger aus Angst, wohl eher aus Fassungslosigkeit über einen 19-Jährigen, der wissen *musste*, was sein Tun auslösen, nein, entfesseln würde. Und es trotzdem tat. Dass sogar Brüder sich verraten, habe ich bis zu diesem Tag nicht gewusst. Jetzt wusste ich auch das.

76

Vater zeigte nun sein Können. Er lief zu neuer Hochform auf und zelebrierte im Gnadenort Altötting ein Jüngstes Gericht. Sein Jüngstes Gericht. Voll strafender Gewalt, psychischen Terrors, permanenter Verhöre, religiösen Irrwitzes und ätzenden Hasses. Meines ätzenden Hasses.

Kaum hatte er die Briefmarken in der Schublade gesehen, rannte er auf den Speicher, zerrte den Sack hervor, sah den Schaden, rannte hinunter in den ersten Stock (er hatte richtig kombiniert), öffnete die Kommode, stieß den Schrei eines verwundeten Tieres aus, stürmte zurück in mein Zimmer (wo Detta mich inzwischen bewachte) und eröffnete den Kampf. Ein 57-Jähriger gegen einen 13-Jährigen, ein Schwergewicht gegen eine Fliege.

Was er früher als begeisterter Tennisspieler gelernt hatte, kam ihm jetzt – auf ganz anderem Gebiet – bravourös zustatten. Aufschlag auf meiner rechten Gesichtshälfte. Dann eine gepflegte Rückhand auf die linke Seite. Aufschlag, Rückhand, Aufschlag, Rückhand, Aufschlag, Rückhand, ich schloss die Augen. Und spürte irgendwann seinen Ring. Hätte ich die Kraft gehabt, hätte ich gegrinst. Klar, der Alte war ja noch immer verheiratet. Das Desaster dieser Ehe bekam ich gleich mit zu spüren. Seine Wut auf alles, auf die Welt, seine Frau, seine Söhne, seinen Sohn, war wohl meiner Wut ebenbürtig. Auf dieser Ebene – der Intensität der Gefühle – waren wir gleich starke Gegner.

»Knie nieder!« Ich kniete nieder. Das erste Mal vor ihm. »Hose runter!« Ich zog die Hose und Unterhose so weit herunter, bis mein Hintern zum Vorschein kam. Auch das zum ersten Mal. Aber der Stock in seiner Hand, von Detta gereicht, ließ mir keine andere Wahl. Als die Haut zu glühen anfing, beugte ich den Oberkörper nach vorne. Um ihn auf dem Schreibtischstuhl abzustützen, die Hände in dessen Beine verkrallt. Wer war ich jetzt? Sein Sohn, der Briefmarkendieb? Sein russischer Kriegsgefangener? Sein Pole? Sein Jude? Sein Zorn auf alles, was er falsch gemacht hatte in seinem Leben?

Neben ihrem Herrn und Meister stand Detta. Das alte Mädchen geriet ins Schwärmen, in einer Art seliger Verblödung rief sie immer wieder: »Andreas, du bist durch und durch böse!« Als wollte sie mir – taktgleich mit den Hieben ihres Arbeitgebers – den Teufel austreiben. Sie zitterte, die roten Flecken zogen wieder über ihr Gesicht. Sie geriet in einen Rausch, genährt von christlicher Lust am Abstrafen eines Sünders und der (christlich verbotenen) Bewunderung für einen, den sie begehrte und der zuschlagen konnte. Für das biedere Frauenzimmer war Franz Xaver Altmann ein Held. In seiner Nähe wurde sie zur Hündin. Wäre sie zwanzig Jahre früher geboren, sie hätte als KZ-Wächterin getaugt. So begeistert schaute sie auf das Leid anderer, so einverstanden.

Vater hatte von Anfang an ein Prinzip eingeführt, an das er sich bis zum Tag meiner Flucht halten würde: Mit dem Stock schlug er so lange auf mein Gesäß ein, bis er zerbrach. Hatte ich Glück – im Zusammenhang mit meinem Erzeuger handelte es sich immer um ein Glück im Unglück –, dann musste er nach zehn, zwölf Schlägen aufhören. War das Holz von besserer Qualität, wie jetzt, dann machte er weiter.

77

Irgendwann hatten der Schläger und sein Cheerleader genug, sie zogen sich zurück. Für den Moment schien ihr Bedürfnis nach Sühne befriedigt. Ich bewegte mich Richtung Bett, legte mich bäuchlings hinein. Um den Hintern zu schonen. Meine Stirn platzierte ich auf dem gerollten Kissen. Um den Rest des Gesichts nicht zu belasten, die pochenden Wangen. Ich weiß nicht mehr, ob ich geheult habe. Sicher schien nur, dass ich erst den Anfang des Schreckens hinter mir hatte.

Am späten Nachmittag war es wieder so weit: »Andreas, runter ins Esszimmer!« Das Verhör begann. Detta diesmal als Protokollführerin. Lokaltermin. Ich demonstrierte, wie ich die Briefmarken entdeckt, herausgenommen und durch andere ersetzt hatte. Dann zu dritt auf den Dachboden, das gleiche Prozedere, dann wieder zurück, dann mein Vater:

- Wie lange geht das schon?
- An wen hast du sie verkauft?
- Wie viel Geld hast du bekommen?
- Warst du allein oder hat dir jemand beim Stehlen geholfen?
- Was ist mit deiner Mutter? Wusste sie Bescheid?
- Wo ist das restliche Geld?
- Weißt du eigentlich, welchen Schmerz du deinem Vater abgesehen vom materiellen Schaden zugefügt hast?

Der Alte raste, ließ mich kaum zu Wort kommen. Wie gut, denn denken tat weh und mein dicker Mund war nicht in der Lage, schnell und fehlerlos zu antworten. Zudem hatte mein Vater die Angewohnheit, sprachliche Unsauberkeiten, die uns Kindern in solch brennenden Notwehrsituationen unterliefen, herauszupicken und zusätzlich gegen uns zu verwenden: »Du bist ja zu blöd, einen korrekten deutschen Satz zu bilden!« Auch brauchte ich Zeit, um so zu formulieren, dass keine Widersprüche auftauchten. Ich lavierte, suchte nach Ausflüchten, gab vor, mich nicht genau zu erinnern. Eindeutig war nur mein Hinweis, dass ich allein war und Mutter nichts damit zu tun hatte. Kein Wort über das restliche Geld (mein zukünftiges Proviantgeld, auf dem Speicher versteckt), keine Silbe über Wiggerl.

Die Pose gefiel mir, nur unter Folter hätte ich den Namen meines Zwischenhändlers ausgesprochen. Unser Schwur sollte halten. Ich bewunderte den Streuner, umso mehr, seit ich von der Büglerin erfahren hatte, dass ihr Sohn jetzt nebenbei arbeitete und die Hälfte des Verdienten bei ihr ablieferte. Wobei Wiggerl diskret in meine Richtung zwinkerte. Er hätte es nicht übers Herz gebracht, seiner Mutter die Wahrheit zu sagen. Dennoch wollte er ihr helfen. Er war mein erster romantischer Held. Und noch ein Grund für mein Stillschweigen: Es war meine einzige Stärke. Die Verweigerung der Aussage ließ den Alten kochen. So ungleich unser Kampf war, hier besaß ich einen Trumpf: meine Verstocktheit.

Vater legte noch ein paar Mal nach, per Handschlag in mein Gesicht. Wieder von der Exorzistenstimme jener Frau geleitet, die noch immer von einem Posten als Ehefrau Altmann träumte. Ich war nur Chaos. Die brennenden Backenknochen, der Gedanke an die Judasseele meines Bruders Stefan, mein Blick auf den wachsbleichen Kopf von Vater, seine geflüsterten Worte: »Ich schäme mich für dich!« Ich war entlassen. Mit der Aufforderung, mich um halb acht »zurückzumelden«. Immerhin Zeit, um ein paar Daten ins Tagebuch zu kritzeln.

78

Mir fiel auf, dass auf den linierten Zeilen meiner Notizen viel öfter von Gewalt die Rede war als von Angstlosigkeit. Ich spürte instinktiv, anders kann ich es nicht erklären, dass Sprache schreiben – selbst unbeholfen und umständlich – das Am-Leben-Sein auf geheimnisvolle Weise entlastete. Zwischen den Seiten lagen auch ein paar durchgepauste Briefe an Mutter. Sie glühten vor Hass auf ihren Mann und vor Sehnsucht nach ihr. Die Wut auf sie ließ ich noch nicht zu. In meinem Kopf war sie noch immer die geschundene Heilige. Zeit musste vergehen, um die Erkenntnis zu gewinnen, dass die eigene Mutter kampflos das Terrain aufgegeben und mich (uns) verlassen hatte. Und nie ihr Versprechen halten würde, mich (uns) aus Altötting zu evakuieren, weit weg von einem Mann, der wie kein anderer unserem Leben zusetzte. In ihren Briefen an mich – sie waren an das *Hotel Post* adressiert, um der väterlichen Zensur zu entgehen – log Mutter das Blaue vom Himmel. Versprach Rettung und Sicherheit. Wohl ohne selbst zu wissen, dass sie log. Ich glaubte ihr, hatte noch keine Erfahrung mit Menschen, die nie taten, was sie sagten. Die ihre Kraft schon beim Hoffen verbraucht hatten, die nach dem Reden bereits zu erschöpft waren, um zu handeln.

79

Kurz nach 22 Uhr knipste ich die Nachttischlampe aus. Zweieinhalb Stunden eines eisig leisen, bald laut brüllenden, Kadavergehorsam und Willfährigkeit predigenden, die eigene Unfehlbarkeit erläuternden, die kindliche Fehlbarkeit geißelnden und »exemplarische« (was sonst?) Vergeltung in Aussicht stellenden Strafplädoyers lagen hinter mir. Mit Detta als Kopfnickerin und mir als Täter, stehend und stumm. Mit Lehrstunden unbesiegbarer Selbstgerechtigkeit, die endeten, wie sie enden mussten: »Die folgenden zwei Monate meldest du dich täglich um 16 Uhr im Büro. Verschärfter Arbeitsdienst.« Dafür machte ich nochmals Licht. Nicht jeder 13-Jährige bekam einen solchen Gute-Nacht-Gruß. Ich übertrug ihn wörtlich in mein wohlverstecktes Schreibheft.

80

Und so sahen die nächsten sechzig Tage aus, sechsmal die Woche, täglich mindestens zwei Stunden: Sie begannen, unvermeidlich, mit dem Wassernachfüllen in Kugeln, in denen sich die »jungfräuliche Madonna« befand. Ein faustgroßer Verkaufsschlager, den man schütteln konnte. Und Wasser und Schneeflocken stoben um die Unbefleckte. Dann Meldung machen. Dann im Marschschritt in den Garten, Vater zeigte auf die lange Mauer: »Hier entlang jäten!« Jäten und dann das zusammengerechte Unkraut zur Komposterde bringen. Aber nicht einfach dort abladen, sondern die obere Hälfte des Haufens abtragen und neu aufschichten. Meldung machen. Dann: »Rasen mähen!« Ab in den Geräteschuppen und ein Schwermetall aus der Vorkriegszeit holen, um 200 Quadratmeter Wiese zu bearbeiten. Meldung machen, »Auftrag erledigt.« Nicht erledigt, denn zu »verschärft« gehörte die notwendige Portion Sadismus. Irgendwo standen noch drei Halme herum, »Nochmals mähen!« Nochmals mähen, nochmals Meldung machen.

Das Haus war groß, der Geschäftsanbau war groß, der Garten war groß, die heilige Entrüstung des Besitzers schier unerschöpflich. Es gab zu tun. Die Tage vergingen und die Arbeit hörte nicht auf: Die Bretter in der Remise neu ordnen. Meldung machen. Auskehren, lupenrein auskehren. Meldung machen. Das Geschäftsfahrrad putzen. Meldung machen. Den »Postwagen« – ein Anhänger, den man ans Fahrrad kuppeln konnte – neu streichen. Meldung machen. Zu Fuß den Leiterwagen (wir hatten Gerätschaften wie aus dem Mittelalter) zum Holzplatz ziehen, Brennholz einladen, den Kilometer wieder zurück und die zwei Zentner im Heizungskeller aufschichten. Meldung machen. Den anderen Keller entrümpeln. Meldung machen. Das Auto waschen, trocknen, eincremen, polieren, innen saugen (ich wünschte, mir ginge es einmal so gut wie der Blechkiste). Meldung machen. Das Dach der Garage reparieren (Reserveziegel mit der Schubkarre ranschaffen, Leiter aufstellen, die beschädigten Ziegel mit Vorsicht austauschen, da direkt daneben das Dach des Nachbars lag, mit dem Franz Xaver Altmann juristisch zerstritten war). Meldung machen. Eine Eternitplatte auf dem Dach des Geschäftsanbaus ersetzen, da brüchig. Wieder mit Umsicht, denn wegen der gemeinsamen Dachrinne mit dem (anderen) Nachbarn hatte der Rosenkranzkönig ebenfalls ein Verfahren angestrengt. Meldung machen. Zurück ins Büro, »Gros machen«: Zwölf Dutzend beigefarbene Plastikbehälter – drei mal fünf Zentimeter – öffnen, erdbeerrote Schaumstoffstückchen einlegen, Deckel wieder drauf, das war »Gros machen«. Dann die nächsten 144 Stück. Jede Schatulle diente als Döschen für einen Rosenkranz. Meldung machen. Die Pakete zur Post bringen, der »Paketdienst« begann. Per Rad und Anhänger (dem vor Tagen frisch gestrichenen). Der Devotionalien-Trödel ging in alle deutschsprachigen Länder. Am Schalter anstellen, Paketkarten ausfüllen, aufgeben, zurückfahren. Meldung machen. Jetzt die großen Lieferungen einladen, auf zum Bahnhof, Güterabteilung, dieselbe Prozedur, leer zurückradeln. Meldung machen. Zurück ins Büro, ran an die »Kopiermaschine«. Ein erstaunlicher Name für einen Apparat, den heute kaum jemand als solchen identifizieren könnte: eine Handwalze mit Griff, die man in eine schwarze Flüssigkeit tauchte, sodann über eine Art Gitter strich, an dessen Unterseite die Matrize hing, jenes Blatt (Rundbriefe an Kunden), das vervielfältigt werden sollte. Eine Scheißarbeit. Die Hände verdreckten, die Buchstaben verschmierten, die Löcher des Gitters verstopften, jeder vierte Durchschlag war unleserlich. Ich musste zwischen fünfhundert und tausend Stück abliefern, je nach Laune des Kopiermaschinen-Besitzers. Um mich anzufeuern, flüsterte ich zwischen fünfhundert und tausend Mal: »Ich hasse dich!« Meldung machen.

Ob Vater mich hasste? Oder nur von dem Wahn ergriffen war, dass man Kinder zermürben muss, um sie auf die Welt vorzubereiten? War er so krank, so kriegskrank? Wer weiß. Auf jeden Fall hatte er sich etwas Neues ausgedacht, um die Taten seines Sohnes zu ahnden. Mehr körperliche

Züchtigung ging nicht. Klar, er hätte mich ohnmächtig prügeln können. Keine gute Idee, denn dann wäre ich als kostenlose Arbeitskraft ausgefallen. Zudem durften die Verletzungen nicht bleiben, sie mussten rasch verschwinden. Er war der Rosenkranzkönig und als solcher zur moralisch einwandfreien Fassade verpflichtet. Nein, er drehte an der psychischen Daumenschraube. Während der zwei Monate ließ er mich mehrmals die Arbeit unterbrechen. Nicht aus Sorge um mein Wohlbefinden, sondern um kundzutun – vor den Geschwistern und/oder dem Häuflein Angestellter –, dass es sich bei mir um den »Versager« der Familie handelte. Als ob er Visitenkarten verteilte, *Name: Andreas / Beruf: Versager.* Mehr war nicht nötig. Dann durfte ich wieder gehen. So eine sauber gesetzte Gerade auf mein Herz tat ihm gut. Ein pädagogischer Volltreffer. Die Fronten zwischen uns konnten klarer nicht sein:

- Du, Andreas, bist ein Versager.
- Du, Vater, bist der Mensch, den ich hasse.

81

Eine erste Fußnote: Im Jahr 1989 verabschiedeten die Vereinten Nationen die »Konvention über die Rechte des Kindes«. Es hat ein bisschen gedauert, bis man auch Kinder für Menschen hielt. Unter Artikel 32, Punkt eins, steht: »Die Vertragsstaaten erkennen das Recht des Kindes an, vor wirtschaftlicher Ausbeutung geschützt und nicht zu einer Arbeit herangezogen zu werden, die Gefahren mit sich bringen, die Erziehung des Kindes behindern oder die Gesundheit des Kindes oder seine körperliche, geistige, seelische, sittliche oder soziale Entwicklung schädigen könnte.«

82

Lassen wir die Briefmarkengeschichte. Eines Tages, sechzig Tage später, war sie ausgereizt. Was blieb, war meine neue Berufsbezeichnung. Der dramatische Teil lag, eine Zeitlang zumindest, hinter uns, der Kalte Krieg ging weiter. Unser Kontakt wurde noch »geschäftlicher«. Der Alte sprach nur mit mir, wenn es meine Dienstleistungen (der »normale Arbeitsdienst« ging ja weiter) oder die schulischen Leistungen betraf, mit einem Wort: Kritik. Dazu gab es im Übermaß Anlass. Als Sechst- oder Siebtletzter und wieder »blass und kurzsichtig« beendete ich das Schuljahr, mit einem Fünfer und drei absturzgefährdeten Vierern. Unter »Aussicht« (bezüglich schulischer Zukunft) wurde vermerkt: »Nicht abzusehen.« Immerhin, »Versager« stand nicht im Zeugnis, aber das Wort blinkte vor meinen Augen. Als Leuchtschrift. Der Gedanke, tatsächlich einer zu sein, begann mich zu überzeugen. Ich war, unübersehbar, auf dem Weg dorthin. Das Wenige, was mich tröstete, war meine Widerspenstigkeit. Bis zuletzt hatte ich Wiggerl nicht verraten, keiner konnte ihm die Haut abziehen. Zwei Jahre später würde ein Lehrer in den »Besonderen Beurteilungsbogen« schreiben: »Andreas ist ein guter Kamerad.« Der seltsam schöne Satz gefiel mir. Dreißig Jahre später würde ich bei Henry Miller lesen: »Friendship is something beyond love.« Der Satz klang noch schöner.

83

Meine Neugier blieb ungebrochen. Mein Lieblingsobjekt wurde der Schreibtisch meines Vaters. Ich wollte auf dem Laufenden sein, seine Pläne erfahren. Nach Wochen dröger Geschäftskorrespondenz – der Rosenkranzkönig schrieb an seine Rosenkranzuntertanen – wurde ich fündig: »Sehr geehrter Herr Doktor Reitmeier! In Sorge wende ich mich an Sie. Mein schwer erziehbarer Sohn Andreas bereitet seinen Nächsten viel Kummer. Seine Noten lassen rapide nach, er ist ungehorsam und unzugänglich für meinen Einfluss. Seine Mutter, die das Haus verlassen hat und sich in therapeutischer Behandlung befindet, scheint mir für sein Verhalten zum großen Teil verantwortlich. Ich bitte Sie, sich seiner anzunehmen und ihn in Ihre Kindertherapiegruppe aufzunehmen. Hochachtungsvoll, Franz Xaver Altmann.« Typisch, er war nicht verantwortlich. Und Mutter hatte das Haus verlassen. So kann man mit Sprache die Wirklichkeit verheimlichen. Ansonsten war ich mit dem Brief einverstanden. Die zwei innigsten Wörter waren »schwer erziehbar«. Er spürte also meinen Widerstand, er traf ihn.

Kurz darauf ging ich zum ersten Mal in die Praxis. Natürlich wusste ich damals noch nicht, dass dieser Tag der Beginn einer viele Jahre dauernden Tour durch zwei Dutzend Therapieräume sein würde. Als stete Versuche, mich durchs Leben zu retten. Auf drei Kontinenten. Um nicht als Kümmerling zu enden, als arme Null, die nichts anderes anzubieten hat als ihre Ausreden.

Nervenzerfetzend war es nicht. Herr R. war ein freundlicher Herr, redete leutselig mit mir und schickte mich dann zu den anderen Kindern. Ihre Väter waren eher Alkoholiker, asoziale Subjekte. Wir spielten *Monopoly* oder *Fang den Hut*. Oder erzählten uns Geschichten. Meist unsere Geschichte. Und irgendwann, das blieb im Gedächtnis, fingen wir an zu streiten. Wir konnten wohl nicht anders. Wir waren darauf konditioniert wie blöde Pawlow'sche Hunde. Einer sagte etwas und der andere schnauzte zurück. Wie im richtigen Leben.

84

Es wurde nicht stiller im Altmann-Haus, die Behandlung behandelte nichts. Nichts und niemand wurde geheilt. Im Gegenteil, jetzt war ich in einen Zweifronten-Krieg verwickelt. Es heißt, dass der Feind deines Feindes dein Freund ist. Bei uns nicht, bei uns gab es keine Freundschaften, nur Feindesland. Wenn dich dein eigener Bruder ausliefert, warum nicht ein Fremder. Und wir hatten einen Fremden im Haus, zwei Fremde, ein Paar.

Die beiden waren nach dem Krieg bei uns als »Heimatvertriebene« einquartiert worden. Ein Gesetz verpflichtete damals die gut Situierten, die Habenichtse aus dem Osten aufzunehmen. Die Frau, die Ex-Schneiderin, war nur verrückt, leerte ihren Nachttopf via Fenster auf die Straße und kreischte hysterisch, wenn sie nicht schlafen konnte. Der Mann war auch bizarr, aber bizarr verschlagen.

Hans Friedl, zwölf Jahre älter als Vater, und sein Eheweib Maria – beide rastlos und giftig zerstritten – wohnten in der winzigen Mansardenwohnung, im zweiten Stock neben den Kinderzimmern. Unkündbar. Mit einem Klo auf dem gemeinsamen Gang. Friedl sabberte, Speichel lief in seinen Bart, wenn er redete. Er war ein Schweinigel mit Flecken auf der Hose, der »seinen« Abort (mit Waschbecken) längst zum Saustall hatte verkommen lassen. Voll Altpapier und nutzlosem Tand. Möglicherweise habe ich mir dort, eisig kalt im Winter, die Tuberkulose geholt. Aber ich hatte keine Wahl. Sicher, unten im ersten Stock befand sich die (saubere) Toilette. Aber dort war auch Vater. Ich lernte, bis zu drei Minuten lang den Atem anzuhalten, genug Zeit für Pinkeln und Katzenwäsche.

Während Friedls Frau, immer spleenig gekleidet, zügig den Verstand verlor, hielt ihn sein Hass am Leben. Sein Russenhass. Wenn es den Garten Eden je gegeben hat, dann hieß er »Sudetenland«, so wässerten seine Augen, wenn er von seinem »scheenen Heimatland« erzählte. Und von der Ehre des deutschen Soldaten und dem ehrlosen Bolschewiken. Der ihn mit Sack und Pack 1945 daraus verjagt hatte.

Der Rentner, einst Elektriker, schien kriegskaputt wie Vater. Vielleicht war das der Grund, warum sie nur schreiend miteinander verkehrten. Sie waren sich so ähnlich.

Beide zahlten die Zeche Hitlers, beide waren als Verlierer zurückgekehrt, beide trugen schauerliche Bilder mit sich herum, beider Schicksal endete in Altötting und beider Ehen waren ein Desaster. Unter Umständen hätte Vater eine List finden können, um den Querulanten zwangsräumen zu lassen. Aber er traute sich nicht, denn irgendwann hatte Friedl – so jähzornig und cholerisch wie sein Gegner – damit gedroht, »eher das Haus anzuzünden, als freiwillig auszuziehen«.

Bei dieser Drohgebärde war ich anwesend und realisierte plötzlich, dass ich keinem beistand, keiner da war, mit dem man sich hätte identifizieren wollen, ja, dass Alles-hier-Niederbrennen keine schlechte Idee wäre. Unter der Bedingung, dass die beiden Alten auch brannten. Ein roher Gedanke, über den ich nicht sonderlich erschrak. Denn hier herrschte ein ganz spezieller Bürgerkrieg. Nicht eine Partei gegen eine andere, sondern jeder Bürger gegen jeden. Und im Krieg versaute die Moral, versauten die Gedanken. Es dauerte nur Tage und die Idee eines lichterloh lodernden Altmann-Hauses gefiel mir. Und die beiden mittendrin, noch im Todeskampf sich keilend und schmähend. Bald ergänzte ich die Phantasie, legte nach: Ich hörte sie beide um Hilfe brüllen. Und ich half nicht, rief nach keiner Feuerwehr, keinem Krankenwagen. Blieb nur und schaute. Nicht jubelnd, eher friedvoll und tief innen erlöst.

In meinem Kopf war ich Weltenherrscher, mit meinem Leib war ich die Beute zweier Triebtäter.

85

Irgendwann fing Friedl an, neue Praktiken im Haus anzuwenden. Erniedrigungspraktiken, um das Schmerzangebot – außen und innen – zu erweitern. Nur ich war betroffen, denn Perdita (jetzt am Gymnasium der *Englischen Fräuleins*) war ein zehnjähriges Mädchen und Stefan, bald zwanzig, nicht mehr erreichbar für seine Sadismen. So wurde auch Hans Friedl, der Heimatdurchtriebene und Hobby-Komponist, für mich ein Symbol des Unentrinnbaren.

Passte ihm etwas nicht, hatte ich ihn nicht gebührlich gegrüßt, drehte ich zu laut das Radio auf, streute ich nicht sofort im Winter Sand auf den Fußweg, stürmte ich zu vehement die Treppe hinauf oder passierte sonst irgendetwas, das einen »Mangel an Respekt« verriet, dann schnappte er nach einem meiner Handgelenke und dirigierte mich, eisernen Griffs, hinunter in den Heizungskeller. Und suchte ein Scheit mit einer besonders scharf geschnittenen Kante und ließ mich – niederknien. Bloßen Knies »Holzscheitlknien«. Schweigend. Da Friedl wusste, dass ich mich im Dunkeln fürchtete, machte er kein Licht an, ja, er hatte eine viereckige Pappe mitgebracht, um das Fenster abzudecken. Jetzt war es schwarz. Noch absurder, er blieb die volle Stunde stehen. Hinter mir. Um mich mit Taschenuhr und Taschenlampe, die er auf Verdacht kurz anknipste, zu kontrollieren: wenn ich mich bewegte. Oder einen Ton – auch hier herrschte Silentium – von mir gab. Für beides gab es knöchelharte Kopfnüsse. Nach genau sechzig Minuten durfte ich wieder aufstehen. Was nicht ging, nicht gleich. Ich musste mich erst auf den Boden setzen und das gekerbte Fleisch massieren. Dann durfte ich davonhumpeln. Immerhin stach der Ex-Gefreite (Erster Weltkrieg) nicht mit Worten auf mein Herz ein, denn sehr verschwiegen führte er Gericht. In vollkommener Stille, in vollkommener Dunkelheit.

Noch absurder aber war die Tatsache, dass Vater die Strafexpeditionen Richtung Finsternis guthieß, ja, mich sah, wie ich die Stufen hinunter abgeführt wurde. Und nicht eingriff. Er muss wohl überzeugt gewesen sein, dass man einem störrischen Halbwüchsigen nicht oft genug einen Denkzettel verpassen konnte. So überwog seine Feindschaft mir gegenüber eindeutig seinen Groll auf den

Untermieter. Aber vielleicht war Vater nur ein feiger Hund, der ausschließlich gegen Minderjährige ins Feld zog, doch vor Erwachsenen, solange sie von ihm nicht abhängig waren, in Deckung ging. Sicher war nur die Erkenntnis, dass zwei gewalttätige Gemütskranke unglaubliche Energien freisetzten, um ihrer Krankheit zu frönen.

86

Zweite Fußnote: In der »Konvention über die Rechte des Kindes« der Vereinten Nationen steht folgender Zusatz: »Die Vertragsstaaten erkennen das Recht des Kindes auf Ruhe und Freizeit an, auf Spiel und altersgemäße aktive Erholung sowie auf freie Teilnahme am kulturellen und künstlerischen Leben.« Ich grinse immer, wenn ich das lese: *Aktive Erholung* und *künstlerisches Leben.* Im Altmann-Haus! Wo wir kistenweise *Betende Hände* aus Blech verkauften, dann das Dankgebet für das Abendessen sprachen, dann die einen – Franz Xaver Altmann und Hans Friedl – ihre Fäuste schwangen und die anderen – ich, bald auch Manfred – ihre Gesichter und Leiber als Sandsäcke zur Verfügung stellten. Unter dem wohlwollenden Auge von Detta, der begeisterungsfähigen Furie aus P. Alle drei Erwachsenen triefend vor moralinsaurer Selbstgewissheit. Alle drei – der *honeymoon* zwischen Arbeitgeber und Arbeitnehmerin war ja auch längst vorbei – einander belauernd. Im Gnadenort Altötting, wo der »Allmächtige Großes an jedem vollbracht hat«. Die Fallhöhe zwischen dem apostolischen Ranz einer (Altöttinger) Papstpredigt und der Wirklichkeit war beachtlich.

87

Manchmal war alles anders. Vater wähnte sich allein, war sich nicht bewusst, dass ich ihn beobachtete. Für Augenblicke glitten meine Augen ruhig und ohne Urteil über sein Gesicht. Kein frohes Gesicht, natürlich nicht. Aber auch kein böses, kein übles. Eher nachdenklich, versunken. Er schien weit weg. Ich würde nie wissen, worüber er gerade sinnierte. Über ein anderes Leben? Von dem er einmal gedacht hatte, so könnte es sein. Über die Brutalität seines jetzigen Daseins? Über seine misslungenen Versuche, die Nähe seiner Kinder zu erfahren? Über eine Frau, der es gelänge, von ihm geliebt zu werden? Über den Krieg, der ihn kalt machte? Über seine Vergangenheit? Die polnische? Die russische? Die mörderische? Über die Lächerlichkeit seines Berufs, mit dessen Hilfe er das Volk verdummte? Über seine Intelligenz? Seine Kreativität? Seine Talente? Die alle beim Verwalten des Devotionalien-Ramschs vor die Hunde gingen. Noch verwirrender: Er war musisch begabt, ich hörte ihn Klavier spielen, früher sogar Geige und Gitarre. Er war kein Ass, aber es klang melodisch und anmutig.

Doch er ließ mir keine Zeit, ihn zu mustern, über ihn nachzudenken. Plötzlich hob er den Kopf, als witterte er etwas, und sah mich stehen, keine sieben Meter entfernt. Und erinnerte sich sofort daran, warum ich gekommen war: Andreas fungierte heute als »UvD«, als »Unteroffizier vom Dienst«. Und würde Meldung machen. Täglich abwechselnd hatte einer von uns dreien die Aufgabe, die Arbeiten seiner Geschwister zu kontrollieren und darüber Bericht zu erstatten. Einschließlich der eigenen Pflichten. Selbstverständlich inspizierte Vater alles Gesagte. Meist zu seiner Unzufriedenheit. Hinterher kam er zurück zum Klavier. Um den Deckel zu schließen. Und ihn monatelang nicht mehr zu öffnen. Nichts schien ihn zu trösten. »Ohne Musik wäre das Leben ein Irrtum«, schrieb Nietzsche. Vaters Leben war ein Irrtum.

Er hat nicht, nein, nie verstanden. Noch Augenblicke zuvor hatte ich mir eingebildet, in sein ausgebombtes Herz zu sehen. Hatte gehofft, ich armer Arsch, er würde die Hand ausstrecken und mich umarmen. Oder ein warmes Wort sagen oder, immerhin das, mich heiter anblicken. Und ich hätte vor Freude und Sehnsucht nach ihm, einem Vater, sicher die Nerven verloren, wäre mit offenen Armen auf ihn zugelaufen, hätte ihm den Bauch umschlungen, ihn nicht losgelassen und ihm das Hemd nass gerotzt.

Nun, Kinder sind begriffsstutzig, denn sie können nicht aufhören zu hoffen. Selbst wenn jeder Annäherungsversuch vor der Wirklichkeit zu Bruch geht. Vaters Gesicht hellte sich nicht auf, wenn er mich sah. Es verdunkelte. Ich war ja nicht sein Sohn, sondern der Unteroffizier vom Dienst, der vortrat, um seinen Rapport abzuliefern. Eine Realsatire. Erhaben ernst und sagenhaft närrisch. Franz Xaver Altmann, der mit seiner Statur als arischer Zuchtbulle beim *Lebensborn e. V.* hätte aushelfen können, hatte vom Krieg und der Sprache der Krieger noch nicht genug. Dabei träumte ich von einem Vater, der so war, wie er einmal aussah: mondän, souverän, einer, der mit einer schönen Frau herumzog, ein Lebensverliebter, einer, der mir mein (künftiges) Leben vorlebte.

Nicht ganz, die Wirklichkeit kam anders daher. Man ging durch das Altmann-Haus wie über ein Minenfeld. Leise atmend darauf bedacht, keine Explosion (des Hausbesitzers) zu provozieren. Explodierte nichts, war es stinkfade. Ähnlich der Tristesse eines Schützengrabens während einer Gefechtspause. Man belauerte einander. Und nichts geschah. Bis es krachte.

89

Ich suchte nach einem Vater. Einem anderen. Suchte so nebenbei, als Spiel, immer wieder. Sah ich einen zwanzig, dreißig Jahre Älteren, fragte ich mich, ob dieser Mann in Frage käme. Ob er mir gefiele, sein Gesicht, seine Bewegungen, ob er ein warmer Mensch wäre, einer, der mir imponieren könnte. Irgendwann, viele Jahre später, stand ich vor dem Grab von John Boyle O' Reilly, einem irischen Poeten und Revolutionär, der in der zweiten Hälfte des 19. Jahrhunderts gelebt hatte. Als Inschrift war zu lesen: »He is one whom children would choose for a friend, women for their lover, and men for their hero«, ihn würden Kinder als Freund wählen, Frauen als ihren Liebhaber und Männer als ihren Helden. Es regnete an diesem Tag auf das irische Grab. Und ich heulte. So schön waren die Sätze.

90

In den Briefen an Mutter schlug ich ihr nun vor, »unsere Zustände beim Vormundschaftsgericht anzuzeigen«. Um Vater die Erziehungsberechtigung zu entziehen. Mutter war dagegen. Und ausnahmsweise ehrlich. Sie beichtete, dass sie eine Konfrontation mit ihm nicht bestehen, wohl die Nerven verlieren würde. Jetzt erfuhr ich auch, dass er sie bei ihren Verwandten in G. angerufen hatte. Um sie, Mutter, zu beschimpfen, Thema Kinder. Er musste sich in regelmäßigen Abständen davon überzeugen, dass es einen Sündenbock gab. Neben ihm als Unschuldslamm. Als ich selbst mit ihr telefonierte, erfuhr ich noch, dass sie sich wieder in die Hose gemacht hatte. Wie üblich, wenn sie seine Stimme hörte. Stehenden Fußes, direkt neben dem Apparat. Natürlich lag sie richtig mit dem Hinweis, dass uns in Altötting niemand glauben würde. Herr Franz Xaver Altmann war eine Respektsperson, sie eine davongelaufene Ehefrau! In Therapie! Nervenkrank! Wer würde einer solchen Person vier Kinder anvertrauen? Ohne Beruf, ohne

Geld, ohne Zukunft. Mutter hatte Recht. Und, wie so oft, ein Hasenherz. Sie war keine Verbündete und sie war kein Gegner. Sie war lieb. Aber Liebsein war die falsche Bewaffnung in Kriegszeiten.

91

Der Niedergang Dettas hörte nicht auf. Wenig überraschend. Sie, das einfache Menschenkind, den Kopf voller Zukunftsflausen Richtung Altöttinger Ehefrau, sie, die nichts ausließ, um ihre Gegnerin zu vertreiben, sie hatte endlich zu begreifen begonnen, dass jeder, der sich in der Nähe von Franz Xaver Altmann aufhielt, als Verlierer enden musste. Getreten, erniedrigt, seelisch zerhauen. Er konnte nur stechen und lähmen. In seiner Gegenwart atmete man Gift. Und schrumpfte.

Die Schonzeit war vorbei, endgültig, der Traum zu Ende, die Hochzeit außer Frage. Jetzt wurde das dumme Ding dekonstruiert. Und auf fatale Weise ähnelten sich die Bilder. Stand vorher Mutter im Büro und wurde lauthals abgekanzelt, so stand nun Detta an ihrem Platz und wurde gestaucht. Nicht minder laut. Und wann immer möglich: vor Zeugen. Saß einst Mutter am Esstisch Vater gegenüber, so war seit geraumer Zeit ihre Nachfolgerin das Opfer seiner rastlosen Nörgelei. Und schluchzte vorher Elisabeth, so schluchzte jetzt eine Frau, die zu allem Unglück nicht einmal begehrenswert war. Vaters Fähigkeit, auf alle anderen die Schuld zu verteilen, war erstaunlich, ja unerschöpflich. Nie stellte er sich hin und sagte: »Mein Fehler!« Den gab es nicht, gab es nie. Es gab nur die Fehler der anderen.

Mutters Schluchzen hatte mich gerührt, Dettas Schmerz blieb mir fremd. Sie erntete nur, was sie verdiente. Als Schlange, die uns bei Vater denunzierte. Die keine Gelegenheit ausließ, sich bei ihm gute Noten abzuholen. Die jeden Fehltritt (wenn es denn einer war), jedes Zuspätkommen, jede pampige Antwort kolportierte. Die ihre Fäuste in die Hüften stemmte, wenn sie – gemeinsam mit Vater – zum »Kreuzverhör« antrat. Um uns der Widersprüche unserer Lügen – und bei Gott, wir haben gelogen – zu überführen. Und »schwer betroffen« (über uns!) neben ihrem Herrn und Meister Stellung bezog, wenn er züchtigte. Und nie den Züchtiger um Erbarmen für uns bat.

Und die – das Unverzeihlichste – darüber bestimmte, was ich anzuziehen hatte, sprich, mit unfehlbarer Perfidie fünf Mal die Woche eine »Bundhose« vorschrieb, so eine Textil-Antiquität mit Schnappverschluss unterhalb der Knie. Detta wusste genau, dass ich »Bohnenstange« gerufen wurde, dass ich meine Waden hasste und alle Hosen hasste, die sie gnadenlos freilegten. Auch war der Stoff so billig und grob, dass er kratzte. Ich trug also auch im Sommer eine lange Unterhose, um das Jucken an den Oberschenkeln zu vermeiden. (Um einen weniger lächerlichen Eindruck zu machen, wickelte ich heimlich über meine »Steckerlbeine« dicke Bandagen, darüber dicke Strümpfe.) Eine Jeans, von der ich träumte, kam nie in Frage. Seitdem ich den Traum hatte verlauten lassen: erst recht nicht.

Was die Schmach noch steigerte, war die Begegnung mit einem jungen Kerl, vielleicht fünf, sechs Jahre älter als ich, dem ich jeden Tag, zur immer gleichen Zeit, über den Weg lief. Ich kam nach Hause, er musste zum Bahnhof. Er schien unbeschreiblich schön. Er war alles, was ich nicht war. Die muskulösen Schultern, die leicht getönte Haut, seine lässigen Klamotten, die dunkel gewellten Haare, die so provozierende Leichtigkeit, sein Gang. In dem Augenblick, in dem ich an ihm vorbeiging, schloss ich die Augen. Aus Scham, aus Überwältigung. Aus dem bodenlosen Gefühl von Ungerechtigkeit. Ich habe kein Wort mit ihm gewechselt, nie. Aus Ehrfurcht. Eines Tages kam er nicht wieder. Wie froh ich war.

92

Ein Kind demütigen, das war Dettas Geschäft. Sie war dieses arme Luder Mensch, das von oben getreten wurde und nach unten die Tritte weiterreichte. Und kein Talent besaß, keine innere Kraft, um dieser Versuchung zu widerstehen. Sie wurde getreten und sie trat. Sie wurde misshandelt und sie misshandelte. Ob Vater sie noch anfasste? Obwohl sie beharrlich Kummerspeck ansetzte? Um diese Zeit hatte ich zum ersten Mal das Wort »ficken« gehört. Von einem Freund, einem Arztsohn, der mich aufklärte. Hinter vorgehaltener Hand und mit zwei intensiv abgegriffenen Pornobildern. Als letzten Beweis, weil ich seiner Beschreibung des Geschlechtsakts zuerst nicht glaubte. So abwegig, ja falsch, erschien sie mir. Was ich da auf den Fotos sah – zwei ineinander verhakte Geschlechtsteile – schien grausig und ungeheuerlich. Aber unwiderlegbar. So entstanden Menschen. Aber irgendwie hätte diese komische Körperstellung zu Vater und Detta gepasst. So ungustiös wie auf diesen Bildern mit zwei unansehnlichen Akteuren musste es bei den beiden vonstatten gehen. Später fiel mir auf, dass ich mir diese Vorstellung von Intimität zwischen meinen Eltern nicht erlaubte. Ich ertrug den Gedanken nicht, dass Mutter von Vater auf gleiche Weise »gefickt« worden war.

93

Natürlich gab es keine Aufklärung bei uns. Kein Erwachsener in meiner Umgebung hat jemals ein Wort dazu verlauten lassen. Sexualität war nicht. Der Katholizismus sorgte dafür. Der Altöttinger Katholizismus erst recht. Siehe das Bild, das mein Religionslehrer in der Volksschule verteilt hatte. Die Frau als Ausgeburt der Verkommenheit. Und Sex, so war zu vermuten, galt als das Verkommenste. Entfacht vom Weib. Das Altmann-Haus war da keine Ausnahme. Kam es zu geschlechtlichen Handlungen, dann ruppig, hinter fünf Türen und in Windeseile. Wenn man die Geilheit schon nicht abschaffen konnte, dann entledigte man sich ihrer als »quick business«, verschämt und als lästig drängende Notwendigkeit. Die unerbittlich wiederkehrte. Ein Teufelskreis, den nur der Teufel erfunden haben konnte.

94

Ich wurde Pfadfinder. Ein Lichtblick. Der ideale Fluchtweg, um Vater zu entkommen. Zumindest zeitweise. In den Ferien fünfzig oder hundert Kilometer weit weg radeln und eine Woche lang nicht daran erinnert zu werden, dass man das Kainsmal »Versager« auf der Stirn trug. In Kohten schlafen und abends bei offenem Feuer »Wildgänse rauschen durch die Nacht« singen, mit dem Kompass Karten lesen lernen, Spuren identifizieren, Mutproben bestehen, um die Wette rennen, um die Wette ein Fahrten-Tagebuch schreiben, einen Erste-Hilfe-Kurs absolvieren, auf Bäume klettern, schnitzen, einen Wald-Abort anlegen, baden im Fluss, Freudenschreie, raufen, ringen, Messer werfen, eben das wunderbare Kindergefühl: zu spielen. Und kein Erziehungsberechtigter weit und breit. Nur hilfsbereite 18-Jährige, die schon konnten, was wir noch nicht wussten. Und nie übergriffig wurden.

Ein Vorfall wird unvergesslich bleiben, obwohl er eher belanglos war: Jeder wurde der Reihe nach zum Küchendienst eingeteilt. So bekam ich an einem bestimmten Tag den Auftrag: »Andreas, du bist heute für das Mittagessen verantwortlich.« Und ich erinnere mich an die Handbewegung, als hätte ich sie gestern ausgeführt: Ich hängte den Topf über die Feuerstelle und schüttete die Spaghetti ins – kalte Wasser. Und ließ es kochen. Bis die Nudeln als unförmiger Batzen aufquollen. Ungenießbar. Man beschloss einstimmig, mich nicht mehr diesen Ort betreten zu lassen. Es war die einzige Talentlosigkeit, die ich sofort hinnahm. Eine Lehrstunde fürs Leben. Und ein Schwur, gespeist von meiner brodelnden Wut aufs Abspülen: Ich werde nie einen Kochtopf kaufen, nie einen Herd besitzen, nie eine Wohnung mit Küche mieten, nie Gurken schneiden, nie eine Suppe umrühren, nie aufdecken und nie abräumen, nie mich umzingeln mit ordinären Haushaltsgeräuschen. Da ich nicht einmal Spaghetti zubereiten konnte, hatte ich die Zeichen wohl verstanden. Lieber genug Geld verdienen und eine Million Mal ins Restaurant gehen und dafür bezahlen, dass andere diese Fronarbeit für mich erledigen. Es war ein merkwürdiger Augenblick der Befreiung. Ich habe ihn nie bereut.

95

Noch eine Szene. Sie soll belegen, dass auch bei den Pfadfindern die Erinnerung an Franz Xaver Altmann nicht zu vermeiden war. Ich befand mich im Haus unseres »Stammesführers« Herbert, wollte etwas abholen und wartete. Anscheinend hatte niemand bemerkt, dass ich mich im Flur befand, ein paar Schritte von der (offenen) Bürotür entfernt. Und nun passierte es. Ich hörte die Stimme von Herberts Vater, der im Rückgebäude eine Schlosserei betrieb. Ein umgänglicher Mensch, ein beliebter Chef. Er sprach gerade mit jemandem am Telefon, eine Auskunft nach der anderen liefernd. Zuerst ruhig, dann immer enervierter. Weil der andere nicht aufhörte, nicht aufhören wollte. Bis der Schlosser auflegte und trocken sagte: »Der Altmann, was für ein Arschloch.« Und das Büro verließ und mich sah. Das war ein peinlicher Augenblick. Für ihn. Für mich überhaupt nicht. Hätte ich die Nerven gehabt, hätte ich gesagt: »Nein, kein Arschloch, eher ein Superarschloch.« Aber ich war wieder einmal kein Held, und so stotterte jeder einen Gruß und der Fall war erledigt. Ich behielt die Szene jedoch im Gedächtnis, denn sie beruhigte mich. Sie war ein weiterer Beweis für die Tatsache, dass keiner, selbst kein freundlicher Schlossermeister, mit meinem Vater auskommen konnte. Hinterher verstand ich auch den Zusammenhang des Gesprächs. Unsere Steinzeit-Heizung war defekt und selbstverständlich wollte der Steinzeit-Eigentümer wieder das Wissen einer Fachkraft abstauben. Halbstundenweise, zum Nulltarif.

96

Manfred kam zurück. Das war kein Lichtblick, das war das Licht. Vier Jahre hatte ich ohne ihn aushalten müssen. Er hatte seinen Hauptschul-Abschluss gemacht, war aber an der Probezeit des »Deutschen Gymnasiums« in Freising gescheitert. Also wurde er aus dem Internat entlassen. Aber nicht in die Freiheit, sondern in die Reichweite unseres Vaters. Und der verzieh keinem, hielt sogleich für Manfred einen Plan B bereit: Er machte aus dem 15-Jährigen seinen Rosenkranzlehrling. Was ließe sich besser schröpfen als der eigene Familienbesitz. Vater legte dem zukünftigen »Großhandelskaufmann« – so bombastisch hieß die Ausbildung an der Berufsschule – einen rekordverdächtigen Arbeitsvertrag vor. Kein Weltrekord, aber sicher top in Deutschland: 12.50 DM pro Monat, sprich, weniger als fünfzig Pfennig pro Tag. Fairerweise sei noch angemerkt: bei freier Kost und Logis, also wieder mit mir das Zimmer teilen, plus dünne Suppen, dünnes Fleisch, viele Kartoffeln, viele Marmeladenbrote und die noch immer (für alle) verriegelte Speisekammer. Eher unfair scheint jedoch der Hinweis, dass der einzige Azubi, den Vater je zum künftigen Sachwalter seines Rosenkranzreichs drillen sollte, nach seiner offiziellen Arbeitszeit auch noch »privat« herangezogen wurde, gemeinsam mit mir: Reifen am Auto wechseln, die Hecke schneiden, ein nächstes leckes Dach decken, die Waschküche neu streichen. Vater fehlte es nie an Ideen, um seinen Nachwuchs am Jungsein zu hindern. Ich könnte nicht sagen, wer von uns beiden – Manfred oder ich – in den nächsten Jahren vehementer unter die Räder kam, wer öfter erniedrigt und gewalttätiger daran erinnert wurde, dass er nichts wert war und nie etwas wert sein würde. Ich weiß nur, dass wir zwei zusammenhielten. Dass es die einzige Liebe im Altmann-Haus war, die nicht verraten wurde. Die durchhielt. Bis auf den heutigen Tag.

97

Mit Not hatte ich das dritte Jahr am Gymnasium bestanden. Dass der Klassleiter mir schriftlich »vorlautes Benehmen« attestierte, war das einzig Positive in dem miserablen Zeugnis. Etwas in mir war stark, war nicht käuflich. Trotz der schlechten Leistungen, die in keiner Weise ein vorlautes Verhalten rechtfertigten. Immerhin gab es am Kurfürst-Maximilian-Gymnasium in Burghausen keine körperlichen Strafen. Obwohl »rechtens«, da sich der Freistaat Bayern – immer christlich-sozial regiert – erst 1980 als letztes Bundesland die Freiheit nahm, die Kinderprügelei an Schulen gesetzlich zu untersagen. Unser Gymnasium verdiente folglich den Zusatz »humanistisch«. Was wohl mit dem Wort »human« zu tun hat, *menschlich*. Dass erst im Jahr 2000 im *Bürgerlichen Gesetzbuch* (Paragraf 1631) festgeschrieben wurde, dass Kinder ein Recht »auf eine gewaltfreie Erziehung« haben und dass »körperliche Bestrafungen, seelische Verletzungen und andere entwürdigende Maßnahmen unzulässig sind«, das allerdings ist ein Skandal ohne Namen. Für diese himmelschreiende Gleichgültigkeit gegenüber Wehrlosen sollte man ein Jahr lang die Prügelstrafe für Politiker einführen.

98

Wie auch immer, im Gnadenort Altötting und im Haus des ersten Lieferanten des Gnadenorts herrschte die Scharia. Ok, die halbe Scharia. Denn die sogenannten »Leibesstrafen« – das Abschlagen oder Brandmarken von Gliedmaßen – waren nicht vorgesehen. Aber das Auspeitschen (bei uns statt Peitsche eben Stock) und das Bestrafen am Pranger (bei uns eben unter Ausschluss der Öffentlichkeit), das schon. Diese Bestandteile aus dem fern-finsteren Mittelalter, die waren im Altmann-Haus noch rechtskräftig. Verhängt und verabreicht vom – außerhalb seiner vier Mauern – jovialen Großbürger und Großhandelskaufmann Franz Xaver Altmann.

99

Die Pubertät kam über uns. Bei Manfred heftig drängend, bei mir – schon wieder war ich ein Spätentwickler – eher zögerlich, deutlich hinterher. Was mir an Männlichkeit fehlte, versuchte ich durch Neugierde wettzumachen. Sie wurde ja nie befriedigt, über Sinnlichkeit war hier ja nie etwas zu erfahren. Bei uns gab es kein Nacktsein. Der bloße Leib war eine einzige Tabuzone. Ein Nackter war das Unnatürlichste, was man sich vorstellen konnte. In der Schule musste ich einmal den folgenden Satz ins Lateinische übersetzen (um das Gerundivum zu üben): »Der Körper ist ein zu bedeckender.« Ein programmatischer Satz. Die Indoktrinierung lauerte überall.

Zudem gingen mir die Pornobilder nicht aus dem Kopf. Ich wollte es wissen. Wollte wissen, wie ein erwachsener Schwanz aussah. In echt. Wie eine nackte Frau. Wie die beiden Geschlechtsteile ineinander passten, wie »Ficken« gehen sollte. Ich war noch immer zu jung (oder nicht viril genug), um mich bei dem Gedanken daran zu erregen. Mein Hirn lief heiß, nicht mein Geschlecht. Noch immer nicht.

Vorsicht war geboten. Es ging laut unserem römisch-katholischen »Beichtspiegel« um Todsünden. Und laut unserem erzrömisch-katholischen Religionslehrer, dem »roten Teufel« aus Volksschultagen, um nichts anderes als das: »Das Zurschaustellen, Anblicken, Darandenken oder gar Anfassen der Geschlechtsteile ist ein schweres Vergehen!« Damit wir das auch so verstanden, gab es schon damals ein paar »Fotzen« (in Bayern hat das Wort verschiedene Bedeutungen). Wäre herausgekommen, was ich – zuerst allein, später mit Manfred – unternahm, um das Geheimnis zu lüften, es hätte wüste Folgen nach sich gezogen. In einer Umgebung, die Körperhass, aber zugleich Geilheit und Heuchelei ausstrahlte, schien es klüger, die Erfahrungen diskret, ja, im absolut Verborgenen zu machen. Und sie dort zu belassen.

100

Im Altöttinger Freibad fing ich an, trieb mit einem Holzbohrer Löcher in die Kabinenwände. Aber die Öffnungen waren zu klein oder falsch platziert oder das Licht brannte nicht. Doch irgendwann hatte ich Glück und sah den vollen Busen einer jungen Frau. Er war wieder das Wunder, wieder überkam mich tiefe Ergriffenheit. So betäubend, dass ich das wütende Klopfen an der Tür nicht hörte, nur hinschaute und das Schöne nicht fassen konnte. Erst auftauchte, als der nackte Mensch bekleidet war. Und ich hinauswischte und eine Kopfnuss von dem wütenden Klopfer bekam. Ohne Widerrede meinerseits, denn ich konnte dem Ungeduldigen ja nicht erklären, dass ich gerade ein Wunder geschaut hatte, das jedes Warten rechtfertigte.

Meine Neugier war »schamlos«. Ob ich wollte oder nicht, längst hatte ich das Gift der sündigen Scham in mir abgespeichert. Was mich jedoch in keiner Weise hemmte. Meine Sucht nach Erkenntnis schien von Anfang an heftiger als meine Angst, nicht »gottgefällig« zu sein. Ich war sogar bereit, das Hässliche auszuhalten, solange ich etwas über das Verborgene, das Tabu, lernen würde. So legte ich mich am Samstagnachmittag, dem »Waschtag« der Familie, unter die Badezimmercouch. Um die Erwachsenen zu beobachten, die sich auszogen und ins Badewasser stiegen.

Sogar Detta, den Koloss, akzeptierte ich als Forschungsobjekt. Aber ich sah nichts von ihr, keine »Schamgegend« (schon das Wort erinnerte daran, dass man sich dafür zu schämen hatte). Ich lag zu tief, der Winkel war zu spitz. Ich sah ihre Kleider zu Boden fallen, sonst nichts. Und Teile der Wanne. Und einmal ihren teigigen Hintern, als sie in die Knie ging. Vielleicht war das auch ein sündiger Körperteil, auf jeden Fall war er fett und belanglos. Genauso mager die Ausbeute bei Vater. Sein Glied, das Geheimnis aller Geheimnisse, blieb verschwunden. Nie hing es tief genug, um auf meinen Radar zu gelangen.

Aber bei ihm gab es eine zweite Chance. Bevor er zu Bett ging, schlich ich mehrere Abende in den Einbauschrank seines Schlafzimmers. (Offiziell blieb er allein, Detta und Perdita schliefen im Nebenzimmer, via Durchgang – ! – direkt zugänglich.) Nicht minder erfolglos. Vater kam bereits im Nachthemd aus dem Badezimmer. Für derlei spärliche Erkenntnisse musste ich dann noch eine Stunde stehen. Bis er garantiert eingeschlafen war und ich auf Samtpfoten davonschleichen konnte. Dennoch wurde ich in diesem Moment – wie beim Abräumen der Briefmarken – mit einem Gefühl belohnt, für das ich jetzt das rechte Wort entdeckt hatte, ein englisches, aufgeschnappt in einem Film: *thrill*, die bange Lust, eine Gefahr überstanden zu haben. So ein Rausch, der den ganzen Körper in Beschlag nahm, ja so ein wohliges Zittern, das einen wie nicht vieles daran erinnerte, dass man am Leben war. Es überkam mich, gerade weil ich nicht tollkühn war, sondern ein Angsthase. Der die Angst überwand. Diese Überwindung war das Entscheidende, der Garant dieser Empfindung.

101

Wochenlang hatte ich auf Manfred eingeredet. Mein Anliegen klang befremdlich, aber so war es: dass wir gemeinsam ins Bett gingen und uns nackt auszögen. Und uns dann – so mein bis zuletzt verschwiegener Plan – gegenseitig »untersuchten«. Wenn überhaupt, dann kam für das Unternehmen nur er in Frage. Stefan zu bitten, war keine Option. Wir lebten nebeneinander her, ohne irgendein Interesse füreinander, ohne geistige Intimität.

Manfred zauderte lange, aber eines Abends durfte ich zu ihm unter die Decke. Instinktiv fühlte ich, dass ich jetzt mehr Mut zeigen musste als er. Um ihn und seine Ahnungen zu überrumpeln. Auch trieb mich die Furcht, dass er einen Rückzieher machen würde. So griff ich nach seinem Schwanz. Abrupt und ohne »Vorspiel«, von dem ich nichts wusste. Und ohne Flüstern und Beruhigen. Himmel, was für ein Ding, was für ein Männerding. Von einem Kopf-an-Kopf-Rennen zwischen dem 16-Jährigen und mir konnte keine Rede sein. Und ich ließ sein Ding nicht los und etwas Phänomenales passierte, über das ich bisher nur hatte reden hören, es jedoch nie gesehen, geschweige denn selbst erlebt hatte: Sein Schwanz wuchs in meiner Hand, pochte, dehnte sich, wurde dick und lang und hart, lag nach Sekunden wie ein Maiskolben zwischen meinen Fingern. Manfred grinste, fast entschuldigend. Als wollte er sich nicht anmerken lassen, was wir beide jetzt wussten: dass er schon ein Mann war und ich noch ein Kind. Ohne Erektion, ja, ohne Schamhaare. Ich holte das Lineal aus meinem Schulranzen und legte an. An uns beide, an seine Erektion und an meinen Unbeweglichen. Und ich war nervenstark genug, die Maße aufzuschreiben, Länge und Umfang. Als Belege einer schweren Stunde.

Nun, mein Körper war ein Fehler. Nichts an ihm war, wie es sein sollte. Trotzdem, irgendwie tröstete mich das Wissen, das mir ab dieser Stunde gehörte: Ein Schwanz erregte sich und wurde ein »Ständer«, konnte somit in eine Frau eindringen, konnte sie »ficken«. Jetzt begriff ich, wie das »Liebe machen« – den Ausdruck hatte ich auch schon gelesen – funktionierte. Es gefiel mir nicht. Es widerte mich an.

Zwölf Stunden später schauten Manfred und ich uns nicht mehr in die Augen. Plötzlich kam das längst eingetrichterte Gift in uns hoch, die beispiellose Wut auf Nacktsein und Geschlechtsorgane. Wie eine Seuche hatte es sich bereits in unser Denken gefressen. Via Religionsunterricht, via Fotzen, via Schuldgefühle. Ich suchte nach dem Schulheft, in dem stand, was uns einst eingebläut worden war. Und ich fand es, hatte es damals direkt aus dem »Lob Gottes« kopiert, Stichwort *Heilige Reinheit*: »Habe ich freiwillig Unkeusches gedacht oder aus böser Lust angesehen oder angehört oder geredet oder gelesen? Habe ich freiwillig und mit Wohlgefallen ein böses Verlangen gehabt, Unkeusches zu sehen, zu hören oder zu tun? Habe ich Unkeusches allein getan? Habe ich Unkeusches mit andern getan? (Gib bei diesen Sünden die Zahl an, so gut du kannst.)«

Ein Strom nach Sühne und Bestrafung schreiender Bilder zog durch meinen Kopf: ALLES das hatten wir getan, uns angefasst, »unkeusch« angefasst, unkeusch gespielt, angestarrt, immer wieder angestarrt, Lust empfunden, unkeusche Fragen gestellt, unkeusche Worte gesprochen, Haut an Haut, stundenlang, ohne Zahl. Ja, unsere Verwerflichkeit zählte doppelt, reichte tiefer, so tief, dass es von den Verfassern des Gebetbuchs überhaupt nicht in Betracht gezogen worden war: zwei »Männer« hatten aneinander gesündigt, zwei »Perverse«, zwei »Kranke«, deren Laster nur in der Hölle enden konnten.

Wir sprachen die nächsten Tage nur das Nötigste miteinander. Und nie wieder über diesen Abend. Jeder musste mit seiner Scham selbst fertig werden. Hilfe bei einem Erwachsenen suchen schien undenkbar. Hätte Vater davon erfahren, er hätte uns lebendig begraben. Um Schande abzuwenden von sich, vom Namen Altmann, vom Geschäft der grandiosen Scheinheiligkeit. Als zwei schwule Söhne hätte er uns gegeißelt. Hätte auch nie verstanden, dass wir nicht homosexuell waren (und nie würden), sondern wie zwei Halbwüchsige handelten, die suchten, sich suchten.

Der Abend war einmalig und kam nie wieder. Im Gegenteil, wir wurden schamhafter als zuvor. Gingen wir schlafen, dann zogen wir uns bis auf Hose und Unterhose aus, stiegen jeder in sein Bett, entledigten uns unter der Bettdecke beider Kleidungsstücke und zogen hastig den Schlafanzug an. Alles im Dunkeln. Wir haben über den Irrsinn nicht diskutiert. Auf abstruse Weise beschützte er uns, gab uns stillschweigend die Gewissheit, dass sich die Schande nicht wiederholen würde.

103

Ich hatte mein geistiges Immunsystem überschätzt. Hatte noch kurz vor dem Abend mit Manfred geglaubt, dass die religiöse Gehirnwäsche, die Gehirnverschmutzung, dieser rastlose Zorn auf die Freuden des Körpers, weniger drastisch an mir vorübergegangen wären. Wie irrig: Wie ein Kind leichter als ein Erwachsener Fremdsprachen lernt, so lernt es leichter, die Giftsuppen zu schlürfen, die ihm die katholische Kirche jeden Tag servierte. Und so schluckte ich löffelweise die Tücke der Leibsünde, der Freudesünde, ließ mir meine Gefühle, meine Kindergefühle, verpesten vom »allein seligmachenden Glauben«, schluckte begierig die Kotze von Schuld und Frevel.

PS: Dass zwei Seiten vor dem Eintrag zur »Heiligen Reinheit« der Hinweis stand, dass Katholiken, die einem »Freidenkerverein« beitraten, schwer sündigten, sollte nicht überraschen. Frei denken! Da sei der Beelzebub vor.

104

Die Winterferien kamen. Antreten zur »Inventur«. Vater war der Überzeugung, dass man seine Nachkommenschaft auch in der schulfreien Zeit ausbeuten sollte. Antreten zur

Inventur eines Rosenkranzreichs: 1176 »Weihwasserkessel«, 1246 »Meine ersten Gebete«, 793 »Haussegen« (Segenssprüche für ein gesegnetes Heim), 8482 »Wallfahrerzeichen« (Anstecknadeln), 1798 »Minifotoapparate« (jene zündholzschachtel-kleinen Plastikboxen, durch die man per Knopfdruck die »heiligen Stätten« Altöttings betrachten konnte), 544 Schutzengel, 212 Krippen aus Holz, 226 Krippen aus Gipsmaché, 1254 Krippenesel, 1198 Krippenschafe, 967 Krippenochsen, 166 Versehgarnituren (ein kleiner Hausaltar mit allen Schikanen für die letzte Ölung), 2456 Christophorus-Plaketten (für katholische Autofahrer, zum Anschrauben oder mit Magnet), 879 Grablichter, 1167 »Kreuze ohne Gekreuzigten«, 1865 »Kreuze mit Gekreuzigtem« (*der* Bestseller, denn sie galten als »Zeichen der Erlösung, da Christus für uns gestorben ist«) und Zentner Rosenkränze. Eben der ganze heilige Bimbam, unser täglich Brot.

Jeden Tag, zwei Wochen lang, in ungeheizten Büroräumen (die Angestellten hatten Urlaub) den Krimskrams eines Aberglaubens nachzählen, notieren, nochmals nachzählen, nochmals notieren. Nie fand man ein Teil, das die Lebenssinne ankurbelte. Nur immer das finstere Zubehör eines Totenkults, nur immer den Reliquien-Hokuspokus für die Armen im Geiste. Manchmal zitterten meine Hände. Wegen der Kälte? Aus Hass? Aus dem Gefühl der Sinnlosigkeit? Draußen strahlte die Wintersonne. Auf dem Eisplatz könnte ich jetzt Schlittschuh laufen und die hübsche Sabine (Pfadfinderin!) sehen, vielleicht sogar sprechen mit ihr. Oder Schlitten fahren und heimlich eine Zigarette rauchen. Oder mit einem anderen Vater in einem warmen Wohnzimmer sitzen und mit ihm über die Welt reden. Und ihm hundert Fragen stellen dürfen und hundert Antworten bekommen. Aber den anderen Vater gab es nicht, ich hatte nur den einen. Und der führte auch im Winter Krieg. Und zu Kriegszeiten wird nicht diskutiert, da wird geschwiegen und gehasst. Und kommandiert. Und gehorcht.

105

Wie verwunderlich war doch sein Verhalten, denn Vater besaß eine relativ große Bibliothek, etwa achthundert Bände, darunter eine »Spezialausgabe Weltliteratur«, dreißig Folianten mit Goldschnitt und Büttenpapier. Es hätte also genug Gedanken gegeben – das Erhabene, das Schöne, das Versöhnliche –, über die man hätte sprechen können. Wobei ich allerdings nie herausgefunden habe, wann er die Bücher und ihre Ideen las. Nie sah man ihn mit einem Buch in der Hand, nie einen Buchladen betreten. Vielleicht vorher, vor Russland und Polen, vor der Verrohung.

Literatur, Poesie, Philosophie, Geschichte, Weltkunde, Menschenkunde, sie kamen bei uns nicht vor. Musik auch nicht. Niemand trällerte ein Lied und die »eigenmächtige Benutzung« des Plattenspielers war unter Strafe verboten. Dafür fiel der Blick vom Altmann-Haus auf einen Friedhof. Ein sinnigeres Bild für unser Zuhause hätte man nicht finden können. Wir waren das dazugehörige Totenhaus. Ohne Sinnlichkeit, ohne Verführung zum Wissen, ohne zweckloses Jauchzen, ohne Vorfreude, ohne Freude, ohne Ironie, ohne Hula-Hoop-Reifen, ohne selige Kindergesichter, ohne selige Erwachsenengesichter, ohne Vertraulichkeit, ohne Kichern, ohne einen Morgen, an dem man nicht bereute, hier leben zu müssen.

106

Aber Manfred war da. Er war mein großer Bruder, seine Anwesenheit schützte mich. Allein durch das Wissen, dass es ihn gab. In Reichweite. Dass er der eine war, der treu blieb, nicht zermürbt wurde von den Umständen. Auch nicht von dieser einen halben Nacht, unserer Nacktheit. Natürlich musste auch er in den Winterferien zur Schichtarbeit antreten. Wir teilten also das Leid. Aber bald machte ich die Erfahrung, dass das Leid eines anderen das eigene

Leid verdoppeln kann. Weil die Herabwürdigung des anderen, den man liebt, einen selbst herabwürdigt. Weil die Prügel für den anderen das eigene Herz prügeln.

107

An meinem Status als Versager war nicht zu rütteln. Im Zwischenzeugnis konnte man es wieder nachlesen. Diesmal mit drei Fünfern, so tief unten war ich noch nie. »Vorrücken« war diesmal nicht wie üblich gefährdet, sondern »sehr gefährdet«. Ein *Mangelhaft* sogar in Deutsch. Der zuständige Lehrer hatte meine Aufsätze laut vorgelesen. Als abschreckendes Beispiel. Vor der eiskalt lachenden Klasse. In diesen Augenblicken konnte ich gar nicht anders, als an meinen Vater zu denken. Er hatte wohl Recht. Ich versagte und das Gelächter der anderen war die Quittung für mein Versagen. In dem »Besonderen Beurteilungsbogen« hatte der Klassleiter, zugleich mein Deutschlehrer, freilich einen Satz geschrieben, den man je nach Gemütslage als ungeheuerlich oder als ungemein witzig verstehen konnte: »Andreas müsste zu Hause zu strenger und regelmäßiger Arbeit angehalten werden.« Er meinte ihn gänzlich anders, aber so, wie er dastand, klang er wie Hohn.

108

Adolf Hitler hatte einst das deutsche Volk wissen lassen: »Dafür werde ich sorgen, dass diese Jugend herumgewirbelt wird. Es muss immer was los sein.« Dehnt man den Satz ein wenig, dann könnte er auch von meinem Vater stammen. Bei uns war etwas los und herumgewirbelt wurde die Jugend im Altmann-Haus auch.

In diesem Frühjahr, nach dem Winterzeugnis, kam es zu einem Auftritt, den ich als ultimative Kampfszene abgespeichert habe. Ich weiß, wovon ich rede, denn die Fäuste meines Vaters erwischten mich oft, aber nie so, wie sie

Manfred an diesem Sonntag ramponierten. Mitten hinein ins himmlische Glockengeläut im Gnadenort Altötting, mitten hinein in die Sonntagspredigten von der Güte des Herrn. Um ein Haar hätte es Franz Xaver Altmann an diesem Tag – um etwa 12.30 Uhr – geschafft, als Totschläger stadtbekannt zu werden. Die Szene war radikal und lehrreich. Vieles konnte man aus ihr lernen, auch, dass nicht unbedingt ein Zusammenhang bestehen musste zwischen dem, was man sagte, und dem, was man tat. Ja, dass man Augenblicke davor »Wie auch wir vergeben unseren Schuldigern« aussprechen und Minuten später auf sein Kind einschlagen konnte.

Hier das Protokoll: Tischgebet, stehend vor dem Kruzifix in der Ecke, dann setzen. Wir waren zu fünft, Stefan fehlte, er nahm an einem Leichtathletik-Wettkampf teil. Es dauerte nur Minuten und Vater begann wie gewohnt, vor Detta das Essen zu bemäkeln. Sein Lieblingsspiel eben, seine Art, den anderen an seine Minderwertigkeit zu erinnern. Normalerweise reagierten wir Kinder nicht darauf, im Gegenteil, wir betrachteten beide als Feinde. Keiner von ihnen verdiente Mitgefühl. Aber heute war es anders, aus irgendeinem Grund konterte Manfred und meinte, mit vollem Mund und schmatzend, genau wissend, wie er damit den Hausherrn in Rage treiben konnte: »Ich weiß nicht, was du hast, Vater, aber mir schmeckt es ausgezeichnet.«

Das roch nach Palastrevolution, das war undenkbar, das war der offene Bruch mit dem Code aus mosaischer Zeit: »Du sollst Vater und Mutter ehren!« (selbst wenn sie dich täglich entehren). Sofort Totenstille, sprich: Silentium plus Atemlosigkeit. Ein unüberhörbares Schweigen. Bis Vater die Wucht des Satzes verstand, die Widerspenstigkeit begriff, hochfuhr, den umgeworfenen Stuhl liegen ließ, um den Tisch Richtung Manfred preschte, mit ausgestreckten Armen auf ihn zustürzte, seinen Hals umklammerte, ihn hochriss und schrie: »Du wagst es, mir zu widersprechen?« Vielleicht drei Mal, vielleicht vier Mal den immer gleichen Satz schrie. Bis auch Manfred den Wahnsinn der Situation erkannte und, enthemmt wie sein Folterer, kerzengerade den vollen Mund in Vaters Gesicht spuckte, blitzartig – noch immer die fremden Hände als Schraubstock an seinem Hals – nach dem Teller griff und, wohl todesmutig und in Todesangst, den Rest des Essens auf den Irrsinnigen schüttete. Und sofort lockerte der Rosenkranz-Grossist – Visage und Sonntagsanzug voll mit Fleischresten, Gemüse und Sauce – den Griff. Sein einziger Moment der Schwäche, lange genug, damit Manfred sich losreißen konnte. Und aus dem Zimmer stürzte. Vater hinterher, beide die Treppe hinunter.

Wir drei anderen, Detta, Perdita und ich, blieben erstarrt sitzen. Aber ich begriff, dass ich handeln musste, dass ich diesmal nicht – wie damals bei Mutter, als ich davon phantasierte, dem Alten mit der Suppenschüssel den Schädel einzuschlagen – feig sitzenbleiben durfte. Dass ich die Liebe zu Manfred beweisen musste, auch wenn Schmerzen drohten, ein Unheil. Dass ich doch Andreas hieß, »Andreios«, *der Tapfere*. Dass ich doch einmal auf der Höhe meiner Träume leben musste.

Ich rannte hinterher. Nicht zu früh. Als ich den Hinterausgang öffnete, hörte ich schon die Schreie aus der fünfzehn Meter entfernten Remise. Obwohl das Tor von innen zugezogen worden war. Sicher vom 59-jährigen Schläger, um nicht die Nachbarschaft zu alarmieren. Als ich es aufstieß, sah ich Vaters Rücken und – vor ihm und direkt gegen die Mauer gedrückt – meinen Bruder, seinen Sohn und Lehrling, schreiend, auf die Fäuste des Feisten reagierend, wie ein Tier sich wehrend gegen die Hiebe, die auf ihn prasselten. Auf den Kopf, ins Gesicht, auf den Leib. Ich wusste mir nicht anders zu helfen, als mit Anlauf von hinten auf Vater zu springen. Und ich sprang, versuchte – wie kindlich – die Arme des Faustkämpfers festzuhalten. Aber einen Rasenden hält kein knapp 14-Jähriger auf. Wie eine lästige Fliege warf er mich ab und boxte weiter. Warf mich ein zweites Mal ab. Jetzt war er wieder die SS-Maschine, die Landser-Maschine, der seine Söhne mit zwei Russenschweinen oder zwei Polackenschweinen oder zwei Judenschweinen verwechselte. Plötzlich fiel mein Blick auf eine schwere, schwarze Fahrradpumpe. Und ich nahm sie und hörte die Schreie meines Bruders und das Keuchen unseres Vaters und dachte: Das ist der Augenblick, das ist die Lösung, das ist die Erlösung von einem Täter, das ist der Moment, in dem ich all meine Feigheiten wiedergutmachen könnte. Ich hob die Pumpe und – konnte nicht. Wieder nicht. Hätte ich mit dem Teil, so stabil wie ein Holzprügel, auf seinen Hinterkopf gezielt, er wäre tot umgefallen. Aber ich ließ es los, lief hinaus, öffnete beide Flügel und begann zu brüllen. Wie ein Mensch, bevor er ermordet wurde. Und brüllte weiter. Und irgendwann schien Vater hinzuhören und – der Schreie wegen, des Geredes wegen – trat vom Marterpfahl zurück, ließ den Gemarterten stehen und verschwand im Haus. Wortlos, noch immer schwer atmend wie ein Scharfrichter, der gerade viel zu tun hatte.

Manfred humpelte aus dem halbdunklen Raum, sein Rücken schmerzte, er hielt sich die Hände an den Brustkorb. Die Schürfwunden in seinem Gesicht waren nicht zu übersehen. Wir redeten nicht. Wir verließen das Anwesen, wussten nicht, was tun. Wanderten ziellos hinaus aus der Stadt, zu den Feldern, in den Wald. Redeten wenig. Und kehrten am frühen Abend wieder heim. Ohne Plan. Ohne Alternative.

Vater sagte kein Wort. Aus Furcht, dass wir ihn anprangern würden? Sicher nicht. Bei wem auch? Nein, für ihn war der Fall erledigt. Er hatte sich an seinem ungehorsamen Sohn gerächt. Und doch, etwas war anders, zum ersten Mal: Einer von uns hatte zurückgeschlagen. Manfred hatte, obwohl dreißig Kilo leichter, Fäuste mit Fäusten vergolten. Nicht sehr wirkungsvoll, aber immerhin. Ob Vater anfing, das Menetekel an der Wand zu lesen? Nein. Wir verschwanden nur für zwei, drei Tage aus dem Fadenkreuz seiner Erbitterung. So lange hielt seine Befriedigung an, nie länger.

109

Eines der berühmtesten Chansons von Edith Piaf heißt: »Je hais les dimanches«, *Ich hasse Sonntage*. Wegen der Scheinheiligkeit, wegen der vielen Scheinheiligen, die im Sonntagsstaat zum Büßen und Beten anrücken: » ... Que l'on dit bien pensants / Et ceux qui ne le sont pas / Et qui veulent qu'on le croit / Et qui vont à l'église / Parce que c'est la coutume ...« Und das sang eine Frau, die in Paris lebte! Welchen Text hätte Charles Aznavour für sie geschrieben, wenn sie solche Tage in Altötting hätte aushalten müssen?

Um 9.45 Uhr mit Franz Xaver Altmann zur Messe marschieren, behängt mit finsteren Klamotten, abgetragen vom Familienvorstand, dann weitergereicht an den ältesten Sohn, dann an den mittleren, dann an den jüngsten. Anderen finsteren Figuren begegnen, alle mit dieser Ergriffenheitsvisage, diesem Tag-des-Herrn-Getue, alle von Uneleganz geschlagen, grau oder dunkelgrau oder rabenschwarz verhüllt, in nichts unterschieden sie sich von ihrer Umgebung: dem Gemäuer einer Kleinstadt, farblos, ideenlos, in kaum einer Straße ein Baum, keine hundert Quadratmeter öffentlicher Park mit Blumen und Wiese, kein See, kein Teich mittendurch. Nur Häuser, Asphalt, drei Friedhöfe und an allen Ecken und Enden »Gotteshäuser«. Alle stinknormal, keine Stätte mit Flair, kein Monument mit einem Hauch von Schönheit, kein Gebäude, das man wegen seiner Pracht betrat, wegen seiner verführerischen Architektur. Hier verführte nichts, nur der Aberglaube, nur die fixe Idee, in der Hölle zu schmoren, wenn man sich dem Ritual entzog.

Vater beorderte uns in die *Basilika Sankt Anna*, die größte im 20. Jahrhundert in Deutschland gebaute Kirche. Kalt, riesig, Platz für achttausend. Um zehn Uhr begann das »Hochamt«. Während der Rosenkranzkönig die Empore hinaufstieg, um im Chor mit anderen Honoratioren »Großer Gott, wir loben Dich, / Herr, wir preisen deine Stärke« zu frohlocken, suchten Manfred und ich einen Platz, wo wir heimlich lesen konnten. Die schmalen Sigurd- oder Tibor-Heftchen, die mühelos im Ärmel verschwanden, taugten als passende Lektüre. Wir konnten keine Fehler machen, beim »Schuldbekenntnis«: ein Reuegesicht aufsetzen! Beim »Hallelujaruf«: kräftig Halleluja rufen! Bei der »Wandlung«: erschüttert hinknien! Und bei der Predigt, eben die *Frohe Botschaft* als typisches Untergangsgeleier: die Stichpunkte nicht überhören! Denn Vater fragte uns hinterher aus, wollte wissen, ob wir teilgenommen hatten.

Die lange Stunde war erdrückend. Durch die aufgehängten Lautsprecher kam das Gewimmer des Pfaffen (» ... Denken wir daran, dass wir als arme Sünder vor den heiligen Gott hintreten, den wir wieder und wieder enttäuscht und beleidigt haben ...«) und darunter standen wir, die wir wieder enttäuscht und beleidigt und versagt hatten. Dennoch, nicht viele von den Versagern schienen vorhanden, mit ihrem Herz, ihrem Verstand. Viele hier vermittelten das Gefühl, als wären sie Welten weit weg. Ich war noch Jugendlicher, aber so täuschen konnte ich mich nicht. Ich wusste bereits, wie Gesichter aussahen, die träumten. Nur als fernes Rauschen schien der Leierkasten neben dem Altar das Bewusstsein der Anwesenden zu erreichen. Aber offensichtlich war ihnen nicht zu helfen. Sie dösten, statt himmelhochjauchzend davonzurennen. Ließen sich wie Schafe vorführen, als die sie schon im Neuen Testament verspottet wurden. Wohl saß die Angst in ihnen bereits zu tief (meine Mutter!), wohl beizte schon zu gründlich der Rachesermon dieser Religion ihr Denken (dito!), als dass sie noch die Kraft gefunden hätten (dito!), sich in ein freies Leben zu retten.

Noch etwas fiel auf, nicht gleich, aber im Laufe der Wochen und Monate: Selbst wenn einer der Prediger das Wort »Freude« aussprach, klang es wie »Verdammnis«. Die Lebensfeindlichkeit hatte sich längst in ihre Sprache geschlichen. Auch wenn sie etwas sagten, das positiv besetzt war, hörte es sich wie eine Trostlosigkeit an. So freudlos klang ihre Freude.

Ich rettete mich (Manfred war zögerlicher), ging eines Tages zum Haupteingang hinein und verschwand durch die Nebenpforte. Ich hatte das Gefühl, dass ich beim nächsten Mal inmitten der Öde verdorren würde. Alles in mir bäumte sich auf gegen diese schwarzen Messen des Griesgrams, lautstark umrahmt vom katholischen Männerchor mit Franz Xaver Altmann als Tenor, der die Woche über Bosheit und Pein verbreitete und am Sonntagvormittag »O du hochheilig Kreuze / daran mein Herr gehangen in / Schmerz und Todesbangen ...« posaunte. Absurder konnte man es nicht erfinden. Falscher konnte ein Leben nicht sein. Ich trat ins Freie und rannte die zweihundert Meter zum Kapellplatz hinauf.

Etwa um diese Zeit passierte etwas im Gnadenort Altötting, das sicher oft passierte, aber diesmal auf absurd-katastrophale Weise endete. Die folgende Episode entnehme ich den Nachlass-Unterlagen eines Arztes, in deren Besitz ich – leider – erst bei der Recherche zu diesem Buch kam. Hätte man damals schon seinen Bericht laut und schwungvoll zwischen den Leichenbitter-Ergüssen der Basilika-Pfaffen und Toten-Arien meines Vaters vorgelesen, es wäre sicher zu tumultartigen Szenen gekommen. Voll mit unfassbarem Schweigen, voll mit kreischendem Gelächter.

Laut seinen Angaben wurde Dr. med. Engelbert Hayduk (sein tatsächlicher Name) an einem Septemberabend telefonisch und höchst dringlich ins Kloster St. Magdalena, Kapellplatz 9, gerufen. (Gleich daneben steht die St.-Magdalena-Kirche, mit der Kanzel für die tägliche Anstandslitanei.) E. H., selbst gläubiger Katholik, erwähnt in seinem Bericht, dass er schon als Kriegsarzt eine Menge Wahnsinn gesehen habe, aber nichts im Vergleich zu dem, was sich ihm nun hinter den ehrwürdigen Mauern der ehrwürdig-beispielhaften Klosterbrüder darbot: Pater A. lag nackt und bäuchlings auf einem Tisch und mitten aus seinem Leib, mitten aus seinem Hintern, ragte der Rest einer Flasche. Höllenrotes Blut floss, da der gläserne Dildo ganz offensichtlich beim todsündenverseuchten Liebesspiel tiefer als vorgesehen versunken und – abgebrochen war. An der genau falschen Stelle, in Höhe des Anusrings, somit die Scherben tief ins Fleisch schnitten. Noch tiefer, da die an der Kapuziner-Schwulen-Orgie Beteiligten zuerst selbst versucht hatten, Restflasche und Splitter herauszufischen. Vergeblich, deshalb der Notruf. Doktor Hayduk – mit einem vorbildlichen Ruf als immer hilfsbereiter Mediziner – erwähnt in seinen Aufzeichnungen noch die blutigen Striemen am Rücken, an Armen und Beinen des Paters. Die in der Panik nur nachlässig weggeräumten Handschellen und Peitschen zeigten, dass die Herren sich beim Gebrauch des einschlägigen Werkzeugs zur Maximierung ihrer Sado-Maso-Lust auskannten. (Das ist natürlich auch hinreißend witzig, denn der Sadomasochismus könnte eine erzkatholische Erfindung sein: sadistisch bestrafen und masochistisch die Strafe genießen!) Aber hier war nichts mehr lustig, und sein halbes Kapuzinerleben verdankte A. wohl der professionellen Erfahrung von E. H., der das irgendwann scherbenfreie Gesäß nähte, das Blut stillte, die Schmerzen reduzierte, die richtigen Medikamente daließ und selbstverständlich versprach, die Nachbehandlung zu übernehmen. Zum Dank dafür wurde der Arzt noch am selben Abend darüber informiert, dass er bis zu seinem letzten Stündlein »absolutes Stillschweigen« zu befolgen habe. Bei Nichtbefolgen wäre – wörtlich – seine »Existenz gefährdet«.

NB: Es geht natürlich nicht um die Verurteilung homosexueller Praktiken. Meinetwegen kann sich jemand einen rosa Elefanten-Bullen im Schlafzimmer aufstellen und ihn dreimal täglich bespringen. Sind Tier und Mensch einverstanden, nur zu! Dieser Tatsachenbericht steht allein deshalb hier, um auf die in den Himmel und in die Hölle schreiende Diskrepanz zu verweisen, die zwischen der meisterlichen Bigotterie und den zölibatären Schweinigeleien lagen. Mitten im Gnadenort.

Von Frühjahr bis Herbst gab es in Altötting ein sonntägliches Delirium. Aus allen Himmelsrichtungen, per Bus, per Bahn, per pedes, strömten die Wallfahrer, strömte der Mammon. Bis zu einer knappen Million kamen pro Jahr, um in der *Gnadenkapelle* bei der »Schwarzen Madonna« um ein Wunder zu betteln, um Geld, um Gesundheit, um Sonne, um Regen, um Ernten, um Hochzeiten, um Segen, um – unvermeidlich – Rettung ihrer gar sündigen Seelen. Seitdem vor fünfhundert Jahren, so der hiesige Märchenfunk, ein Kind ertrunken war und in der Kapelle wieder lebendig wurde, war die 64 Zentimeter hohe Holzstatue eine gemachte Frau. Wie die Devotionalienbuden-BesitzerInnen auch, von denen die Kapelle in Schrittnähe umzingelt war (und ist). Und mein Vater, der König, erst recht.

Der beste Witz über den Gnadenort ging so: Ein Mann verlässt schreiend die Kapelle, Jubel schreiend: »Ich kann wieder laufen, ich kann wieder laufen!« Und die Pilger, ebenfalls Jubel schreiend: »Die Gnadenmutter hat geholfen, die Gnadenmutter hat geholfen!« Und der Glückliche: »Nein, nein, jemand hat mir mein Fahrrad gestohlen!«

Ein Sommersonntag in Altötting war wie ein Eisenbahnunglück, man kann ihn nicht wirklich beschreiben, man muss ihn erlebt haben: Erreichten die Neuankömmlinge den Kapellplatz, eilten sie voller Erregung – vorbei am ambulanten Bildzeitungs-Verkäufer (passen »Bild« und Lügenmärchen nicht wundersam zusammen?) – auf das Kirchlein zu, in dessen zwei engen Räumen Kerzlein und Öllämpchen brannten. Durchaus mit Anmut. Und vorne in einer Nische stand die Jungfrau aller Jungfrauen, eben das, was man bei anderen Sekten eine Götzenstatue nennen würde, hier aber als »Mutter Gottes« mit Krone und Zepter dem Volk präsentiert wurde.

Viele Pilger jedoch hielten ihr schlechtes Gewissen nicht aus und verlangten sogleich nach energischer Buße. Und so stürzten sich die Mühseligen und Beladenen auf die Holzkreuze (klein wie Zwerge oder riesig wie auf Golgatha), die an den Außenwänden der Kapelle lehnten. Und luden sie auf ihre Schultern und rutschten auf Knien (!) um den Ort der Gnade. Und riefen – irgendwie verzückt schuldbewusst – ihre Nichtsnutzigkeit gen Himmel und Himmlische. Kinder, gestandene Männer, Greise und Greisinnen rutschten. Jeder Katholik, gleich welchen Alters, hatte Dreck am Stecken und musste von früh an daran erinnert werden, dass er ein Gottesbeleidiger war, ein Unkeuscher, ein Dorn im Auge des Allmächtigen.

Die Kasteiung fiel umso leichter, als der überdachte Rundgang mit etwa 2000 Votivtafeln dekoriert war, manche bis zu zweihundert Jahre alt. »Zeugnisse« göttlicher Hilfestellung, in Auftrag gegeben von den – nach dem Unglück, nach der Katastrophe – »Geretteten«: den Mistgabel-Verstümmelten, Pferdehuf-Getretenen, Bomben-Verschütteten, Ochsen-Zertrampelten, Scheintoten, Gerüst-Abgestürzten, Blitz-Getroffenen, Hagel-Geschädigten, Beinah-Erstickten, Herzinfarkt-Überlebenden, Erdbeben-Davongekommenen, Schusswunden-Resistenten, Feuersbrünsten-Entflohenen, Eislöcher-Gefallenen und »Um-ein-Haar«-vom-Baum-Erschlagenen.

Auf einem *Taferl* stand »Verlobt in Paris«. Wunderlich irreführend, denn kein Paar wollte hier der Heiligsten für seine Liebe in der französischen Hauptstadt danken, sondern – ja, das hat Aberwitz – ein Bayer hatte in Paris der Jungfrau aller Jungfrauen Treue geschworen und sich »mit ihr verlobt«. Das war meine Lieblingstafel. Sie war tatsächlich ein Zeugnis. Von Hirnzersetzung, von geistiger Irrfahrt, zu der die Verweigerung des Denkens einlud.

Manchmal verkam der Ort zur Freakshow. Wenn die Uralten auf ihrem Kreuzweg zusammenbrachen und platt liegen blieben. Geschlagen von der Hitze, der Last und ihren Lastern. Und der gerade Gewiefteste unter den Geschäftsleuten herbeieilte, dem Märtyrer oder der Märtyrerin auf die Beine half und sie – in seinen Laden abschleppte (oder zwei Gewiefte zur Stelle waren und sich um die Beute stritten). Wo sie dann, zurück aus spiritueller Ohnmacht, eingeladen wurde zu shoppen. Aus dem überreichen Angebot von Nippes, den ich besser kannte als jeder Wallfahrer. Plus (unerhältlich bei F. X. Altmann & Sohn): Weihrauch-Päckchen (»arabisch hell« oder »arabisch dunkel« oder »Paradies«), Weihrauch-Schwenker, Bruder-Konrad-Bildchen (»heiliger« Bruder Konrad, was sonst), Heilige-Vater-Kerzen, Echte-Altöttinger-Wetterkerzen (keine chinesischen Imitate), Gnaden-Altar-Kerzen, Muttergottes-Lebkuchenherzen, Schutzengel-Anhänger, plus: noch einem Sack voller Blech, das in Altötting eben »heiliges Blech« war. Immer heiliggesprochen von der Jungfrau oder einem Papst oder dem nächstbesten Ladenbesitzer.

Auf den lokalen Geschäftssinn war Verlass. Neben der Gnadenkapelle stand der gnadenlose Hinweis: »Lungern und Lagern ist verboten.« Später wurden sogar die Bänke entfernt. Damit hier keiner unbußfertig herumsaß und sündenfrech die Sonne genoss, statt schön weinerlich »Durch meine Schuld, durch meine Schuld, durch meine übergroße Schuld« zu wimmern und zu Kreuze zu kriechen.

111

In der *Stiftspfarrkirche*, gleich neben der Kapelle, stand eine etwa fünfzig Zentimeter hohe Skelettfigur, der »Tod von Altötting«. Was für eine Metapher: die Darstellung des Sensenmannes, der im Takt der Uhr, auf der er stand, mähte. Die Lebenden ummähte. Kein Bild brannte sich stärker in mich ein. Der Anblick stank nach Verwesung, nach Totenkult, nach Immer-bedroht-Sein und Immer-bestraft-Werden. Jede Sekunde, und kein Atemzug Freude, nur immer Leben unter Mehltau, unterm Sargdeckel.

In dieser Kirche hatte ich auch gebeichtet. Bis ich als

12-Jähriger aufhörte, mich in einen düsteren Beichtstuhl zu knien und dem Pfaffen, dem Lauscher hinter dem Holzgitter, meine »Verfehlungen« zu flüstern. Was für ein größenwahnsinniger Hochmut: Ein Fremder (der Pfaffe) vergab einem Fremden (mir) Taten und Gedanken, die ich einem Fremden (dem Pfaffen fremd) angetan hatte. Der Oberhirte – eben das Oberschaf – absolvierte ein Herdenschaf von seinen Schafs-Gedanken und Schafs-Taten. Um dem Schaf anschließend eine »Buße« von drei *Vaterunser* und drei *Gegrüßet seist du, Maria* aufzuerlegen. Die das Schaf dann beim Verlassen der Kirche herunterratterte, um sich hinterher wieder als unschuldiges Schaf fühlen zu dürfen. Würde man diesen Vorgang jemandem erzählen, der noch nie von der katholischen Kirche gehört hat, der Mensch käme logischerweise auf die Idee, dass man ihm vom Tun und Treiben einer Irrenanstalt berichtete: Narren knien vor Narren, um ein Narrenspiel zu inszenieren.

Noch abartiger, und so hörte ich es später von Gleichaltrigen, die weiter zum »Sündenbekenntnis« gingen: Die Beichtväter – gerade bei »fleischlichen Sünden« – hatten die Angewohnheit, sich detailliert zu erkundigen: »Wo genau hast du dich berührt?« – »Wie lange hat es gedauert?« – »Was genau hast du empfunden?« – »An was hast du dabei gedacht?« Um ihre Neugierde zu rechtfertigen, musste wieder der Herrgott herhalten: »Der liebe Gott hat das Recht, alles akkurat zu wissen. Damit er dir verzeihen kann.« Man darf vermuten, dass sich die Padres beim Lauschen der irdischen Heimlichkeiten gleich stürmisch aufgeilten. Welchen anderen Grund sollte es für die perverse Neugier sonst geben? – Vierzig Jahre später würden die unzähligen Fälle von Kindesmissbrauch in der katholischen Kirche die damals diffusen Vermutungen nur bestätigen.

Mitunter überkam mich die gräuliche Vorstellung, noch als 50-Jähriger in diesem Schlund frömmlerischer Biederkeit mein Dasein fristen zu müssen, ja auf Lebenszeit hierher verbannt zu sein. Um diesen Gedanken zu vertreiben, verbrachte ich oft die letzte halbe Stunde des Hochamts im *Hotel Post*, das jetzt mein Onkel Emanuel leitete, der Bruder meiner Mutter. Den bewunderte ich. Ein cooler Typ mit einem Menjou-Oberlippenbart, großzügig, gut aussehend, stets elegant gekleidet. Er hatte zuvor als Hotelier in Südafrika gearbeitet, in East London. Warum er von einer umtriebigen Stadt mit Blick auf den Indischen Ozean in eine oberbayerische Quetsche gezogen war, konnte ich nicht nachvollziehen. Aber er war der einzige Sohn, somit wohl verpflichtet, den Familienbesitz zu übernehmen. Natürlich gingen sich »Bobby« und mein Vater aus dem Weg. Der eine war all das, was der andere nicht war. Und natürlich musste ich heimlich ins Hotel verschwinden, denn Kontaktaufnahme mit dem Feind war untersagt.

Das »Erste Haus am Platz« – ursprünglich Postkutschenstation zwischen München und Wien – war tatsächlich der *eine* Ort, an dem so etwas wie Flair umging. Die Zimmer, die Bäder, das Treppenhaus, der Speisesaal, sie waren großzügig und geschmackvoll angelegt. Kein Pensionsmief, keine Kojen als Betten, keine gehäkelten Vorhänge, kein geschnitzter Herrgott in jedem Eck. Seit knapp 700 Jahren stand es, Ende des 17. Jahrhunderts wurde es von dem italienischen Baumeister Enrico Zuccalli grundlegend umgebaut. Mit einem – längst verschwundenen – »Lustgarten« (!!!). Unfassbare Zeiten damals. Und unfassbar illustre Gäste waren hier abgestiegen, der berühmteste: Mozart. Blieb nur die Frage, was ein Genie hier verloren hatte? Vielleicht auf der Flucht vor seinen Gläubigern?

Jedes Mal, wenn ich Bobby sah, musste ich ihn anfassen. Den Arm auf seine Schultern legen schien am unauffälligsten. Den Mann hätte ich mir gern als »Familienoberhaupt«

ausgesucht. Nach der Schonzeit in seiner Nähe ging es mir besser. Ich rannte zurück in die Basilika, horchte Manfred oder den Banknachbarn aus, erfuhr die Stichpunkte der Predigt. Um Minuten später Vater gefasst anzulügen.

113

Wenn es je einen Erfinder für das Wort »Schnäppchenjäger« gegeben hat, dann muss es Franz Xaver Altmann gewesen sein. Logisch: Je mehr Wallfahrer während des Wochenendes Altötting überfluteten, desto ertragreicher für die Rosenkranzfirma. Dennoch wurmte ihn, dass er an diesen Tagen nicht direkt, nicht cash, am *holy business* beteiligt war. So kam er auf die Idee, das Altmann-Haus in eine Pilger-Herberge umzufunktionieren. Damit Herr und Frau Wallfahrer mit Großfamilie bei uns nächtigen könnten. Gegen eine ordentliche Übernachtungsgebühr, quittungsfrei. Da waren sie wieder, die Augenblicke, in denen man nicht mehr mit Sicherheit sagen konnte, ob wir den ersten oder bereits den zweiten Grad Schwachsinn überschritten hatten.

Einmal habe ich mir die Namen unserer Gäste notiert, die von einem Samstag auf Sonntag mitten im Mai bei uns einkehrten. Und so lag der 58-jährige Schreiner Johann K. aus R. in Manfreds Bett und seine Frau Theresa in meinem. Zwei Türen weiter – Stefans Zimmer musste erst durchgelüftet werden – die Großmutter. In Perditas und Dettas Zimmer landeten die beiden Schwestern. Und ins Ehebett kamen die Kinder, Martha und Gregor. Und wir, die Herbergsfamilie, bliesen die Luftmatratzen auf und logierten – eng aneinander wie in einem Luftschutzkeller – auf dem Boden des Esszimmers. Davon hatte ich immer schon geträumt: auch noch die Nächte in der physischen Nähe meines Vaters zu verbringen. Und das Schnaufen der Dicken zu hören, während ich wach lag und über die Ausweglosigkeit meines Lebens nachdachte. »Ich bin gefangen«, der Gedanke wanderte seit langem wie ein Perpetuum mobile durch meinen Kopf. Es gab keinen Fluchtweg: Mutter war pleite. Die staatlichen Stellen (Vormundschaftsgericht, Sozialamt) hätten mir nicht geglaubt. Und ich war kein Held. Einer eben, der davonging, auch wenn woanders nur Aussichtslosigkeiten auf ihn warteten. Ich blieb. Und trat am nächsten Morgen zum »Spüldienst« an, dem »verschärften« natürlich, denn die sieben Personen mussten zusätzlich verköstigt werden.

114

Das Geld aus dem Briefmarkendiebstahl war aufgebraucht. So war der Hunger wieder an der Tagesordnung, denn die Speisekammer war noch immer versperrt. Doch diesmal waren wir zu zweit, um eine Lösung zu finden. »Dickpanz«, so Manfreds Spitzname (weil er alle Reste aufaß), hatte den einzigen Weg eingeschlagen, der in Vaters Nähe zum Ziel führte: den kriminellen. Als Deutschlands miserabelst bezahlter Lehrling besaß er jedes moralische Recht, sich nebenbei zu bedienen. Wie Mutter vor Jahren verkaufte er diskret und ohne Lieferschein Rosenkränze. Er kannte die Materie, die Kunden, die (schwarzen) Regeln.

Ich könnte nicht sagen, was uns heftiger antrieb, um an Nahrungsmittel heranzukommen: das Gefühl, nie satt zu sein? Oder die unbedingte Bereitschaft, unseren Erzeuger zu hintergehen? Oder die Freude am Spiel, an der Intensität? Wohl alles. Sobald es freitagabends still wurde im Altmann-Haus, huschten wir von unserem Zimmer durch die Tür hinauf in den Speicher (denn die Gefahr, beim Weg über die vier Treppen nach unten erwischt zu werden, war reell, zudem waren beide Haustüren verriegelt). Dank der hektischen Suche nach verkäuflicher Ware vor knapp zwei Jahren hatte ich im hintersten Eck des Obergeschosses eine Luke entdeckt. Aber nie geöffnet. Jetzt öffneten wir sie. Versuchten, sie zu öffnen. Minutenlang vergeblich, denn der schwere Deckel war festgerostet. Aber irgendwann gab er nach und einer der unvergesslicheren Momente in meinem Kinderleben folgte: Ich stieg als erster hinaus auf das Flachdach, richtete mich auf und – stockte, vereiste. Nein, nicht der Hausbesitzer stand im Weg, sondern eine Hochspannungsleitung. Eine gespreizte Hand entfernt. Ich ging sofort in die Hocke, um nicht vor Schreck umzukippen. Und um Manfred rechtzeitig zu warnen.

Ich brauchte eine gewisse Zeit, um mich zu beruhigen. Dann besprachen wir flüsternd die Lage. Sobald wir das Terrain kannten, schien die Bedrohung überschaubar. Der knappe Meter reichte problemlos, um unter den Stromkabeln durchzukriechen. Dann zum abgeschrägten Mansardendach robben und mit großer Grätsche auf die Überdachung eines Balkons gelangen, dann über mehrere Verstrebungen und einen drei Meter langen Eisenträger sacht auf die Erde gleiten, dann – auf Zehenspitzen – den Kiesweg zum Gartentor schleichen. Und endlich die Schuhe überziehen und begeistert die zweihundert Meter um die Wette laufen, zur »Klosterquelle«, dem Wirtshaus. Es war ein Augenblick innigster Liebe zwischen uns beiden. Und haltloser Bewunderung für meinen Bruder. Das gestohlene Geld klimperte in seiner Hosentasche und mit mir wollte er es teilen. Auf den sensationellen Geiz unseres Vaters reagierte er mit sensationeller Freigebigkeit.

115

Wir wurden Stammkunden, bestellten immer zwei Wurstplatten, zwei Brotberge und zwei Spezi. Und schauten den Nachtkrimi auf ORF. Hier gefiel mir Altötting. Die Wirtin mochte uns, legte mehr auf den Teller als notwendig, fragte nie, was wir Minderjährigen hier um diese Zeit zu suchen hätten. Und kein Weihrauch zog durch die Stube. Die meisten Gäste waren Arbeiter, HB-Raucher, die Karten spielten oder entspannt ihr Bier tranken. Friedlich war es, eine gleichmütige Freundlichkeit herrschte. Bis wir nach Mitternacht zurückschlichen.

So oft würden wir in Zukunft aus- und einsteigen, hatten sogar den Deckel mit einer Anti-Rost-Paste beschichtet. Und nie passierte der kleinste Unfall. Wir waren beide gute Sportler. Und jede Rosenkranz-Mark aus der Beute wanderte in unsere Mägen. Und nie jagte uns bei den Eskapaden der Hauch eines schlechten Gewissens. Im Gegenteil, wir taten das einzig Richtige. Wer seine Kinder – trotz guter materieller Verhältnisse – in eine Hungersnot trieb, musste damit rechnen, dass die Hungernden über Umwege diese Not linderten. Und handelten sie gesetzwidrig. Keine afrikanische Dürre zog durch unser Haus, nur dieses permanente Nagen im Bauch. Unsere Diebeszüge waren unsere Revanche. »Du sollst dich an Vater und Mutter rächen, solange sie ihre Kinder entehren!« Ich gestehe, dass mir jeder Rachezug dieses flirrend schöne Gefühl verschaffte, das ich schon beim Dealen mit den Briefmarken entdeckt hatte: diesen Schauder, der wie ein Wohlgefühl durch den Körper vibrierte. Das war eine seltsame Erfahrung: Trotz einer Umgebung, in der Feindschaft gegen Freude und Wärme auf dem 24-Stunden-Programm stand, gab es Freiräume, gab es Lustgefühle, gab es eine unkorrumpierbare Innigkeit zwischen zwei Brüdern.

116

Jetzt fiel ich durch, in der achten Klasse. Das in sieben Zeugnissen angekündigte Desaster war eingetroffen, im achten Zeugnis stand: »Die Erlaubnis zum Vorrücken in die nächsthöhere Klasse hat der Schüler *nicht* erhalten.« Dafür wurde ich nochmals auf den entscheidenden Satz verwiesen, diesmal mündlich: »Andreas, du müsstest zu Hause zu strenger und regelmäßiger Arbeit angehalten werden.« Als ich stotternd vor meinem Vater stand und nach Gründen suchte, die das Debakel erklären sollten, wurde mir bewusst, wie schwachsinnig mein Ansinnen war. Denn ich hätte ihm sagen müssen, dass er ein gewalttätiges Arschloch war, das seit Jahren meine Arbeitskraft ausbeutete, mir weder Zeit noch Muße ließ, mich auf die Schule zu konzentrieren. Aber es gab keine Ausreden, denn mir war wie Franz Xaver Altmann klar, dass ich als Versager mit bescheidener Intelligenz vor ihm stand, begabt zu nichts, unnütz zu allem. Dafür aufsässig und verlogen.

Und hätte ich mit Engelszungen geredet, ihm hundertseitenweise Standardwerke zur Kindererziehung zitiert, ihm alle seine Übeltaten schriftlich mit Datum, Uhrzeit und Härtegrad vorgelegt, es hätte nichts geändert. Mein Vater gehörte zur Rasse der Starrsinnigen, mit dem Herz aus Stein, dem Kopf aus Beton, dem Hirn voller Kurzschlüsse und Sackgassen. Dass einem Versager nur Prügel das Versagen austrieben, war seine Lieblingsidee. Diesmal sprach er sogar von »Schande«, die ich über den Namen Altmann gebracht hätte. Ab diesem Tag war ich somit beides, ein Loser und eine Schmach.

Sekunden, bevor er ausholte, bekam Vater wieder dieses Rachegesicht, so etwas hypnotisch Böses. Versteckte er sich dahinter oder zeigte die Maske sein wahres Gesicht? Wie dem auch sei, nun war wieder das volle Repertoire fällig: die Maulschellen, die Vorhand, die Rückhand, das Niederknien, das Rohr, die Drohungen, die Kränkungen. Alles schon da gewesen. Nur fiel mir diesmal auf, dass ich zum ersten Mal keinen Ton von mir gab, Vater aber wie üblich immer lauter keuchte, lauter schrie. Als wäre er das Opfer. Oder brüllte er vor Wut über mein Versagen? Oder mein Schweigen? Ich genoss das. Über absurde Umwege hatte ich einen Rest von Widerstand behalten, ja, ich traue mich das Wort kaum hinzuschreiben: von Würde. An die er nicht rankam, die er nicht einreißen konnte.

Nicht genug: Um ihn, den so viel Mächtigeren, noch heftiger zu demütigen, suchte ich den Augenkontakt. Plötzlich hatte ich die Idee, plötzlich erinnerte ich mich an eine Szene aus einem längst vergessenen Film, die ich in diesem Augenblick begriff: in jeder Körperhaltung die Augen des Gegners suchen! Und so kniete ich wie ein Hund vor ihm, drehte mich um und schaute ihn an. Aber ohne glühenden Abscheu im Blick, eher gefasst, verhalten, ohne Emotion. Seine Hiebe hatten mich auf wunderliche Weise reifer gemacht. Weil ich etwas entdeckt hatte, was mich schützte. Genug jedenfalls, um die Schmach – und hier gab es sie – auszuhalten.

Der Abend endete mit einer Überraschung. Nachdem ich entlassen worden war und mich wieder in meinem Zimmer befand, klopfte es leise an der Tür. Hans Friedl, der Untermieter, der mich die Jahre über zum Holzscheitlknien in den Keller abgeführt hatte, bot mir seine Hilfe an. Er hatte den Auftritt mit angehört. Unser gemeinsamer Feind brachte uns zusammen. Hass gebiert Zuneigung. Ich war klug genug, sein Angebot nicht auszuschlagen. Wenn auch zögerlich, denn die Kehrtwendung kam so unerwartet. Aber der alte Mann rührte mich, er konnte noch einsehen, noch Fehler als solche erkennen. Dankbar nahm ich seine kalten Umschläge entgegen. Später kam Manfred vom Sportplatz. Als er mein vermummtes Gesicht sah und wusste, was vorgefallen war, erinnerte er mich daran, dass er ja auch eine Schande sei: seitdem er den letzten Versuch an einem Gymnasium nicht bestanden hatte. Wir waren folglich zwei Schandflecken.

117

Stefan nicht. Während ich bauchlandete, bekam er sein Abiturzeugnis. Er zog nach München und studierte, was alle studieren, die schwer verdienen wollen: Betriebswirtschaft. *Lucky guy*, er hatte das Altmann-Haus hinter sich. Aber er fehlte mir nicht. Er hatte immer auf Distanz gehalten, er schien grau und abwesend. Dass er meinen Diebstahl an Vater verraten hatte, passte zu ihm. Wärme strahlte nicht von ihm ab, nie wäre man auf die Idee gekommen, ihn um Hilfe zu bitten. Die Isolierung war wohl sein Weg, um über die Runden zu kommen. Seine Bude als Gaskammer, das Abblocken jeder seelischen Intimität, das durchaus Mürrische an ihm. Auch er hatte sich ein Arsenal an Waffen und Finten zugelegt, um Franz Xaver Altmann und sein Regime auszuhalten. Mit deutlich mehr Erfolg als ich. Unser gemeinsamer Lebensweg endete irgendwie an diesem Julitag. Wir würden uns noch eine Zeitlang sehen, sogar noch einmal gemeinsam gegen Vater antreten. Aber nie würde eine Freundschaft entstehen. Von Brüderlichkeit gar nicht zu reden. Im Gegenteil, die Temperatur zwischen uns nahm beständig ab. Sicher unser beider Schuld. Jammerschade, denn man kann nicht genug Brüder haben, die einen lieben und die zulassen, dass man sie liebt. Doch unsere Seelenlandschaften waren nicht kompatibel. Er schien besessen von seinem Traumziel, einem unübersehbaren Geldhaufen. Soweit ich informiert bin, ist er dort angekommen.

118

Die Hausordnung änderte sich kaum. Sagen wir, nicht für den Hausbesitzer, für uns schon. Perdita rückte nach und übernahm ab sofort alle zwei Wochen den Abspüldienst, während ich in mein fünftes Jahr als Küchenkraft ging. Die anderen bisher von Stefan erledigten Arbeiten gingen auf uns über, seine beiden Brüder. Ohne Diskussion, ohne Bitte, ohne Danke.

Etwas Unwahrscheinliches geschah. Dabei durchaus Banales, doch für einen Mann wie Franz Xaver Altmann eine Großtat: Nach monatelangen Recherchen und einem Stapel »Kommissionszettel«, auf denen Vorteile und Schattenseiten eines jeden Modells aufgelistet wurden, sowie die Rabatte und Superrabatte, stand eines Tages ein Fernseher im Wohnzimmer. Unglaublich verführerisch. In eine Umgebung, in der es so hartnäckig nach Provinz roch, nach Kleingeisterei und Devotionalien-Gesäusel, zogen plötzlich die Bilder der Welt ein. Olympische Spiele, Nachrichten, Auslandsberichte, Bundesliga, *Bonanza*, *Sportstudio*, *Was bin ich?*, *Dr. Kimble auf der Flucht* und – keine andere Serie sollte mich so ergreifen: *Die Globetrotter*. Zwei französische Reporter wurden von ihrem Chef auf eine Reise um den Globus geschickt. Und sie erlebten alles, wovon man im Kral Altötting nur träumen konnte: Wagnis, Ferne, Intensität, Witz, Nonchalance, Freundschaft, Eros, Verrücktheiten, Coolness, eben das ganze reiche Leben, das einem zufliegt. Wenn einer Talent hat – und Glück – und seine Zeit gekommen ist. Wie hypnotisiert blickte ich auf den Bildschirm. Hier waren zwei, die alles besaßen, was mir fehlte. War ich allein im Zimmer, heulte ich. Mein Herz flimmerte vor Sehnsucht. Zwischen der Wirklichkeit und dem Traum lag eine Ewigkeit.

119

Manchmal glaubte ich, bei Vater Anzeichen von Schwäche zu erkennen. Als hätte er begriffen, wie einsam er war. Vielleicht wurde ihm bewusst, dass es kälter nicht werden konnte. Mir würde für immer unbegreiflich bleiben, wie er den Frost in seinem Leben aushielt. Franz Xaver Altmann gegen den Rest der Welt. Sekundiert nur noch von einer Tückischen, die gern über Leichen gegangen wäre (Mutters Leiche gewiss), wenn man sie gelassen hätte.

Kam nun von Vater ein Zeichen der Annäherung, indem er – eher linkisch – ein Gespräch anzubahnen versuchte, dann war es jetzt zu spät. Von einem Vater wollte ich noch immer geliebt werden, aber diesem Vater traute ich es nicht mehr zu. Seit er nachts an mein Bett gestürmt war, die Decke weggerissen und ächzend vor Zorn auf mich eingeschlagen hatte, war mein Vorrat an Milde verbraucht.

Sein Auftritt war umso grotesker, als hinter ihm Detta, die Hündin, aufgetaucht war und »Du bist vom Satan besessen, Andreas!« skandierte. Ich könnte nicht sagen, was heftiger auf mich eindrang: die auf meinen Körper niederzuckende Rechte meines Vaters oder der Wahnwitz einer Frau, deren Geifer sie jeder Lächerlichkeit preisgab.

Warum das Strafkommando? Weil ich gelogen hatte. Weil ich, auch das seit fünf Jahren, im Altmann-Haus den »Schlüsseldienst« versah: Jeden Abend war ich dafür verantwortlich, alle Fenster, Rollläden und Türen zu schließen. Das einzige Problem: Meine gräuliche Angst vor Dunkelheit jagte mich weiterhin, unbezwingbar seit Kindertagen. Völlig irrational. (Nur als Briefmarkendieb, unerklärbar, hielt ich sie aus.) War Manfred da, dann begleitete er mich. Wenn nicht, dann log ich, meldete: »Alles geschlossen und versperrt!« Und Vater kontrollierte. Und haute rein. Ich könnte nicht sagen, wie oft ich dafür schon »meiner gerechten Strafe« zugeführt wurde. Nur war es diesmal anders. Diesmal wartete er, bis ich schlief. Um dem Schmerz noch den Schrecken hinzuzufügen, die Verblüffung, den grellen Schein der Taschenlampe, eben seinen ganzen sadistischen Einfallsreichtum.

In dieser Nacht hat er mir alle Nachsicht rausgeprügelt. Ab jetzt waren wir Feinde, deren Feindschaft nur noch der Tod – seiner oder meiner – beenden konnte. Im täglichen Leben passierte das eher unpathetisch: Jeder Wortwechsel, der nicht strikt mit unserem Verhältnis »Herr / Arbeitnehmer« zu tun hatte, fand nicht statt. Er fragte etwas und ich hielt den Mund. Oder murmelte Nonsens, unüberhörbar mein Desinteresse verratend. Kam er ins Wohnzimmer, um fernzusehen, stand ich auf und verließ den Raum. Sofort, ohne eine Sekunde Bedenkzeit. Selbst wenn *Die Globetrotter* liefen. Vom Unberührbaren stieg er ab zum »Unansehbaren« (die gibt es tatsächlich im indischen Kastenwesen). Er war nun beides, der Herrscher und der Paria.

Ich begriff, dass ich ein weiteres Kriegsgerät gefunden

hatte, um gegen ihn anzutreten. Er war noch immer der Inhaber der Atombombe und ich noch immer der haushoch Unterlegene. Aber ich konnte ihn anfransen mit winzigen Sabotageakten, war der lästige Blutegel, den er nicht mehr loswurde. Denn zum Klugreden kann man niemanden zwingen. Auch nicht zum Zwangsfernsehen. Und zu einer Kapitulation seinerseits würde es nicht kommen, nie würde er sagen: »Verzeih!« Ihm hatte keiner etwas zu verzeihen, er war der Rechthaber von Gottes Gnaden.

120

Tage später fiel mir ein alter Kinderwunsch ein, den ich vollkommen verdrängt hatte. Ein Allerweltskinderwunsch: dass mir Vater etwas vorläse, bevor ich einschlief. Eine Geschichte, ein Märchen. Was nie passierte. Nun aber war er die letzten Monate an mein Bett gekommen. Doch in der Hand schwang er kein Buch, sondern einen Knüttel, mit dem er mir die Leviten las. So sagte er, so brüllte er.

121

Das war die Zeit, in der ich von ihm zu träumen begann. Mein Unbewusstes holte nach, was ich mir in der Wirklichkeit nicht zutraute. Der Plot war fast immer der gleiche: Wir beide zogen in die Schlacht. Zuerst gewann mein Vater und zuletzt wurde er vernichtet. Von mir. In mein Tagebuch schrieb ich jedes Werkzeug, mit dem ich ihn hinrichtete. Am liebsten mochte ich die Garotte (gesehen in einem Film), so ein Würgeeisen, mit dessen Hilfe man dem Opfer von hinten eine Metallschraube in sein Genick drehte. Man konnte das Ende genüsslich hinauszögern. Bis der Halsknochen knackte. Wachte ich schweißgebadet auf, war ich erschrocken. Aber nicht sehr. Die Vorstellung, dass es meinen Vater nicht mehr gab, wirkte ermutigend. Was mich jedoch wunderte: Nie flehte mein Vater um

Barmherzigkeit, nie. Er weinte auch nie. Er saß da und ließ es geschehen. Wie in der Realität schien er – selbst in Todesgefahr – nicht fähig, nachzugeben.

Manfred war anders als ich. Er war gütig, war der Ewigverzeiher. Er hatte noch nicht erkannt, dass der Tag schon gekommen war, an dem man aufgehört haben sollte, den anderen zu verstehen. Ich versuchte, ihn aufzuhetzen. Ohne großen Erfolg. Er platzte erst, wenn er keine Zumutung mehr in sich hineinfressen konnte (deshalb sein – inzwischen verschwundenes – Stottern, deshalb eines Tages sein Magengeschwür). Sein Gegenschlag beim Mittagessen war die Ausnahme. Ansonsten schluckte er, was immer an Giftpfeilen bei ihm ankam. Sicher nicht aus Feigheit. Er war mutiger, auch gutmütiger, als ich.

122

Das real existierende Leben war das Gegenteil meiner befreienden Albträume. Ich war kein Henker, war nur gejagtes Tier. Allerdings mit der erstaunlichen Fähigkeit, die *eine* Gefahr, den Vater, zu wittern. Meine gesamte Sensibilität war auf ihn programmiert. Mit immer feineren Sensoren. Sah ich ihn von weitem auf der Straße, machte ich unauffällig kehrt, drehte in eine Seitengasse ab, verschwand hinter einem Mauervorsprung, verzog mich in eine Kirche. (Die »Gnadenkapelle« als Zufluchtsort vor dem Rosenkranzkönig, das entbehrte nicht einer gewissen Ironie.)

Zu Hause war es nicht anders. Was immer ich tat, ich war jederzeit bereit, damit aufzuhören und vom Erdboden zu verschwinden: hinter die Kellertür. In die Truhe im Hausflur. In die Nische neben dem Wäscheschrank. In die Doppeltür zu Perditas und Dettas Zimmer. In eines der WCs. Neben das Regal in der Waschküche. Ich hatte jede Tür, deren Scharniere quietschten, heimlich geölt. Das war lustig und pervers zugleich: Vater lief durchs Haus und rief meinen Namen, rief ins Zimmer und sah nicht, dass ich unter dem Bett lag, blickte durch ein Fenster im Esszimmer in den Garten (vielleicht war ich dort) und bemerkte nicht, dass ich mich direkt neben ihm hinter den Vorhängen versteckt hatte. Einmal war keine Zeit mehr, einen Unterschlupf zu finden, so presste ich mich mit seitlich ausgestreckten Armen und angehaltenem Atem gegen die nächste Wand. Und, geradezu unheimlich, Vater stürmte an mir vorbei, ohne mich zu bemerken. Wie ein Gecko klebte ich, gefroren vor Schreck. Aber es funktionierte, auch danach. Franz Xaver Altmann war wohl blind vor Wut. Anders ließ sich das Phänomen nicht erklären.

123

Dann kam der 23. Dezember, abends, Manfred und ich saßen in unserem Zimmer. Mein Bruder bastelte ein Weihnachtsgeschenk. Irgendwann hielt er mir die große UHU-Tube vors Gesicht und deutete auf die Zeile: »Achtung, besonders feuergefährlich!« Er grinste dabei seltsam zweideutig, suchte nach Zündhölzern und zündete den Klebstoff an. Einfach so. Und eine Stichflamme schoss auf sein Bett, das Feuer fing, und – das war der geheimnisvollste Augenblick an dieser Situation – wir stürzten nicht sofort los, um zu löschen, nein, wir schauten uns in die Augen. Nur zwei, drei Sekunden. Wir haben später nie darüber gesprochen, vielleicht aus Scham über den monströsen Gedanken nicht. Den Manfred ja, so dachte ich, schon mit seinem Grinsen angedeutet hatte: »Wir brennen das Altmann-Haus nieder!«, nein, noch radikaler: »Wir brennen Haus und Hausherrn nieder!« (Was Untermieter Friedl auch schon angedroht hatte.) Wir beide wussten, dass Vater mit einer Grippe im Bett lag, sprich, er würde den Brand möglicherweise zu spät bemerken, auch zu geschwächt sein, um sofort davonzurennen. Mir hätte ich das Kalkül zugetraut, aber dass der Hintergedanke (wenn ich ihn denn richtig interpretierte) von Manfred stammte, schien bemerkenswert. Bisweilen brach ihm seine Gutmütigkeit weg und ein Killerinstinkt, ganz unbekümmert von moralischen Überlegungen, kam zum Vorschein.

Aber unsere Nerven hielten nicht durch. Auch holte uns der Schrecken des Feuers ein, das sich nun über die Laken fraß und schon auf mein Bett übergriff. Wir sprangen auf, rissen die Mäntel vom Haken und schlugen auf die Flammen ein. Und während der eine weiter schlug, rannte der andere in die Toilette und holte Wasser.

Irgendwann war das Feuer weg. Mit Löchern in den jetzt nassen Leintüchern, mit angerußten Kleidern und einem lädierten rechten Unterarm Manfreds. Beim Basteln waren Tropfen des Klebers auf seine Haut geraten und hatten in dem Wirbel ebenfalls Feuer gefangen. Was tun? Dickpanz war tapfer, aber die Schmerzen blieben unerträglich. Wie eine Strafe Gottes für unseren (virtuellen) Vatermord empfand ich die halbe Stunde, in der wir nun fiebernd nach einem Ausweg suchten.

Wir Versager! Statt professionell den Missetäter und das Haus aller Missetaten abzufackeln, trotteten wir schließlich hinunter in den ersten Stock und beichteten. Mit ein paar verschönernden Lügen, das schon. Ein Versehen, eine Kerze stand im Weg, etc. Ich sehe noch immer Vaters Gesicht vor mir, krank, doch schon wieder bleich vor Wut. Immerhin durfte Manfred mit seiner verbrannten Haut zu unserem Hausarzt gehen. Die Strafen, ich muss es nicht erwähnen, sollten folgen. Wenn nicht vom Herrgott, dann von unserem Herrn. Sie galten als Naturgesetz: Auf eine Straftat folgte eine Strafe. Ein anderes Gesetz, eines wie Nachsicht, Mitgefühl, Verständnis, Verzeihen, tauchte nicht auf. Nie. Auf eine bestimmte Weise schien unser Leben klar und übersichtlich.

Am nächsten Tag feierte man Weihnachten. Wie immer war eine Fichte mit Lametta geschmückt und die »Heilige Familie« – samt Krippe aus Pappmaché, samt heiliger Esel und heiliger Ochsen – vom Speicher geholt worden. Und alle strahlten im Scheinwerferlicht, aus dem Heu blinkte es rot. Und eines von uns Kindern las laut, auf Anordnung, das zweitausend Jahre alte Märchen von Evangelist und Amme Lukas vor: » … Und sie gebar ihren ersten Sohn und wickelte ihn in Windeln und legte ihn in eine Krippe, denn sie hatten sonst keinen Raum in der Herberge …« Und Hirten eilten herbei, die »Heiligen drei Könige« hinterher, und Himmelsengel posaunten und frohlockten.

Anschließend gab es tatsächlich Geschenke, für mich: ein Paar Schuhe, einen Karl-May-Band, zehn Mark in bar. Und Kleidung, einen Anzug, diesmal Stefans Abitur-Outfit. Wie üblich angestückelt (ich war bereits länger als er), gestreckt, enger gemacht und dampfgebügelt. »Alles auftragen!« hieß das Gebot aller Jahre. Heute gab es dazu noch eine Bundhose, brandneu. Das war keine Gabe, es war das sadistische Labsal des Vaters am Leiden seines Sohnes. Dafür zahlte er sogar.

Ich will gerecht bleiben. Das Esszimmer war festlich geschmückt, der Baum glitzerte, die Geschenke waren hübsch verpackt, der Raum leuchtete warm und gemütlich. Vater hatte sich Mühe gemacht, ohne Zweifel. Aber dann traf unweigerlich das ein, was Manfred und ich das »23-Uhr-Desaster« nannten. Um diese Zeit an diesem Tag – manchmal früher, manchmal später – kam über das Fest der Liebe wieder der Liebesentzug. Stellte Goethe einst fest, dass »nichts schwerer zu ertragen ist als eine Reihe von guten Tagen«, dann war Franz Xaver Altmann schon mit der Hinnahme von ein paar erfreulichen Stunden überfordert. Kurz vor Mitternacht galt als absolute Obergrenze. Dann hatte das Frohlocken ein Ende und die Trompeten von Jericho, diesmal geblasen vom Rosenkranzkönig, schmerzten in unseren Trommelfellen.

Es gab immer einen Grund. War es früher das schlechte Weihnachtsessen von Mutter, war es nun das von Detta. Oder der Punsch wirkte zu schwer. Oder zu leicht. Oder jemand zertrat einen heiligen Esel (Unkosten 0,35 DM). Oder faltete das Geschenkpapier, zur Wiederverwertung, nicht ordnungsgemäß. Oder grinste beim Singen von »Ihr Kinderlein kommet, o kommet doch all«. Oder nörgelte an den neuen Schuhen, die aussahen, als hätten sie Verwandte aus Sibirien geschickt. Oder Widerstand gegen die Christmette wurde laut. Oder gar nichts passierte, nur eben ein Desaster musste her, notfalls ein Anlass fabriziert werden, um einen cholerischen Gipfel zu inszenieren. Wie heute, als der dick verbundene Arm von Manfred wieder in Vaters Visier geriet und unweigerlich attackiert werden musste. Der Schmerz der Brandblasen reichte nicht, auch das Herz des Verletzten sollte brennen. Vor Scham. Franz Xaver Altmann besaß das unfehlbare Talent, das Leben zu verhunzen. Er konnte nicht spinnen, nicht *crazy* sein, keine Minute vibrieren vor Glück.

Als ich ins Bett ging, bereute ich unsere Panik vom Vorabend, die entgangene Chance, den Tobsüchtigen als verkohlte Leiche im eingeäscherten Altmann-Haus zu identifizieren. An seinem Ehering hätten wir ihn erkannt. Den trug er noch immer, der Ehescheinheilige.

125

Ein Skorpion kam an ein Flussufer und bat eine Schildkröte, ihn überzusetzen. »Nie und nimmer«, sagte die, »denn mittendrin stichst du mich und ich muss sterben.« Der schlaue Skorpion antwortete: »Aber ich bin doch nicht blöd, da würde ich doch selbst untergehen.« Das leuchtete der Schildkröte ein und so war sie einverstanden. Und mitten im Fluss stach der Skorpion sie in den

Hals. »Warum tust du das?«, fragte röchelnd die Hilfsbereite. »Weil ich nicht anders kann, weil ich der Skorpion bin.«

126

Skorpion-Menschen (kein Bezug zum Sternzeichen!) können nicht anders. Die Macht der Gene reißt sie mit, selbst wenn sie – zu Beginn der Situation – guten Willens waren. Hier ein Beispiel: Einmal alle zwei Jahre lud Vater uns zum Essen ein. Zum »Pachler« in Ach, sechzehn Kilometer von Altötting entfernt, auf österreichischer Seite. Dort servierten sie vermutlich den billigsten Kaiserschmarrn Mitteleuropas, deshalb der Umweg. Anders war die Sonderausgabe nicht zu erklären. Doch ein sturmfreies Mittagessen gab es nicht, auch nicht in fremder Umgebung. Und wäre wie diesmal (vermutlich von uns verschuldete) Vogelscheiße auf das von uns samstagspolierte Auto gefallen. Eine Windhose entfuhr dem Vater und unser Appetit entschwand, noch bevor wir den Tisch erreicht hatten.

Das Durchstehen von hundert Minuten Leichtsinn war eben in seinem Lebenslauf nicht vorgesehen. Einmal hätten wir die Zeit beinahe geschafft. Bis er mir auf die Zehen trat. Er. Mir. Und eine furiose Predigt folgte, in der Franz Xaver Altmann sich die Unverschämtheit verbat, ihn in seiner Bewegungsfreiheit einzuschränken. Das war schon Borderline. Die eine Hälfte seines Hirns reagierte noch auf die Wirklichkeit, die andere geisterte schon durch das Reich jener, die sich bereits von ihr verabschiedet hatten.

127

In seiner Nähe gelang mir nichts. Vielleicht hatte seine Wut mit der Mittelmäßigkeit seiner Söhne zu tun, mit meiner. Vielleicht war ich so mittelmäßig, weil er alles überragte, jeden überschattete.

Ich hatte genug Geld gespart, um mir eine gebrauchte Gitarre zu kaufen. Ich betrat mit Vater den Musikladen und er griff sich ein Modell und fing zu spielen an, fingerte gekonnt am Hals entlang, schlug ein Notenheft auf und spielte vom Blatt. Eine Kunstfertigkeit, die er fünfzig Jahre zuvor gelernt hatte.

Nach drei Monaten brachte ich die Klampfe zurück. Dazwischen lagen die Auftritte meiner Unbegabung, meiner mangelnden Musikalität, meines Daseins als Versager. Jeder Flop war die Bestätigung dessen, was Vater von mir hielt. Spielte ich ihm die einstudierten Akkorde vor, wurde jeder Fehlgriff von einer hämischen Bemerkung begleitet. Ob ich »erfolgreicher« gewesen wäre, wenn er an mich als Gitarrist geglaubt hätte? Mit Nachdruck, mit einem strapazierfähigen Geduldsfaden. Sicher nicht viel. Vielleicht doch. Fest stand: In seiner Nähe konnte ich nicht wachsen, im Gegenteil, ich lief ein, ich schnurrte zusammen. Wie eine Panzertür lag er auf mir. Sein Vorhandensein war mein Käfig. Solange er existierte, war ich nicht. Nicht wirklich. An manchen Tagen dachte ich, ich würde aufhören zu versagen, wenn es ihn nicht mehr gäbe. Und an anderen Tagen überwältigte mich die Vorstellung, dass ich bereits auf »lebenslänglicher Versager« programmiert war. Ganz unabhängig vom Vorhandensein des Programmierers. Schon beachtlich: Ich war knapp sechzehn und spürte Existenzängste, diese widerwärtige Angst, mein Leben zu verpfuschen.

128

Wenn Vater am Sonntag in die Kirche ging, nahm er stets zwei Büchlein mit, handtellerklein, je eine Sammlung mit Sprüchen des Konfuzius und des Laotse, plus andere Texte im Anhang, die sich auf die beiden bezogen. Als Serum gegen Altöttinger Leichen-Litaneien? Und so winzig, damit ihn keiner bei der Häresie erwischte?

Einen Satz von Konfuzius hatte er zweimal rot unterstrichen: »Der Weise kennt keine Verwirrung, der Menschenfreund keine Sorgen und der Tapfere keine Furcht.« Bei Laotse hatte er nichts aus dessen Werk markiert, dafür ausgerechnet eine Strophe aus Bert Brechts Gedicht *Legende von der Entstehung des Buches Tao Te King auf dem Wege des Laotse in die Emigration*, da hieß es: »Dass das weiche Wasser in Bewegung / Mit der Zeit den mächtigen Stein besiegt. / Du verstehst, das Harte unterliegt.« Erstaunlich der Abgrund, der sich da auftat zwischen dem, was er als Menschenfeind und prügelharter Vollstrecker anrichtete, und dem, was ihn tief innen – heimlich und sehnsüchtig – bewegte. Doch der Abgrund war nicht zu überbrücken. Nicht von einem wie ihm. Er stand fest, unverrückbar. Nur noch das physische Ende konnte ihn von seiner Borniertheit erlösen. Und doch: Allein die Tatsache, dass ihn so ganz andere Lebensentwürfe anrührten, verwies auf eine Herzkammer in ihm, die noch atmete, die noch nicht unter Zynismus und Weltekel begraben lag.

129

Ich suchte weiter. Irgendetwas musste es doch geben, das mich strahlen ließ, das Stolz bei meinem Vater auslösen würde. Obwohl ich ihn hasste, wollte ich von ihm bewundert werden – vor allem von ihm. Wie verwirrend, wie widersprüchlich. Aber so war es: Er war die letzte Instanz. So sehr ich ihn hasste, so sehr blieb das Verlangen nach seiner Anerkennung. Vielleicht wuchs es sogar, da ich begriff, dass mein Abscheu ihm gegenüber die Liebe, seine (abwesende) Liebe, nicht ersetzte.

Aber ich fand nichts. Ich besorgte mir ein Schlagzeug, zehn Jahre alt und verbeult, und musste feststellen, dass ich nicht einmal rhythmisch schlagen konnte. Auf das, worauf ich hoffte, wartete ich vergeblich: dass der Funke überspränge, dass das Gerät mich »entdeckte«, mich als

Talentierten bejahte. Keiner steht nach Monaten als Meister auf, aber irgendetwas muss in dieser Zeit zwischen Maschine und Mensch passiert sein. So ein Gefühl von Nähe, von gegenseitigem Einverständnis, so ein Wissen, dass einer dem andern gut tut. Wie bei einem Mann und einer Frau, die irgendwann erkannt haben sollten, ob sie zueinander passen. Ich passte nicht, ich tat dem Blech nicht gut. Es klang nur immer blechern.

130

Ich verkaufte die vier Trommeln und besorgte mir ein Rennrad. Ein ausrangiertes Modell, das noch funktionierte. Nach der abgebrochenen Musikerkarriere sollte eine Sportskanone aus mir werden. Im Fernsehen sah ich meine neuen Helden, Rudi Altig, Jacques Anquetil, Rik van Looy. Ich kaufte ein Buch über die *Tour de France* und delirierte schon Richtung Champs-Elysées, auf denen ich mir unter dem Überschwang der Pariser Bevölkerung das *Gelbe Trikot* des Siegers überstreifen würde. Ich konnte sagenhaft gut träumen. In Kopfgeschwindigkeit von Null auf Alleskönner. Ich war Weltmeister-Träumer, ein Virtuose der Virtualität. Dabei hätte schon ein Blick auf meine Waden jeden mitfühlenden Zeitgenossen dazu veranlasst, mich vor mir selbst zu retten. (Ja, sogar meine Waden waren »falsch«, da bandagenverdickt.) Aber die Realität war scheußlich, in ihr war ich ein Nobody, ein unwichtiger Mensch, der Ruhmlose, eben der eine, der nur durch sein Versagen zur Kenntnis genommen wurde. Oder, fast noch unerträglicher, nur durch seine Gewöhnlichkeit auffiel. Überall fehlte der Glanz, das Einmalige.

Ich lernte Richard kennen, einen Maurer. Der 25-Jährige fuhr noch in der »C-Klasse«, der untersten Amateurklasse. Auch kein Ass, aber ein herzensguter Mensch. Nach dem Abspüldienst und nach dem Bürodienst und vor dem Schlüsseldienst durfte ich mit ihm trainieren. Raus auf die

Straße und einer hinter dem anderen vierzig, fünfzig Kilometer radeln. Fort vom Altmann-Haus. Richard fand an all meinen Defiziten etwas Positives, korrigierte Haltung, Tritt, Atem. Mir fiel auf, dass er geradezu demütig mit mir umging. Sicher nicht wegen meines Könnens, denn er gab das Tempo vor. Bis ich ihn fragte, »warum?« – und seine Antwort einen Lachkrampf in mir auslöste: »Weil du der Sohn von Franz Xaver Altmann bist, dem Rosenkranzhändler.« Mein Gott, Richard, wenn du wüsstest! Aber ich hielt den Mund, ließ ihm seine Illusionen. Nur die Demut musste er einstellen. Seit meiner Mutter konnte ich keinen mehr ertragen, der sich für minderwertig hielt. Ich tat das auch, aber ich kuschte nicht. Demut vor dem Rosenkranzkönig kam nicht in Frage. Vor niemandem.

An einem Sonntag im Mai fand die »Oberbayerische Meisterschaft« statt. Höchst seltsam, aber Vater bestand darauf, mich zum Austragungsort zu begleiten, etwa dreißig Kilometer von Altötting entfernt. Wollte er hilfsbereit sein? Oder nur Zeuge einer weiteren Niederlage? Wenn ja, dann war er hier richtig. Ich fuhr in der B-Jugend, bis 16 Jahre. Vor dem Start schielte ich verstohlen auf die Waden der anderen. Prachtstücke, wunderbar männlich und siegessicher. Ich war nicht David, ich war Davids kleinster Bruder. Ich sah an mir hinunter und sah nichts. Nur knochige Verstrebungen, an denen meine Turnschuhe befestigt waren. Ich war kein Mann, kein Sieger, kein Goliath. Und das Ergebnis nach 43,6 Kilometern bestätigte alles. Ich fuhr nach einer Stunde und 17 Minuten als Zwölfter über die Ziellinie. Das wäre noch passabel gewesen, wenn nicht von den insgesamt 25 Teilnehmern elf ausgefallen wären. Wegen technischer Probleme oder einer Massenkarambolage. Ich war also drittletzter oberbayerischer Meister.

Richard war gar nichts. Er lag als Blutlache im Mühldorfer Krankenhaus. Überfahren von einem Dutzend anderer C-Klasse-Fahrer. Und grinste, als ich sein Zimmer betrat. Er sah aus wie ein Held nach einer dramatischen Schlacht. Wie ein Überlebender, gut gelaunt und unbeugsam gestählt für die Zukunft: »Ich mache weiter«, sagte er und streckte mir seine vier linken Finger entgegen, die aus dem Verband lugten. Ich nicht. Ich war im Zeichen des Strohfeuers geboren. Auf der Heimfahrt – kaltes Schweigen im Auto – beschloss ich, das Rennrad verschwinden zu lassen. Wie meinen Wahn, irgendwann einmal als Champion in der französischen Hauptstadt aufzutreten.

Das war mein letzter Fehlschlag, vorläufig. Und ich fragte mich, wie viele man ertragen konnte, bevor man aufgab, sich aufgab. Ich blickte nach vorne zu meinem Vater, der stumm blieb. Der Vater und sein Sohn, die Flasche, die drittletzte.

131

Mutter rettete mich vor der Campingreise mit Vater, lud mich zu zwei Wochen gemeinsamer Sommerferien an den Wallersee ein, nicht weit von Salzburg. Seitdem sie vor fünf Jahren ihrem Mann entkommen war, irrte sie von einem Job zum nächsten. Meist anspruchslos und mäßig bezahlt. Zurzeit arbeitete sie als Kindermädchen in München. Mit dem Lohn einer Ungelernten. Doch sie blieb ungebrochen freigebig. Und lieb. Und schwach und mutlos. Warum ich tatsächlich wieder ihr »Lieblingssohn« geworden war, blieb mir unbegreiflich. Als ich sie danach fragte, lächelte sie abwesend, fast gequält. Ich ging der Sache nicht nach, erst Jahre später. Und fand einen Grund, einen eher makaberen.

Der schöne See. Leider kam gerade die Pubertät über mich und wie bei jedem 16-Jährigen fuhr sie wie ein Presslufthammer durch den Körper. Ich bildete mir ein, jeden Tag einen Millimeter zu wachsen und ein Drittel meiner Tage (und Nächte) in Begleitung einer Erektion zu verbringen. An die schönen Österreicherinnen mit ihren grandiosen Brüsten auf dem Wiesenstrand, in quälender Nähe, kam ich nicht heran. Nie hätte ich gewagt, ihnen meinen Leib zuzumuten. Zudem war ich Anfänger, wusste von keiner einzigen Geste, um ein Mädchen zu verführen. (Den unschuldigen Mut in der Nähe von Sandra hatte ich schon verlernt.) Und Masturbation bot keinen Notausgang. Sie blieb tabu. Ich hatte sie, gegen meinen Willen, als »sündig«, nein, höchst sündig, abgespeichert. Verwunderlich, denn von den restlichen Sünden, die der Katholizismus zur Miserabilisierung des Lebens erfunden hat, hielt ich mich längst für befreit, nichts war mehr bindend: keine Messe, keine Kommunion, kein Beten, kein Beichten, kein Himmel, kein Jüngstes Gericht, keine Unfehlbarkeit. Aber der Bann auf der Sexualität blieb in Kraft. Wie eine Verwünschung lag er auf meiner Geilheit.

So sprach ich mit Mutter über Sex. Um wenigstens mein Hirn zu befriedigen. Hatte keine Hemmung, sie nach ihren Geheimnissen zu fragen, führte mich wie ein Experte auf und nahm Wörter in den Mund, die ich nur vom Hörensagen kannte. Mit ihrer Hilfe wollte ich vom »Orgasmus« erfahren. Welche Art Glück er über die Liebenden brächte, welchen Rausch? Ob sie mir denn von dieser »Verzückung« (so hatte ich es gelesen), diesem besoffenen Taumel, erzählen könnte?

Natürlich nicht, denn Mutter – jetzt Mitte vierzig – hatte nie einen Höhepunkt erlebt. Hier auf der Picknickdecke beichtete sie ihr sündenloses Leben. Während der letzten fünf Jahre war sie noch mit drei Männern im Bett gewesen. »Weil ich es wissen wollte.« Aber die drei bildeten ein kümmerliches Trio. Wenn auch nicht krude wie mein Vater, so doch hastig und eher unbekümmert um die Frau in ihren Armen. Verschwitzte Eindringlinge, die vorschnell ins Ziel schossen.

Dass Mutter keine Sexbombe war, könnte man zur Verteidigung der linkischen Liebhaber anführen. Sie lud nicht ein zum Liebesspiel. Sie war, und das ist die nächste Sünde, die sie versäumt hatte und jetzt aussprach: Sie war nie geil. Ihr Körper fieberte nicht, kein Beben, kein heftiges Entrücken kam über sie. Natürlich war ich kein Augenzeuge, aber von dem, was sie gerade berichtete – und sie berichtete seltsam gelassen –, ließ sich erkennen, dass Mutter und Eros und wildes Verlangen nicht zusammenpassten. Einen fröhlichen Fick, so eine ausgelassene Freude mit Seufzen und Männerschweiß, das kannte sie nicht. Ja, auch Selbstbefriedigung (ich fragte sie eiskalt) befreite sie nicht. Sie machte »es« nicht, ja, sie konnte es nicht. Sie schien sich in einem lebenslang unerlösten Körper aufzuhalten.

Und wie so viele – welch wahres Klischee – flüchtete sie mit ihrem brachliegenden Leib in den Glauben. Und wie so viele, die auf Erden zu kurz kamen, erhoffte sie Belohnung im katholischen Himmelreich. Aber sie giftete nicht, geiferte ihre letzten Wahrheiten nicht in die Welt, nahm nur still und einsam Zuflucht beim Herrgott, dem letzten Refugium aller Träume, die hienieden nicht wahr wurden. Das Reich Gottes war eine sexlose Veranstaltung, wie tröstlich. Ohne drängende Schwänze, ohne ein einziges Geschlechtsorgan. Der Himmel war blau und fleckenlos.

132

Neben dem Picknickkorb lag ein Buch mit dem Titel »Der Weg zu Gott«. Mit Kapiteln wie »Buße und Wiedergutmachung« oder »Was muss ich tun, um gerettet zu werden?«. Das Übliche halt, der weltbekannte Sums Trost spendender Trostlosigkeit. Mutter las entweder Erbauungsliteratur oder Liebesromane. Denn so ganz konnte sie nicht lassen von ihrem stürmischsten Sehnen: eben in diesem Leben, hier auf Erden, von einem Mann geliebt zu werden. Seelisch, übersinnlich, ritterlich. Gottvater schien nur der Notnagel, die letztmögliche Beruhigungspille.

133

Mutters Weg zu Gott erinnerte mich an meinen letzten »Namenstag«, an dem mir Detta – getrieben von bauernschlauer Hinterlist – »Das Jahr der Heiligen« geschenkt hatte. Sie wusste natürlich, was ich vom Panoptikum katholischer Himmelsfahrerinnen und Himmelsfahrer hielt. Dennoch las ich die »Geschichte vom heiligen Andreas«. Hinreißend sein Widerstand gegen den »heidnischen Statthalter«, der ihn zuletzt ans *Andreas-Kreuz* fesseln, dann nageln ließ. Von dem er nicht mehr herunterwollte. Auch dann nicht, als das von ihm missionierte Volk ihn zu retten versuchte, denn: »Die Marter wird mich dem Herrn nur angenehmer machen«. So wurde mein Namensvetter ein Märtyrer, laut griechischem Wortstamm ein »Zeuge« – wie wahr – von nicht mehr auslotbarem Idiotismus. Das, so hatte ich die Lektüre für mich interpretiert, war die eigentliche Todsünde: einer Schimäre verfallen und sich im Todesrausch den Titel »Heiliger« verdienen.

Ich erzählte Mutter die Geschichte, denn ich war unbelehrbar davon überzeugt, dass Hirn und Denken eines Tages die Weltherrschaft übernehmen sollten. Und nicht die Gräuelmärchen zur Verherrlichung eines blutrünstigen Übervaters. Erfolglos, der christliche Masochismus hatte sie bereits verpestet. Nur wenn sie litt, so kam es mir vor, fühlte sie sich gut. Denn Gutfühlen ohne Leiden hätte dem Blutrünstigen nicht gefallen. Er bevorzugte die Gemarterten, die Gekreuzigten, die schon Erledigten. Eine eben wie Elisabeth Altmann.

134

Ein paar gemeinsame Tage mussten noch vergehen, dann weihte ich Mutter in eine andere Story ein. Erst jetzt traute ich mich, denn was nun kam, war knallhart und wirklich, ganz irdisch.

Die Vorgeschichte: Ich hatte mir Monate zuvor, heimlich, zwei Taschenbücher besorgt: *ABC des Jugendrechts* und *Mein Recht in der Familie*. Aber es waren die falschen Bücher. Natürlich stand da, dass Eltern (Väter!) »ihr Kind nicht zur Arbeit missbrauchen dürfen«, dass »in solchen Fällen eingeschritten« und »Gefahr für das körperliche, geistige und sittliche Wohl des Kindes« verhindert werden muss.

Zum Schreien komisch: Gerichtsstand Altötting und der missratene Sohn tritt gegen den wohlangesehenen Kirchentenor an. Solche Szenarien hatte ich längst verworfen. Solange Macht so einseitig herrschte, spielte der Terror von Franz Xaver Altmann keine Rolle. Es gab ihn, den Terror, einfach nicht. Er war – lediglich von einem Kind bezeugt – nicht vorhanden. Und wenn doch, dann war er »verdient«. Und andere Zeugen gab es nicht. Bürger Altmann hütete sich, jenseits des Altmann-Hauses als Terrorist aufzutreten. Ich hatte während des letzten Jahres immer wieder mit Leuten gesprochen, die ihn kannten. Versucht, sie zu Aussagen über ihn zu bewegen. Vergebens, nicht einer wagte ein schiefes Wort und spuckte ins Nest des Rosenkranz-Fabrikanten (abgesehen von denen, gegen die Vater gerade prozessierte). Ob sie aus opportunistischer Berechnung oder aus tatsächlicher Ignoranz schwiegen, war schwer zu sagen. Fest stand, in der Öffentlichkeit war der Mann nicht zu schlagen. Er war ein Undercover-Übeltäter.

Ein drittes Buch, den Goldmann-Ratgeber *Eheschließung / Ehe / Ehescheidung*, hatte ich an Mutter geschickt. Mit der (wiederholten) Bitte, sich scheiden zu lassen. Vergebliche Bitte. Denn sie war die Angsttote, sie würde – und ich glaubte ihr auch diesmal den Satz – »eine Gegenüberstellung mit meinem Mann nicht durchstehen«.

So war ich eines Tages nach Winhöring gefahren, mit dem Rad eine stramme halbe Stunde von Altötting entfernt, um mir in einer Gärtnerei eine kleine Tüte Rattengift zu besorgen. Geruchlos und geschmacklos. Ich wollte etwas mit Thallium-Zusatz, das bleibende Schäden wie

Lähmungen hervorrief. Wenn der Vergiftete überlebte. Zudem würde die Wirkung erst nach Tagen einsetzen. Noch ein Pluspunkt. (Alles zuvor in der Stadtbücherei von Burghausen nachgelesen, diskret.)

In *Mein Recht in der Familie* stand auch, dass ein Elternteil entmündigt werden konnte, »wenn eine Geisteskrankheit, Geistesschwäche, Verschwendung oder Trunksucht gegeben ist«. Wie witzig: Wegen Verschwendung würde Franz Xaver Altmann sicher nie vor Gericht kommen, eher wegen Geiz, wegen pathologischer Pfennigfuchserei.

Dennoch, ich weiß heute nicht mehr genau, was ich vorhatte: meinen Vater töten oder ihn nur für immer kampfunfähig machen? Selbstverständlich war ich kein potentieller Killer, der sich cool überlegte, wie er zum Nachtisch seinen Erzeuger aus dem Verkehr ziehen könnte. Ein Taifun von Gedanken und Bedenken wirbelte durch meinen Kopf. Ich grübelte. Wochenlang. Ohne je ein Wort an Manfred zu verlieren. Es hätte ihn extrem belastet. Auch hatte ich von einem Jurastudenten gehört, dass der Tatbestand des Mords (sollte das Opfer sterben) gegeben war. Und der Tatbestand der Heimtücke. Auch wenn ich nachweisen könnte, dass Vater ein schändlicher Tyrann war. Jetzt lag das Tütchen zu Hause zwischen Lattenrost und Matratze. Und wartete.

Nun war der Zeitpunkt gekommen, um mit Mutter darüber zu reden. Wie jeden Tag saßen wir auf der Wiese am See, plauderten, schauten, gingen schwimmen. Und ich erzählte diesmal und Mutter hörte zu. Bis ich fertig war und sie mir ganz unaufgeregt abriet. Dass Franz Xaver Altmann das Opfer sein würde, immerhin ihr Mann und der Vater ihrer fünf Kinder, schockierte sie mitnichten. Mit keiner Geste äußerte sie moralisches Aufbegehren, kein »Um Gottes Willen« entfuhr ihr, kein »Bist du wahnsinnig?«, kein »Ich flehe dich an!« Nein, Mutter gab klar zu verstehen, dass dieser Mensch – im äußersten Fall – den Tod verdient hätte, aber ich nicht die Strafe, die unweigerlich folgen würde: zehn Jahre. Sie glaubte auch nicht an »mildernde Umstände« in Altötting. Sie glaubte, dass Franz Xaver Altmann noch als Toter Unglück stiften könnte. Ich solle doch einmal nachrechnen: In fünf Jahren wäre ich 21, also volljährig, somit unabhängig und frei. Wäre das keine Alternative zum Dösen im Zuchthaus?

Mutters Reaktion war voraussehbar gewesen. Die Angst war ihr offizielles Lebensgefühl. Und doch war ich froh. Ihre Antwort entlastete mich. Den eigenen Vater zu töten, schien mir eine Ungeheuerlichkeit. So ungeheuer er gewesen sein mag. Nur als Träumer wohl, als Albträumer, war ich imstande, sein Leben zu beenden. Mein Unbewusstes war mit dem Mord schon einverstanden, nur im Wachzustand erreichten mich moralische Bedenken. Wieder zu Hause schüttete ich das Gift in die Kloschüssel. Ich taugte nicht zum Vatermörder. Ich sollte es bereuen.

135

Ich fühlte mich stark genug, meinen nächsten Irrtum vorzubereiten. Die Zeit am Wallersee gab den letzten Anstoß. Ich hatte schöne Männerkörper neben schönen Frauenkörpern liegen sehen. Und begriffen, dass nur wer schön ist, Anspruch auf Schönheit hat. Aber ich war »lang, dürr und klapprig«, so die drei üblichen Adjektive. Manfred hatte mich beim Abschied daran erinnert, einen »Besenstiel« einzupacken (um mich dahinter umzuziehen!). Und einen »Kübel Leuchtfarbe« mit Pinsel (damit keiner mich übersah!).

Kommen so Männer daher, auf die Frauen ihre verträumten Blicke werfen? Vom Erlös des verkauften Rennrads besorgte ich mir eine Langhantel, zwei Kurzhanteln, einen Expander und eine »Drückerbank«. Alles aus dritter, vierter Hand. Dazu nagelneu ein *Tiroler Nussöl*, penetrant glänzend, für die »Wettkampftage«. Ich war schon wieder als Phantast unterwegs. Mein rechter (starker) Bizeps sah aus – Manfred war immer hilfreich beim Finden der passenden Metapher – wie ein »Bienenstich« und Steve Reeves' Handgelenke, von Göttern geschmiedet, hatten in etwa den Umfang meiner Kniegelenke. Nach einem guten Mittagessen, so konnte man vermuten, wog er doppelt so viel wie ich, das Fliegengewicht mit 50,3 Kilo und 188 cm Länge. Aber ein Öl musste her, um mein Gerippe – rachitisch, gehörig untergewichtig und mit einem Überbein auf der rechten Schulter – scheinwerfergerecht aufzupeppen. Ich war eine bizarre Mischung aus Narzissmus und ungerührtem Realismus. Dabei vollkommen unwillig, diese Wirklichkeit hinzunehmen. Jeden Monat ließ ich mir die *Kraftsport Revue* kommen und blickte wie entrückt auf die Fotos der Helden, schlenderte schon – geölt, bronzefarben, muskelziseliert – die Strände der Welt entlang, registrierte schon – supercool, sieggewohnt, so selbstverständlich – die Sehnsucht der Frauen nach mir und die Sehnsucht der Männer nach meiner Figur. Der Rennrad-Weltmeister war vergessen, jetzt musste ein Mister Universum her.

Wie aus tausend Metern Meerestiefe tauchte ich nach solchen Exkursionen durch ein anderes Leben wieder auf. Und wie ein Taucher brauchte ich Zeit, um mich an die andere Realität zu gewöhnen, die tatsächliche und so weit entfernte von der Stille meiner Träume.

Ich begann zu trainieren. Immer vor dem Schlafengehen. Eher verborgen und geräuscharm, zwischen Bett und Tisch. Nur Manfred, der ja im selben Zimmer wohnte, wusste Bescheid. Er besaß einen gut aussehenden Körper, er musste keinen Finger rühren für das Geschenk. Sein Spott trieb mich an. Ich stellte einen Plan auf, um jeden einzelnen Muskel zu »definieren«, ihn zu meißeln: Bizeps, Trizeps, Quadrizeps, Serratusmuskel, Trapezmuskel, Latissimusmuskel, Deltamuskel, diese sechs hatten Priorität. Und ein Spezialprogramm für den Schandfleck, nein, die zwei Schandflecken, die Waden: hundert Kniebeugen mit über einem Zentner im Nacken. Ingesamt stemmte ich bis zu 20 000 Kilo pro Abend, dazu Liegestützen, Sit-ups, fünfzig Züge am Expander. Ich dampfte, ich zerfloss und wunderte mich, wie ein Dünnmann so schwitzen konnte.

136

Nach etwa vier Millionen gewuchteter Kilos bat ich wieder Manfred, das Maßband anzulegen. Und Fotos zu machen. Um die »Vorher-Bilder« mit »nachher« zu vergleichen. Und ich erfuhr das, was man in der Psychologie mit »self-fulfilling prophecies« beschreibt. Es traf genau das ein, was ich befürchtet, ja, »gewusst« hatte: Die Veränderungen – trotz der pathetischen Posen vor dem Spiegel – waren minimal, mit dem bloßen Auge kaum zu erkennen. Ich hätte auch mit der Mikrometerschraube nachmessen können. Dabei war ich überzeugt, dass ich mich geschunden hatte. Wieder über Monate. So verbissen gekämpft hatte, dass ich mehrmals wegen eines Schwächeanfalls hatte pausieren müssen. Vielleicht verbrannte ich mehr Kalorien als im Altmann-Haus für mich vorhanden waren. Vielleicht konnte jemand mit so wenig Input nicht wachsen, nicht »Masse aufbauen«. Was für ein Stuss, ich war eben der Versager. Unauslöschlicher denn je glühte das Zeichen auf meiner Stirn.

Rätselhafte Welt. In dem Body-Building-Magazin war ein Junge vorgestellt worden, ungefähr so alt und schmal wie ich. Henner F. aus Stuttgart. Mit einem Foto, das ihn zu Beginn seines Trainings zeigte, und einem nach genau 180 Tagen. Ich schloss die Augen, als ich sie zum ersten Mal sah. So deprimierend waren sie, so überwältigend unterschied sich das eine vom anderen. Warum sah der Ex-Schwächling wie ein *Mister Germany Junior* aus und ich wie ein Skeletti aus Afrika? Nach derselben Trainingszeit. War der Schreiner ein Muskelwunder? Er musste ein Geheimnis haben, an das ich nicht herankam.

Unauffällig entsorgte ich das provisorische Kraftstudio,

den augenblicklich letzten Beleg meiner Talentlosigkeit. Meinem mageren Leib war nicht zu helfen. Gegen seine widerspenstigen Gene half keine Drückerbank der Welt.

Tage später ging ich ins Kino, »Der Held von Sparta« lief. Mit Mark Forrest in der Titelrolle. Mit den männlichsten Schultern nach Steve Reeves. Vier Mal wollte ich die anderen besiegen: als Gitarrist, als Schlagzeuger, als Radrennfahrer, als Muskelmann. Und am Ende saß ich im Dunkeln und sah einem anderen zu, der die schöne Livia verführte. Ich heulte. Wohin mit meinem Leben, von dem sie sagten, es läge noch vor mir?

137

Die Zustände änderten sich bei uns. Geringfügig. Ich durfte gegen alle Erwartung vom zweiten Stock ins Erdgeschoss ziehen. In den Sicherheitsbunker, den sich Mutter in ihren letzten Wochen hatte bauen lassen. Vater durchschaute meine Hintergedanken nicht: die extrastark gepolsterte Tür, das Fenster direkt zur Straße, die »Ausstellung« als Vorraum und Pufferzone. Alle drei Faktoren bedeuteten mehr Schutz, mehr Freiheit. Wie ich bald erfahren sollte, verfolgte Vaters Überlegung das genau entgegengesetzte Ziel: Der Sohn war vom Büro aus schneller erreichbar, für den Arbeitsdienst, für jedwede Überwachung. Der Rosenkranzkönig sollte Recht behalten. Er war immer schlauer, wenn es darum ging, die herrschenden Machtverhältnisse zu festigen.

Ich durfte mit der Auflage in das Zimmer, dass ich »Tag und Nacht kontrollierbar« wäre. Jede Sekunde musste mir gewärtig sein, dass Franz Xaver Altmann hereinstürzte, um mich für den Fall zu bestrafen, dass ich eine Position innehatte, die nicht eindeutig darauf verwies, dass ich für die Schule arbeitete. Das war ein schwieriges Unterfangen, denn eine Müdigkeit peitschte mich, die bei einem Leben zwischen »Arbeitsdienst« und »Verschärftem Arbeitsdienst« nicht verwundern sollte. So lag ich nachts um elf erst dann auf der Couch (um verbotenerweise Radio zu hören), nachdem ich die notwendigen Requisiten – Stuhl, Tisch, Unterlagen – so arrangiert hatte, dass ich blitzschnell vom (faulen) Liegen in ein (fleißiges) Sitzen wechseln konnte. Ich übte die Bewegungen, lernte, wie eine Katze von einem Zustand in den nächsten zu gleiten.

Aber keine Vorsichtsmaßnahme taugte gegen einen, der sich vorgenommen hatte, Gewalt zu säen: Die Tür verfügte ja außen über keinen Griff, war nur mit Hilfe eines Sicherheitsschlüssels zu öffnen. Und natürlich hatte ich Anweisung, ihn stecken zu lassen, Stichwort: »ungehinderte Beaufsichtigung«. Und natürlich vergaß ich das, wollte es wohl vergessen. So kamen die ersten Prügel im neuen Heim gleich am dritten Tag über mich. Vater schlug schon von außen drauflos, sein rechter Ellenbogen krachte gegen das Holz, während er brüllte, als ginge es darum, ein Kind vor einer Notzuchthandlung zu bewahren. Nein, es ging darum, einem Jugendlichen, der jetzt die Tür öffnete, gleich mit Schwung ins Gesicht zu hauen. Und nochmals zu hauen. Und ihn brüllend – nach der Abreibung – aufzufordern, zum »Sofortigen verschärften Arbeitsdienst« anzutreten.

Wir zwei konnten nur Krieg führen, ganz gleich, wo und wann er stattfand. Ganz oben im Haus, ganz unten, an Werktagen, an Feiertagen, bei Regen, während einer Hitzewelle, früh oder spätnachts, überall, auch unter dem Gefrierpunkt, allzeit, jederzeit. Solange ich physisch erreichbar war, galt das Kriegsrecht. Sagen wir, einer führte Krieg und der andere versuchte, ihn durchzustehen.

138

Eines Tages hatte Manfred unseren Vater dabei überrascht, wie er sich auf Zehenspitzen meinem Zimmer näherte und – lauschte. Sicher um herauszufinden, ob ich Musik hörte. Moderne Musik – auch wenn sie ganz ohne Neger auskam – war »Negermusik«, also unzuträglich dem eigenen Nachwuchs. Ich kann nicht sagen, wie oft mich bereits das (Töne schluckende) Türpolster vor körperlicher Maßregelung geschützt hatte. Doch aufgrund des Tipps meines Bruders befestigte ich eine Angelschnur am Griff der Ausstellungstür, verlegte sie entlang der Bodenleiste, bohrte ein winziges Loch durch meinen Türrahmen und band an das Ende des fast unsichtbaren Kabels ein Glöcklein, versteckt unter dem Schreibtisch. Klingelte es – ausgelöst durch das Drücken am Türgriff –, so reichten mir die zwei, drei Sekunden, um alle aktuellen Verfehlungen ungeschehen zu machen.

139

Dass ein solches Leben nicht zur inneren Ruhe beitrug, leuchtet ein. Zur tatsächlichen Gefahr von Seiten desjenigen, der hier die Gesetze aussprach und vollstreckte, kamen die eingebildeten: das plötzliche Summen einer Fliege, das unerwartete Klopfen eines Schulkameraden am Fenster, nächtliche Stimmen vom Trottoir, die Klingel, die sich auch dann meldete, wenn Kunden die Ausstellung betraten. Ich fing an, unter dem »Feuerwehr-Syndrom« zu leiden, dem Gefühl, 24 Stunden pro Tag auf dem Quivive sein zu müssen. Atembeschwerden begannen. Um den Druck zu mindern, legte ich mich auf den Boden. Mir war, als schwebte eine Stahlplatte über meinem Zwerchfell. Dabei fehlte meinem Körper nichts, er schien unheilbar gesund. Nur die Psyche rebellierte, wurde noch radikaler Eisen und Panzer.

Zweimal passierte es, dass ich in heilloser Panik aus dem Fenster auf die Neuöttinger Straße sprang, weil ich nicht mehr die Nerven hatte, den bereits auf die Tür dreschenden Richter meiner Untaten zu konfrontieren. Auch trieb mich der blöde Gedanke, dass sein *Furor teutonicus* vielleicht abkühlen würde, wenn die direkte Konfrontation erst später erfolgte. Dem war natürlich nicht so. Sobald er meiner wieder habhaft wurde, gab es zwei Strafen: die sowieso fällige, und die zweite, für die »Flucht vor der Bestrafung«. Er war tatsächlich ein Nazi, der Rosenkranzkönig. Er verzieh nie. Wobei ich oft nicht genau wusste, was er mir zu verzeihen gehabt hätte. Er führte die halbe Welt auf den Richtplatz. Und verurteilte sie. Und jene, die in seiner Nähe leben mussten, zerrte er anschließend auf den Richtblock. Mit seinen Händen, mit seiner Sprache, mit den Augen des Unversöhnlichen.

140

Vergeltung. Exemplarisch. Lüge. Versager. Bettnässer. Durchfaller. Brillenschlange. Sohn einer kranken Mutter. Dieb. Notorischer Lügner. Versager. Schlechtes Gewissen. Schlechte Noten. Schlechter Schüler. Spüldienst. Arbeitsdienst. Verschärfter Arbeitsdienst. Schlüsseldienst. Sofortiger verschärfter Arbeitsdienst. Versager. Paketdienst. Drakonisch. Dumm. Talentlos. Eine Enttäuschung. Tückisch. Raufbold. Bahnhofs-Paketdienst. Bohnenstange. Vom Satan besessen. Böse. Mutwillig böse. Unteroffizier vom Dienst. Versager. Antreten. Meldung machen. Klapprig. Durchschnittlich. Rachitische Hühnerbrust. Verklemmt. Widerspenstig. Hoffnungslos. Angsthase. Versager.

Das waren in etwa die Hauptwörter meines bisherigen Lebens, ein anstrengender Circulus vitiosus. Mit einem langen Satz ließ sich der Teufelskreis ungefähr so übersetzen: Da ich, nicht zuletzt als Sohn einer seelisch hinfälligen Mutter, zu Hinterhältigkeit und Betrug neigte, zudem alle in mich gesetzten Hoffnungen enttäuscht hatte, musste mich mein Vater bestrafen. Und jetzt der Umkehrschluss: Da ich wiederum stets zu feige war, meine Tücken und Irrtümer einzusehen, musste mich mein Vater wiederum bestrafen … ad infinitum absurdum.

141

Ich werde keine weiteren Kampfszenen beschreiben. Nicht, dass sie nicht stattgefunden hätten. Im Gegenteil, sie wurden eher häufiger. Ich kann nur mutmaßen, warum: Weil Vater spürte, dass seine Zeit als allherrschendes Schlägerkommando dem Ende zuging? Weil unser Widerstand, vor allem Manfreds und meiner, immer renitenter wurde? Weil auch Detta – trotz aller Schindluderei uns gegenüber – sich längst in die Reihe der Erniedrigten hatte einordnen müssen (und somit als Mittäterin immer häufiger ausfiel)? Weil ihn keine Neuigkeiten mehr inspirierten? Weil sich sein Waffenlager nicht mehr vergrößerte? Weil sich die Inszenierungen seiner Kampfhandlungen nicht mehr änderten? Weil wir jeden Schlachtruf aus seinem Mund, jeden Kriegerblick in seinen Augen, jedes unheilvolle Zucken seines massigen Körpers schon kannten? Franz Xaver Altmann wurde nicht mehr auf frischer Tat ertappt, er war nur noch als Wiederholungstäter unterwegs.

142

Die Vaterdämmerung begann. Am 1. April, dem letzten Tag vor den Osterferien, besuchte ich Mutter. Das war ihr Geburtstag. Ich machte blau, in meiner Tasche lag bereits die Krankheitsbestätigung für die Schule. Mit gefälschter Unterschrift, meinerseits. Statt um 6.35 Uhr den Zug nach Burghausen zu nehmen, fuhr ich in die entgegengesetzte Richtung. Als ich in Mühldorf nach München umsteigen wollte, kam mir auf dem Bahnsteig mein Klassleiter entgegen. Er war einer von den zwei Männern, die ich an diesem Morgen nicht hatte treffen wollen. Umso unerklärlicher erschien mir der Zufall, als der »Eunuch«, so sein Spitzname, nicht hier wohnte, sondern in der Stadt, in der er unterrichtete. Was hatte er um sieben Uhr früh an diesem Ort zu suchen? (Erst viele Jahre später würde ich erfahren, dass der als hysterischer Moralapostel bekannte Oberstudienrat hier bei seinem schwulen Freund übernachtet hatte.)

Der Mann wollte es nicht fassen, ließ sich auch nicht besänftigen, als ich ihm von der Situation meiner Eltern berichtete. Wie ein Papagei wiederholte er: »Was? Für den Geburtstag der Mutter die Schule schwänzen?« Als er begriff, dass ich trotz seiner Drohung, mich zu denunzieren, meinen Plan nicht ändern würde, rutschte ihm die Stimme noch um eine Terz höher. Wir zwei unterhielten ein gespanntes Verhältnis, seit ich dabei erwischt worden war, wie ich den Eunuchen vor der Klasse nachäffte. Und sogleich mit einem Verweis, schwarz auf weiß, gemaßregelt wurde. »Wegen Ungezogenheit«. (Vater legte dann noch nach.) Kurz darauf kam eine zweite Abmahnung wegen »ungebührlichen Benehmens«. (Vater legte wieder nach.) Der Oberstudienrat war die Inkarnation des selbstgefälligen Spießers, des aalglatten Vollzugsbeamten, der grundsätzlich nicht mit sich reden ließ. Dennoch, das wurde ein schöner Morgen, denn ich stieg ungerührt in meinen Zug und der Wichtling stand fassungslos daneben, mit seiner Lodenjacke und den lächerlichen Hosenträgern. Mein Herz schleuderte, aber es wäre unverzeihlich gewesen, wenn ich das Versprechen an Mutter nicht erfüllt hätte.

Das war ein besonderes Geschenk an sie, denn die Kosten würden gewaltig sein: »Rektoratsverweis« von der Schule (automatisch und unvermeidlich) für unerlaubtes Fernbleiben vom Unterricht und Ungehorsam gegenüber einer Autoritätsperson. Und Prügel von zu Hause (ebenfalls automatisch und unvermeidlich) für dieselben Vergehen. Plus eine Extraportion Abreibung für die Tatsache, dass ich die Spritztour nur unternommen hatte, um die »kranke Frau« zu besuchen. Immerhin war die Fälschung der Unterschrift verborgen geblieben. Vor einem Jahr war eine andere aufgeflogen, als ein Lehrer bei Vater anrief, um nachzufragen, ob ich wirklich »wegen akuter Zahnschmerzen« beim Arzt gewesen wäre. War ich nicht, ich war beim Fußballspielen. Drei Wochen lang hatte der »Betrogene« (so nannte er sich) anschließend rotgesehen, seit dieser Zeit galt ich – noch ein Titel – als der »Betrüger« im Haus.

Während der restlichen Fahrt war ich nicht deprimiert, vielmehr in Hochstimmung. Denn ich hatte mich nicht geduckt. Und mir fiel auf, dass ich das noch nie getan hatte. Nur rohe Gewalt machte mich fügsam, sonst hielt ich stand. Ich nahm mir vor, dass das so bleiben sollte. Würde war nicht verhandelbar. Gäbe ich sie her, ich besäße nichts mehr, auf das ich hätte zählen können.

143

Ich traf Mutter. Und hielt den Mund, kein Wort über das, was sich zwei Stunden zuvor zugetragen hatte. Es hätte ihr jede Freude getrübt. Ich zeigte ihr sogar die unterschriebene Entschuldigung für die Schule. Nicht einmal sie erkannte die Fälschung. Sie genoss es, dass ich mich trotz des Risikos auf den Weg gemacht hatte. Sie verstand es als Beweis meiner Zuneigung.

Sie arbeitete nun in Starnberg als »Gouvernante« und Köchin in einer Familie. Und feierte heute ihren Geburtstag. Die Bilanz war ernüchternd: Kein fester Wohnsitz, keine finanziellen Ressourcen, keine Unterstützung von dem, der sie verjagt hatte, keine Romanze mit einem anderen, der ein Gefühl wie Liebe mit ihr geteilt hätte. Viel einsamer konnte ein Frauenleben nicht werden. Sie sah wie uralte 46 aus. Wir gingen in ein feines Restaurant zum Mittagessen. Sie war verschwenderisch mit mir wie eh.

Wir verbrachten einen intensiven Nachmittag. Wieder hatte ich mir ein Dutzend Fragen überlegt. Mutter litt jedes Mal darunter, aber sie war die einzige, die ich fragen konnte. Und darauf Antworten wusste. Sie bestätigte, dass sie noch immer – auch nach sechs Jahren – in ihre Unterwäsche urinierte (und bisweilen defäkierte), wenn Vater sie anrief. Kaum hörte sie seine Stimme, versagte der erste Schließmuskel, manchmal der zweite, manchmal beide. Und hätte er sie nur sachlich um eine Auskunft gebeten. (Was er nicht tat, er rief grundsätzlich an, um ihr einen Vorwurf an den Kopf zu feuern.) Noch über Hunderte von Kilometern hinweg manipulierte er ihr Nervensystem. Er sprach und sie zitterte.

Ihre Schwäche machte mich wütend, auch jetzt: Ihre Unfähigkeit, sich zu wehren, dieses stumme Hinnehmen, war die unerträglichste Art, um mit dem Übeltäter zu verhandeln. Sie führte sich stets als das Opfer auf, als das Schaf, das auf die Welt kam, um gekränkt zu werden. Ihre Reden förderten nur meinen Hass auf alles Feige. Und natürlich erinnerte ich sie daran – ich war nicht zimperlich mit ihr –, dass sie uns noch immer nicht aus Vaters Klauen befreit hatte. Der Vorwurf war als Provokation gedacht. Damit sie vielleicht doch noch ihre Beteuerung wahr machte.

Wohl kaum. In ihrer Handtasche lag ein Heftchen mit dem Titel »Die Wut Gottes«. Und wieder empfand ich Mutter als jemanden, der nichts dazulernte. Neue Ideen kamen bei ihr nicht an. Ihre zweite Todsünde (nach der Feigheit) war ihre Weigerung, Konsequenzen zu ziehen und Nein zu sagen zum Grind verschlissener Gedanken. Die Angst vor Vater und die Angst vor Gottvater jagten sie noch immer. Sie lief durch ein endloses Labyrinth und war unfähig, je umzukehren. Alles Neue, aller Neuanfang, war ihr unheimlich.

Und irgendwann überkam mich Mitgefühl für Mutter. Mitten beim Essen. Ein sorgloses Leben hatte sie sich gewünscht. Und einen Mann, der ihr Glück und eine Zukunft schenken würde. Es war anders gekommen. Sie war erwachsen geworden und hatte kein Werkzeug geschmiedet, um mit diesem Erwachsenenleben fertigzuwerden. Ununterbrochen wurde sie von der Welt überwältigt.

Ohne Gegenwehr, ohne Gegenlist ließ sie es geschehen. So wurde ihr Leben ein imposantes Unglück. Nicht weil es so dramatisch war, nein, weil so unendlich fern von ihren Frauenträumen.

Wir saßen lange in der noblen Umgebung. Mutter hatte durchaus Unterhaltungswert. Und Humor. Ich drängte und so redeten wir wieder über Sex. Ich war jetzt fast siebzehn und wie glühende Drähte zogen erotische Vorstellungen durch mein Hirn. Mutters Schauergeschichten taten mir gut, sie kühlten ab. Auch durch sie begriff ich früh, wie obszön und unflätig Sexualität zwischen Mann und Frau sein konnte, eben als Machtmittel diente, nur die Zwietracht auf anderer Ebene fortsetzte. Aber Mutters Bericht auf meine Frage nach dem Ende der Intimitäten zwischen ihr und Franz Xaver Altmann hatte auch etwas Komisches, etwas grotesk Irreales. Jetzt erfuhr ich, wie es sich tatsächlich zugetragen hatte: Bald nach Vaters Rückkehr aus dem Krieg wollte sie sexuell nichts mehr von ihm wissen. Sein Umgang mit ihrem Körper erwies sich als nicht mehr erträglich. So musste sie schriftlich (!) bestätigen, dass sie ihm jede weitere Nähe mit ihm verwehrte (und im Gegenzug sein Verhältnis mit einer Münchner Fabrikantengattin billigte). Nach dem Vertragsabschluss ließ er sie in Ruhe. Nur wenn es um den vorher ausdrücklich vereinbarten Willen zu einem Kind ging (zwei standen noch aus), konnte Mutter sich dazu »überreden«. Obwohl der Zudringling in beiden Fällen stark betrunken war.

Franz Xaver Altmann brauchte wohl den Rausch (dabei war er kein Alkoholiker), denn eine Frau, die nackte Nähe verabscheute, war keine Freude im Bett. Doch auf seltsam widersinnige Weise hatte auch Mutter Macht über ihn. So herrisch er auch im Bett mir ihr umging. Wie alle Frauen, die ihren Körper nicht erotisch wahrnehmen, konnte sie auf Sex verzichten. Vater nicht. Vielleicht hat er sie deshalb wie ein Stück Dreck behandelt. Aus Rache, wegen ihrer Souveränität, mit der sie seine intimen Bedürfnisse übersah. Denn sie hatte keine, sie war »frei«, nie drangsaliert von Geilheit.

Die beiden schienen füreinander geschaffen: er, der immergeile Bock, sie, die libidolahme Gattin. Beide grandios unfähig, sich vor dieser erotischen Misere zu retten. Umso erstaunlicher, als beide gut aussahen, nicht dumm waren und in »ordentlichen Verhältnissen« lebten, keine äußere Not sie zwang, so rabiat talentlos miteinander umzugehen.

Immerhin: So kam das Sakrament der Ehe im Gnadenort Altötting zu himmlisch-katholischer Blüte: Geschlechtsverkehr, wenn er denn sein musste, wurde nur unter dem Deckmantel einer Kindszeugung geduldet und sollte – vehement nahegelegt – ohne einen Anflug von Wollust vonstatten gehen. Beim Mann ist das schier unmöglich, aber Elisabeth als praktizierende Christin kam so gut wie sündenfrei durchs Ehebett.

Von Mutter weggehen tat weh. Wieder einmal. Sie fuhr zurück nach Starnberg, ich ins Altmann-Haus. Wir taten beide, was wir nicht wollten. Aber es gab keinen Ausweg, wir wussten von keinem.

144

Nach den Ferien Vorladung ins Rektorat. Jetzt, zwei Wochen danach, war Zahltag. Natürlich hatte der Eunuch den Vorfall gemeldet. Eher drehte sich die Sonne um die Erde, als dass ein Subalterner sich die Chance entgehen ließe, Punkte bei seinem Vorgesetzten zu sammeln. Die Audienz war kurz, der Rektor fragte, was ich mir dabei gedacht hätte, und ich sagte, selbst überrascht: »Glücklicherweise nichts.« Auf jeden Fall ritt mich kein Schuldbewusstsein. Der Geburtstag meiner Mutter schien mir dringlicher als drei Stunden Altphilologie. Auch jetzt. Der Dicke war kein Schwein, aber an der ehernen Schulordnung durfte auch er nicht rütteln: »Rektoratsverweis, weil Sie am 1. April vorsätzlich dem Unterricht ferngeblieben sind. Im Wiederholungsfall Relegierung von der Schule.«

Ein blauer Brief war ein blauer Brief war ein blauer Brief. Bis er in die Hände meines Vaters fiel. Und er alles wusste, auf einen Schlag: dass ich ihn vorher angelogen hatte! Geschwänzt hatte! Eine »kranke Mutter« besucht hatte! Die drei Tatsachen entsprachen (er liebte die pomphaften Ausdrücke) »einer Ungeheuerlichkeit menschlichen Versagens«. Während er die nächsten Tage versuchte, seinen missratenen Sohn per Muskelkraft wieder »zur Räson zu bringen«, kam mir ein neuer Gedanke zu Hilfe, um die Wut und die Schmerzen besser zu parieren: Ich sah seine Beerdigung vor mir, sah, wie wir uns anschließend zur Testamentseröffnung versammelten, dachte, dass eine pralle Börse ein paar der geschundenen Jahre wieder wettmachen könnte. Und dachte falsch, denn mittendrin schrie er, wohl so verzweifelt wie ich auf der Suche nach Rache: »Ich enterbe dich!« und schwenkte dabei den blauen Brief wie einen Lottoschein mit sechs Richtigen. Der 61-Jährige strotzte dabei vor Kraft. Warum spaltete den Mann kein Blitz? Warum fiel er nicht tot auf seine Fresse? Woher kam seine Befugnis, so straflos, so undurchschaubar ewig die Sehnsüchte anderer zu ignorieren?

145

Ich täuschte mich, mein Zorn sah die Realität dunkler als sie war. Denn der Abstieg von Franz Xaver Altmann war nicht mehr aufzuhalten, auch nicht von ihm, auch nicht von seinen Zwischensiegen. Jetzt war die Reihe an Manfred. Wir zwei führten unser heimliches Leben wie bisher, stiegen nachts durch die Dachluke aus, bogen entweder rechts zur Klosterquelle oder links ins Kino ab und konsumierten noch immer das Geld für die schwarz verkauften Rosenkränze. Unser Hunger und unser Hunger nach einer Welt außerhalb des Altmann-Hauses waren ungebrochen.

Kein Abend verging, an dem wir nicht über die »hiesigen Zustände« sprachen und die Möglichkeiten, sie zu ändern. Sagen wir, ich sprach davon und Manfred hörte zu. Er war unentschlossener, versöhnlicher, nicht randvoll mit Hass. Sein Leidensmut war größer, seine Fähigkeit, die Umstände als gegeben hinzunehmen, schien erstaunlich. Da war er Mutter so ähnlich. Er litt, statt aufzuschreien. War »gläubig«, glaubte den Pfaffen, war noch immer beeindruckt vom vierten Gebot, dem »Du sollst Vater und Mutter ehren, auf dass es dir wohl ergehe«. Auch dann noch ehren, wenn dieser Vater kein Wohl über ihn brachte. Er wagte nicht, die Vaterfigur als letzte Autorität in Frage zu stellen.

Manfred war jetzt am Ende des dritten Lehrjahrs und bekam als 19-Jähriger sage und schreibe 128 Mark, pro Monat. Plus seinen Anteil an Fausthieben, Blutergüssen und Niederschlägen. Tief innen war Manfred überzeugt, dass es so sein musste, dass er das alles »verdiente«. Die Ausbeutung und die Hiebe. Denn Vater kujonierte ja grundsätzlich beides, Körper und Herz, oder wie immer man den Ort nennen mag, wo ein Mensch sich geschmäht und verachtet fühlt.

Aber niemands Leidensfähigkeit wäre stark genug gewesen, um auf Dauer Vaters Zerstörungsdrang zu verkraften. Zudem hetzte ich ununterbrochen. Und irgendwann fing Manfred zu schwanken an, suchte gemeinsam mit mir nach Fluchtwegen. Für ihn. So kam die Aufforderung zu seiner Musterung wie gerufen. Sowie die Information, dass man den Wehrdienst vermeiden konnte, indem man zum Bundesgrenzschutz ging. Manfred verspürte kein Bedürfnis nach Kaserne und Kasernenhofton, den kannten wir schon. Zudem konnte er beim BGS einen neuen Beruf erlernen, Automechaniker.

Als Vater die Lösungstendenzen bemerkte, unternahm er einen unerwarteten Versuch, die spottbillige Arbeitskraft zu halten: Manfred sollte eine Liste mit seinen Vorstellungen vorlegen. Natürlich rechnete Bayerns – Deutschlands? – geizigster Arbeitgeber mit der Angst und der Bescheidenheit seines Sohnes. Aber jetzt kam ich ins Spiel, denn eine Chance wie diese würde nicht wiederkommen. Manfred zauderte, aber ich schrieb die Bedingungen auf, die eindeutigen Lohnvorstellungen, die genau festgelegten Arbeitszeiten. Gewünscht wurde gar nichts, nur gefordert. Und auf dem Beiblatt notierte ich, dass als Grundlage der Tarifvertrag der Angestellten des öffentlichen Dienstes diente. Plus ein Drittel mehr, als kleine Wiedergutmachung für die Jahre, in denen sich Manfred weit unter Mindestlohn hatte ausnehmen lassen.

Das war ein Liebesakt meinerseits, für meinen Bruder. Denn ich würde dreifach dafür bezahlen müssen: mit seiner Abwesenheit, mit neuem Hunger, mit Franz Xaver Altmanns Repressalien (ich wurde Tage später gleich wieder enterbt). Teure Liebe, doch ich war sie ihm hundert Mal schuldig. Die Krönung aber: Es stellte sich als eine Liebesgabe mit einem produktiven Nebeneffekt heraus, denn das Zornbeben des Alten mutete wie ein stillschweigendes Eingeständnis an, dass er diesmal verloren hatte. Eher wäre er wieder in den Krieg nach Russland gezogen, als nachzugeben und Großmut zu zeigen.

Am Tag der Abreise begleitete ich Manfred zum Bahnhof. Er hatte die Nerven behalten und verstanden, dass Autos frisieren sinnlicher klang als Rosenkranz-Geselle. Und noch sinnlicher als die Aussicht, eines Tages den devotionalen Schnickschnack zu übernehmen und als »Rosenkranzkönig Nummer vier« den Rest seiner Tage in Altötting abzusitzen. Er hat genau jenen Fehler vermieden, den Franz Xaver Altmann fünfundvierzig Jahre zuvor begangen hatte, als er im entscheidenden Augenblick vor seinem Vater, dem zweiten Rosenkranzkönig, eingeknickt war und seine Lebenspläne für den Starrsinn des Älteren aufgegeben hatte.

Als Manfred und ich uns verabschiedeten, war das trotz

allem ein Glück. Er war frei, befreit, würde gleich für zwölf Jahre bei seinem neuen Arbeitgeber unterschreiben. Um nie wieder als Lohnabhängiger bei F. X. Altmann & Sohn antreten zu müssen. Und ich fühlte wieder, für Momente nur, diese Kraft in mir, noch immer diffus, noch immer nicht zielgerichtet, aber vorhanden und tatsächlich unzerstörbar. Am Kampf mit Vater würde mein Lebenswillen nicht zugrunde gehen, so versicherte ich mir. Im Gegenteil, unser Krieg sollte der Amboss sein, auf dem ich diesen Willen schmiedete.

146

Ob Vater bemerkte, dass jeder, wenn sich nur eine Möglichkeit bot, vor ihm die Flucht ergriff? Von fünf blieben nur noch zwei, meine Schwester und ich. Und selbst Detta gab alle zwei Wochen heulend bekannt, dass sie kündigen würde. Leider dann doch nicht. Ihre masochistische Ader – da nicht unähnlich meiner Mutter – ließ ihr keine Wahl. Die Erniedrigung war ihr täglich Brot. Sie lechzte danach. Und ließ ihrem Sadismus – da entschieden anders als Mutter – als »Erzieherin« freien Lauf. Ihre Boshaftigkeit war die Kehrseite ihres käuflichen Gewissens. Das Altmann-Haus stank jetzt nur noch vor Infamie und Anmaßung, taugte nur noch als Brutstätte hinuntergewürgter Gefühle, als bewohnter Eisberg, ja, als hundertprozentiges Versprechen, sich gegenseitig kein Gramm Wärme zu schenken. Gut, Perdita und ich waren keine Feinde. Aber zu einer innigen Geschwisterliebe reichte es nicht. Ein paar Mal habe ich sie sogar vor Vaters Anschuldigungen – die 13-Jährige versuchte so gut wie wir Brüder, sich mit Lügen davonzureden – in Schutz genommen. Eher, um den Alten zu provozieren, als aus Ritterlichkeit. Doch jede Einmischung kam dem Eisberginhaber nur zupass, denn jetzt konnte er zuschlagen. Bei mir. (»Was geht dich das an, was ich mit Perdita zu besprechen habe?«)

147

Kurz nach Manfreds Weggang starb Ferdinand Altmann. Er war der Konkurrenz-Rosenkranzkönig in Altötting. Allerdings kleinerer König als König Franz Xaver, sein Bruder. Niemand muss noch erwähnen, dass Vater ihn gehasst hat. Ewig alter Hass, seitdem die beiden gemeinsam das Geschäft von ihrem Vater übernommen und sich bald – wie absehbar – zerstritten hatten. Für den Rest ihres Lebens. Die Unversöhnlichkeit war das Markenzeichen des Altmann-Clans. Uns Kindern wurde strengstens untersagt, ihn zu besuchen. Wenn möglich, sollten wir ihn auch hassen. Wie bei den Nazis wäre eine Art Sippenhaft willkommen gewesen. Keine zehn Minuten Fußweg lebte der sieben Jahre ältere Ferdinand von uns entfernt. Dennoch habe ich sein Gesicht nie gesehen, nie ihn gesprochen.

Beim Frühstück entblödete sich Vater nicht, »de mortuis nil nisi bene« aufzusagen. Mit der scheinheiligen Visage des Gramvollen: Über Tote soll man nichts oder nur Gutes sagen! Damit sagte er alles. Als gäbe es über seinen Bruder sowieso nur Schlechtes zu berichten.

Dann mit dem Leichenzug zum Friedhof, ein Beerdigungstag in Altötting, ein elfter November. Ein Foto aus Hintersibirien fiel mir ein. Vielleicht war es dort noch trostloser. Aber die Möglichkeit, denen zuzusehen, die stets dreist erklärten, wer sich sittlich korrekt aufführte und wer nicht, die war unbezahlbar. Der real existierende Katholizismus in Hochform.

Als wir ankamen, postierte sich Vater sogleich mit trauerzerfurchtem Gesicht vor das offene Grab. »Schaut nur, wie ergriffen ich bin!« Dabei war der Zwist der beiden jedermann bekannt. Da unten lag er, der unvertraute Onkel. Und zwei Meter weiter weg stand der ungeliebte, hassende Bruder. So nah waren sie sich nie gewesen während der letzten vier Jahrzehnte. Alle wussten Bescheid und keiner schämte sich. Kaplan Stadlthanner orgelte die fälligen Phrasen (»Denn Staub bist du und zu Staub wirst du zurückkehren«), Erde schepperte auf den Sarg, wildfremde Männer und Frauen kondolierten mir zum Tod eines Wildfremden. Und in der Sakristei biss Stadtpfarrer Grüneis in die Stola, weil Ferdinand Altmann im höchst unchristlichen Konkubinat gelebt hatte und man dennoch nicht, trotz dieser buchstäblichen Todsünde, verhindern konnte, dass er ein christliches Begräbnis bekam.

Doch die Absurdität dieses Morgens, die Verlogenheit der Veranstaltung waren noch zu steigern. Weiter hinten im Pulk stand der andere Bruder von Franz Xaver Altmann: Leo, ein Jahr älter, Ingenieur im nahen Chemiewerk Gendorf, Einwohner Altöttings. Auch den hasste Vater (den Grund habe ich vergessen). Auch dem durfte man nicht näherkommen. Und natürlich kam es zu keiner Begrüßung. Kein Toter und kein Lebendiger wären imstande gewesen, das Hasspotential meines Vaters außer Kraft zu setzen. Und wäre es für den Augenblick eines Händedrucks. Hass war das sichtbarste Spurenelement seiner Seelen-DNA.

Sein dritter Bruder Adolf war vor 51 (!) Jahren, im Ersten Weltkrieg, »auf dem Felde der Ehre« erschossen worden, in Russland. Auf gewisse Weise hatte der 23-Jährige Glück, er kam ohne die Feindschaft meines Vater über die Runden. Aber seine beiden anderen Brüder ließ sich Franz Xaver Altmann nicht entkommen. Er war eben der Jeden-Bruder-Hasser. Seine drei Schwestern hatten sich längst fernab von ihm in Sicherheit gebracht. Manche Menschen versprühten Liebe, manche inspirierten zu nichts als Ungerührtheit, manche – solche wie Vater – trieben jeden auf ein Schlachtfeld.

Vielleicht war meine Trauer die einzig solide. Nicht über den Toten, der fremd blieb wie jeder Fremde. Nein, ich trauerte über meinen Auftritt in Beerdigungsklamotten, die mir – frisch aus der Mottenkiste im Speicher – in letzter Minute verpasst worden waren. Ein müffelnder Paletot, wohl aus Urgroßvaters Zeiten, war an den Ärmeln um zwanzig Zentimeter zu kurz und am Bauch einen halben

Meter zu weit. In einem Schwarz aus dem 18. Jahrhundert. Dazu ein Beinkleid, das entweder an Karl Valentins oder Präsident Nixons Hochwasserhosen erinnerte, nur nicht an Eleganz und Pep. Ich war noch immer in der Pubertät und hatte inzwischen erfahren, dass man in dieser Periode neben den Pickeln auch die Eitelkeit entdeckte, ja, eine verrutschte Haarsträhne den Tag ruinieren konnte. Und jetzt stand ich wie eine novemberbleiche Vogelscheuche neben Vater, dem Kriegsgott und Rosenkranzkönig, der gerade den Tiefbewegten vorführte, und – schüttelte Hände. Von Leuten mit Gesichtern, die mir gleichgültiger nicht hätten sein können. Von Leuten mit Worten (»Aufrechtes Beileid!«), die weder aufrichtig waren noch Leid bezeugten.

Irgendwann hatte das schamlose Trauerspiel ein Ende. Ich rannte nach Hause. Um zehn Minuten allein zu sein. Und stellte mich vor den Spiegel, sah den zerbrechlichen Körper, die scheußliche Kluft, sah die jederzeit abrufbaren Betroffenheitsfaxen, sah das gerahmte Foto des Toten neben dem Grab. Und war gebannt. Von so viel trügerischem Leben, so viel falscher Welt.

148

Die Mehrheit meiner Klassenkameraden in Burghausen bestand aus »Seminaristen«, aus Heimschülern dreier katholischer Erziehungsanstalten: der *Kapuziner*, der *Salesianer*, der *Bischöflichen*, bekannter unter dem – für mich leicht verwirrenden Namen – »St.-Altmann-Heim«. Täglich Frühmesse, dann Unterricht im »weltlichen« Gymnasium, dann fünf Stunden Lernen unter Aufsicht, dann abends antreten und – bei schlechten Noten – Stockhiebe kassieren auf den Hintern (der Lieblingskörperteil religiöser Erziehungsberechtigter).

Die meisten waren nach kurzer Zeit das geworden, was man von ihnen erwartete: Streber mit guten bis sehr guten Noten, geduckte Ja-Sager und tapfere Verleugner ihrer Gefühle, sprich, rastlos-heimliche Onanisten (ein paar von ihnen habe ich mit Fragen gefoltert), deren schlechtes Gewissen in etwa dem meinen entsprach. (Und ich hatte noch nicht einmal gesündigt.) Lauter artige Jungs, von denen man keinen dabei überraschte, wie er sich gegen eine Schikane wehrte, gegen die zynischen Sticheleien und giftigen Nebensätze, über die Lehrer so reichlich verfügten. Gerieten die Braven in die Schusslinie, dann standen sie auf und – nickten. Von Anfang an wurden sie auf das Modell »Schaf« trainiert, das Lieblingsmodell der Kirche, das sie so begeistert seit 2000 Jahren züchtet.

149

Dass sich Rudolf Gebauer, Präfekt am *Bischöflichen Knabenseminar*, an Knaben vergriffen hatte, soll der Vollständigkeit halber noch erwähnt werden. Denn sein Credo – es liegt schriftlich vor – hieß »dienen und helfen«. Und dass der priesterliche Unhold später zum »Bischöflich Geistlichen Rat« aufstieg, ist sicher eine Zeile wert. Und dass der »heilige« Altmann – er wurde nie »heilig« gesprochen – vor einem knappen Jahrtausend rastlos für die Einführung des Zölibats kämpfte, ist eine grandios passende Fußnote. Und dass Gebauers Chef, Alois Doppelberger – einst Sympathisant, später Hitler-Sympathisant ohne Hitler – gern auf Faschingsfesten eine Wehrmachts-Uniform mit Schützenschnur und Offiziersdolch spazieren trug, verdient ebenfalls Erwähnung. (Foto liegt vor, sowie Zeugenaussagen zu beiden Fällen. Ein Opfer hat sich bereit erklärt, im Bedarfsfall eine Eidesstattliche Versicherung abzugeben.) Damals, in den 60er-Jahren, herrschte das Gesetz der *Omertà*, das Treiben der beflissensten Moralprediger im Land war keiner Kontrolle unterworfen. Eine kritische Öffentlichkeit existierte noch nicht. Die Entzauberung der »Gottesmänner« sollte erst ein knappes halbes Jahrhundert später einsetzen.

Ein junger Kerl wurde in meine Klasse versetzt. Einer, so wusste ich nach Tagen, der mir leben helfen sollte. Wie keiner vor ihm und keiner nach ihm. Er strahlte über alle Schafe hinweg. Neben ihm sahen sie noch schafsköpfiger aus. Er war schon einmal durchgefallen und als Skandal des »schweinischen Gedichts« an der Schule bekannt geworden. Nein, zum eigentlichen Eklat kam es, weil er – lediglich Verbreiter der Posse – die Urheber der »Schweinerei« nicht preisgeben wollte. »Aus Anstand«, wie er sagte. Sie waren schließlich seine Freunde. Aber für einen solchen Ehrenkodex hatten Erwachsene, immer auf der Seite der tugendreichen Rechthaberei, kein Verständnis. Sein Widerstand führte dazu, dass seine Schulaufgaben entsprechend bewertet wurden und er ein zweites Mal nicht vorrücken durfte. So kam es, dass Josef W. seit Beginn des neuen Schuljahrs neben mir auf der Bank saß. Der Zufall als Geschenk der Götter. Wir passten wunderbar zusammen. Er als Held und ich als sein Bewunderer. Er als der souveräne Gefährte und ich als der eine, der danach suchte. Er war zweieinhalb Jahre älter als ich und sieben Lichtjahre voraus.

Josef sah blendend aus. Von Kopf bis Fuß ein Vorbild. Das dichte schwarze Haar schwungvoll wie Elvis Presley zur Schwalbenschwanzfrisur gekämmt. Das symmetrisch geschnittene Gesicht. Die dezent bronzefarbene Haut. Die breiten Schultern. Die männlichen Handgelenke. Die athletischen Beine in modernen Jeans (und ich mit gefütterten Waden in Bundhosen daneben). Und, uneinholbar und von bestechender Leichtigkeit: sein Lächeln mit den Schlagersänger-Zähnen. Er konnte jederzeit grinsen und jeden Wichtigtuer aushebeln. Er war ein Luftikus, ein musischer Mensch, der zu allem begabt schien. Nur nicht zum Lernen von Stoff, der ihn nicht interessierte. Flog ihm jedoch etwas zu, dann war er der Beste oder einer der drei Besten. Im Musikunterricht, beim Schreiben von deutschen Aufsätzen, im Fach Kunsterziehung, als Sportler. Er wollte nicht schwitzen, nicht pauken, er wollte etwas sehen (oder hören) und können. Und konnte er es nicht, ließ er sogleich los.

Vieles verband uns. Natürlich die Wut auf alle angemaßte Autorität. Und noch mehr Wut, wenn sie sich als göttlich-angemaßte Autorität aufspielte, vorgetragen von schwarzberockten Männern, die das »Wort Gottes« dozierten. Schade nur, dass wir zu unserer Zeit über keine Beweise verfügten, nur ahnten, dass hinter ihrem weihrauch-öligen Gehabe, mit dem sie vor uns ihr christliches Sittengemälde intonierten, ein Abgrund lag. Hübsch versaut von Hochmut, Geilheit und dem Mangel an Gefühl für die Würde eines Schülers, eines Abhängigen. Sie waren die Künder überirdischen Simsalabims, und was in ihrem (theologischen) Kleinhirn nicht Platz fand, wurde als Sünde – als lässliche oder tödliche – gebrandmarkt. Viele Male trichterten uns die Großgrundbesitzer letzter Wahrheiten ein, dass jeder »geächtet würde, der nicht Zuflucht sucht im Schoße der katholischen Kirche«. Jeder Jude, jeder Moslem, jeder Buddhist, ja, jeder »Evangelische«. Es gab nur zwei Rassen auf Erden, die Himmelsfahrer und die zur Hölle Verdammten. Und es gab kein Mitleid, keine Barmherzigkeit. Nur Aufrufe zur Unterordnung. Erst für das reuige Schaf stand ein Gott bereit, der sich seiner »erbarmte«. Ohne Schafsein keine Gnade, nur Ewigkeiten voller Fluch und Unheil.

Josef wurde nie bitter, wenn wir darüber redeten. Er lachte und imitierte den Wortschwall der Pfaffen. Auch das war beneidenswert an ihm: Er blieb cool, selbst vom albernsten Gesülze ließ er sich den Gleichmut nicht verleiden. Er ging spielerisch mit der Wirklichkeit um. Josef »stimmte« in sich. Die Eleganz und die Mühelosigkeit, mit der er seinen Körper bewegte, waren dafür nur ein weiteres Zeichen. Ohne Attitüde, wie selbstverständlich zeigte er ihn. Er war eins mit ihm. Er und er gehörten zusammen. Kein Vorwurf lag in der Luft, nichts sollte anders sein. Man hätte die »beiden« aus jedem Winkel, zu jeder Zeit, fotografieren können und immer hätten sie fotogen ausgesehen. Sie waren Freunde, nicht Feinde. Er allein – von uns dreißig Jünglingen – stellte sich nach der Turnstunde unter die Dusche. Nackt und unbeschwert schamlos. Ohne Scham. Während wir uns schweißverklebt und hastig anzogen, tat er das einzig Gesunde, einzig Richtige. Voller Staunen blickte ich ihn an, auf geradezu unheimliche Weise schien der Kerl gesund, unerreichbar für christlichen Leibhass.

Josef war »Stadtschüler«, er lebte in Burghausen, die Wohnung seiner Eltern lag nicht weit vom Bahnhof entfernt. So hatten wir jeden Tag zwei Mal Gelegenheit, gemeinsam den langen Weg zum und vom Gymnasium zurückzulegen. Wir nannten uns die beiden »Peripatetiker«, ein Wort, das wir vom Griechisch-Unterricht kannten. Eine Anspielung auf eine philosophische Schule aus dem alten Athen, die vorschlug, die Fragen des Daseins eben »peripatetisch« – von *peripatein*, umherwandeln – zu hinterfragen: im Gehen, in der Fortbewegung (und nicht in der Studierstube hockend). Wobei Josef als Aristoteles fungierte und ich als sein Schüler. Der 19-Jährige war ein Tresor, er verfügte über Landschaften von Leben und Empfinden, die mir fehlten. Und nach denen ich hungerte.

Das Zauberwort hieß Sex. Wie hätte es anders sein können. Josef war der Übermensch, jener, der schon in die letzten Mysterien initiiert worden war. Er träumte nicht davon, er masturbierte nicht rotfleckig und schuldbeladen, nein, er war dem Wunder schon leibhaftig begegnet: einer nackten Frau, die nach ihm verlangte, die sich nach ihm verzehrte, die zu allem, ja, zum Allerletzten, bereit war. Josef vögelte! Er hatte eine Freundin. Er war ein Mann, ein Weltmann, der bereits an den Vergnügungen der Welt teilnahm. Wie unter Trance betrachtete ich ihr Foto, das er aus seiner Brieftasche zog. Die blonde Tanja, im Bikini.

Unverschämt jung und vollendet, mit dem Lächeln von jemandem, der weiß, dass er nichts als Begehren auslöst. Das Klischee einer Todsünde. Eine Weltfrau, auf die eben nur ein Weltmann Anspruch hatte. Wie ein Schlag auf den Kopf kam der Anblick über mich. Ich Tropf, nur geil und ohne die geringste Aussicht, mich von dieser Geilheit zu erlösen, sah auf den Körper eines Mädchens, das von mir nichts wissen wollte, dafür nach einem verlangte, der ohnehin bereits so reichlich beschenkt worden war.

Wie ein glücklicher Macho sprach Josef von ihr. Aber nie vulgär, nie abschätzig, eher wie einer, der sich seines Glücks – trotz allem Selbstvertrauen – bewusst war. Auch ihm, dem Strahlenden, schien klar, dass Schönheit zu berühren und von ihr berührt zu werden, einem phantastischen Privileg gleichkam. Er redete wie ein Troubadour und trat als der Erste auf, der in meiner Anwesenheit das *eine* Hohe Lied sang: dass nichts Schöneres war als eine schöne Frau.

Ein Dutzend Mal habe ich mir das Foto zeigen lassen. Und dabei (auch) an meine Eltern gedacht, Vater und Mutter mit Josef und Tanja verglichen. Mich wieder erinnert, dass weder Franz Xaver noch Elisabeth je ein Bildnis des anderen hervorgezogen hatten, um sich daran zu beglücken, um sich nach einander zu verzehren. Bei den beiden hatte die germanische Einehe geherrscht, das Grabmal aller Sehnsüchte, das eben, wo der Germane nach Gutdünken mit seiner Lanze in die Germanin fuhr und die Überfallene stillhalten und per Gesetz ihre »eheliche Pflicht« zu erfüllen hatte. Bis die Lanze einknickte und sie Ruhe hatte. Von Josef hatte ich nun erfahren, dass es auch ganz anders zugehen konnte. Mit einem Kürprogramm, mit Höchstnote zehn für beide, mit Schluchzern der Freude und taumelnder Begeisterung.

Auf unserem Schulweg entlang der alten Strecke, die von der Neustadt in die Altstadt führte, störte kein Vehikel. Oft waren wir zwei allein, da die Strecke steil war, voll buckligen Kopfsteinpflasters. Auch allein, weil wir es so beabsichtigten und Abstand hielten. Denn die anderen Mitschüler ermüdeten uns. Sie schienen besessen von Leistung, sie wollten alle eines Tages als Zahnärzte, Volksschullehrer oder Diplom-Ingenieure Erfolg haben. Sie waren organisiert, strebsam, stromlinienförmig. Josef und ich hatten keine Ahnung, was aus uns werden sollte. Wir wollten auch Erfolg, aber wir wollten ihn nicht um jeden Preis. Und wir hatten ein Autoritätsproblem. Die meisten der Erwachsenen, die wir bisher kennen gelernt hatten, bremsten unser Verlangen, ihnen so rasch wie möglich nachzueifern.

Und die Abgeschiedenheit war ideal, um im Gespräch an die letzten Intimitäten heranzukommen. An Josefs, sein Wissen, sein Weltwissen. Er klärte mich auf, er und sein Biologieunterricht waren so viel sinnlicher als das Professoren-Männchen, das mit Fahrradklammern und Kammgarnhose am Klassenpult stand und per schraffierter Zeichnungen das »Wunder des Lebens« demonstrierte. Monoton und verwelkt wie eine Heilkräuter kauende Mumie stand der Lehrer – »Kleppermantel« sein Beiname – vor uns. Und hakte Penis, Vagina, Testikel, Erektion, Sekretion, Uterus, Ovulation und Menstruation ab, als ginge es um den Schaltplan einer Kaffeemaschine. Welch Segen, dass es die lateinische Sprache gab, welch Möglichkeit, sich dahinter zu verstecken. Dieser Mensch da vorne sah nicht wie ein Wunder aus, eher wie ein größer geratenes Insekt, das einem Kokon entsprungen war, nie und nimmer einer Zeugung aus Fleisch und wilder Inbrunst. In keinem Moment ließ er uns wissen, dass Eros mit Hitze und Wonne zu tun haben könnte, mit Zärtlichkeit und Verliebtsein. Die Geschlechtsteile hingen als große Skizzen an der Tafel. Mit einem Stab in der Rechten erklärte das Insekt ihre Funktionsweisen. Man konnte den Eindruck gewinnen, dass man nur den »Anlasser« bei ihnen finden musste, auf dass die beiden in Aktion traten und dem Zwecke der Fortpflanzung dienten. Kein Ekel schimmerte über den Worten der Mumie, nur die glatte Mechanik ihrer Stimme.

Wie anders bei Josef. Jede Pore seiner Haut atmete. Und es kam der Tag, an dem er anfing, konkret zu erzählen. Bis jetzt hatte ich nur erfahren, dass Tanja und er »Liebe machten« oder »miteinander schliefen« oder »bumsten«. Jetzt rückte er mit den Details heraus. Mit Tatsachen, von denen ich – für mich wurde wohl das Wort »Spätzünder« erfunden – noch nie gehört hatte. Er berichtete nicht aus Protzsucht, sondern weil ich insistierte. So kamen Einzelheiten zur Sprache, die Bestürzung auslösten. So ungeheuerlich klangen sie, so absurd weit weg von dem, was ich für menschenmöglich hielt.

Josef fragte, ob ich schon einmal von »69« gehört hatte. Komische Frage, klar, 69 war eine Zahl, was sonst. Doch Josef reagierte rücksichtsvoll auf mein Ignorantentum trotz seines ungläubigen Gesichts, grinste nicht, hatte endlich begriffen, dass hier ein Tölpel neben ihm herging, der sich im 18. Lebensjahr befand und nie onaniert hatte, nie Sex gehabt hatte und nichts anderes davon wusste, als dass Mann und Frau sich nackt auszogen und »es« per Missionarsstellung erledigten. Das war mein erotischer Bildungsstand. Ich war das geworden, was meine Abscheu lehrenden Religionslehrer, meine von körperlichem Degout geschüttelte Mutter, mein drauflospenetrierender Vater und der aseptische Sexualkunde-Unterricht aus mir gemacht hatten: einen ahnungslosen Kasper, dessen sinnlicher Status quo dem eines frühreifen Siebenjährigen entsprach.

Der Schrecken war gewaltig, als Josef mich zur Seite nahm, nichts ausließ und alles beschrieb: dass Tanja seinen Schwanz in den Mund nahm und, bisweilen, sein Sperma schluckte. Dass er – und das Grauen dieser Nachricht war noch unerträglicher – ihre Scheide schleckte, ja mit haltlosem Gusto (seine Worte!) seine Zunge in alle ihre

Öffnungen streckte und so lange in ihr züngelte, bis sie den Höhepunkt erlebte.

Nach dieser Nachricht habe ich mich von ihm verabschiedet, bin kurzerhand weggelaufen, Richtung Bahnhof. Ich wollte nicht, dass er meine Erschütterung sah, die blöde Verwirrung. Auch hasste ich ihn in diesem Augenblick. Weil er widerwärtige Dinge tat. Und weil ich gleichzeitig spürte, dass er zu Gefühlen und Handlungen fähig war, die mir undenkbar schienen. Für jetzt und für immer. Sofort dachte ich an den Abend mit Manfred, als wir uns gegenseitig »unten« angefasst hatten. Und derselbe Groll, dieselbe Scham holten mich wieder ein. Wie ein Irrer lief ich davon, fluchend voller Ingrimm. So vieles hatte ich verstanden, mich vor Jahren schon aus den Gichtfingern der Kirche befreit, längst die Hypokrisie, die bigotte Hinterfotzigkeit durchschaut, durchlebt und durchstanden. Aber das Bild der Frau, aus deren Rücken, sprich »unten«, die Kröten und Spinnen krochen, dieser apokalyptische Hinweis auf fauliges Verderben, ja diese Besudelung jeden leiblichen Glücks stand noch immer vor mir, brodelte wie eine Giftbrühe, verdampfte nicht, ätzte wie Schwefelsäure durch mein Blut.

151

Natürlich hielt unsere Freundschaft. Und natürlich nahm ich Josef wieder ins Kreuzverhör, um alles Leben aus ihm herauszupressen. Keinen Tag war er mir wegen meines überstürzten Abgangs böse, auch wenn ihm meine pathetischen Gesten fremd blieben. Er war das Sonntagskind und lachte die Popanze aus. Nie hätte er zugelassen, dass sie ihn in einen Abgrund drängten. Er lächelte erbarmungslos beschwingt, blieb federleicht und heiter. Mit mir ging er geradezu sanft um. Er war mein zweiter großer Bruder, da er das ideale Gegengift für die Seuchen in mir produzierte: durch seine Reden, seine Sprüche und – vielmehr noch – durch sein Sein, seine Ironie, seinen nonchalanten Blick auf die Welt.

Das ist mein Lieblingsbild von ihm: Die Schule bot einen Tanzkurs an und wie nicht anders zu erwarten stand ich eckig und schweißbetaut im Hintergrund. Neben drei, vier anderen Mauerblümchen. Einen Foxtrott zu lernen, wäre leicht. Wäre man leicht und unbekümmert. Und so gingen die Forschen auf die Mädchen zu und drehten ungelenk ein paar Runden. Aber sie trauten sich.

Josef musste sich nicht trauen, er hatte den Swing bereits intus. Es war zum Verrücktwerden, aber er wusste, wie man eine Mädchenhand anfasste, wie man den rechten Arm um ihre Hüften legte, wie man mit beiden Körpern über das Parkett glitt. Wundersam stimmig mit der Musik. Er war wieder einmal der König und wir seine Zuschauer. Doch er war eben noch etwas: ein Freund. Und so führte er mich in einen Nebenraum und – übte mit mir. Spielte die Frau, zählte die Schritte (»links vor, rechts vor, Wiegeschritt …«), summte einen Slow, übersah meine Patzer und tat, als sei es die normalste Sache der Welt, wenn sich zwei Halbwüchsige in einer Abstellkammer umarmten und wiegten. Hinterher kehrten wir wieder zurück zu den anderen, zeitversetzt. Damit keine falschen Gerüchte aufkämen. Und nach der fünften Nachhilfestunde war ich kein Eckensteher mehr, auch kein Profi, aber immerhin einer, der ein paar Quadratzentimeter Mädchenhaut berührte und nicht linkischer auftrat als der Rest. Josef war mein Nothelfer. Er konnte meine Nöte nicht abschaffen, aber er war der erste, durch den ich begreifen sollte, dass eine ganz andere Art von Leben möglich war. Wie Feuer empfand ich ihn während des Schuljahres, das wir miteinander teilten. Wie Feuer, das wärmte und leuchtete.

152
Eines Nachts, spätnachts und hinter zweifach verschlossener Tür, war es dann soweit. Josefs Schuld, er hatte es lange genug gepredigt: Ich onanierte, dachte dabei an keinen Herrgott, der angewidert und chronisch mitleidlos jeden katholischen Onanisten observierte, nicht an die Spätfolgen für alle katholischen Masturbanten (Rückenmarksschwund! Geisterweichung! Lepra! Haarausfall! Akne!), nicht an meinen Vater und sein mögliches Auftauchen, dachte nur an die Brüste von Frauen, denen ich in den Jahren der Pubertät »begegnet« war, vielleicht tausend oder dreitausend Frauenbrüste, irgendwo auf der Straße, irgendwo in einem Film, irgendwo in der Badeanstalt, alle unerreicht, alle überwältigend, alle am schönsten, alle jetzt wie ein 3-D-Movie durch mein Hirn brausend, dachte sie alle, ergriff sie alle, küsste sie alle, ersoff in allen: bis dieses Meer an Wollust aus mir schoss und ich lachend, ja lachend, weinend, ja weinend, an mir hinunterblickte und begriff, dass ich zum ersten Mal dieses Wunder, diesen Schauer gespürt hatte, zu dem mein Körper fähig war. Ich schlief lange nicht ein, ich war in Siegerlaune, war einer, der das Tor zu einem Geheimnis aufgestoßen hatte, das ihm keiner mehr nehmen konnte.

153
Selbstverständlich gab es im Altmann-Haus kein unbeschwertes Genießen. Erst recht nicht, wenn dieser Genuss auf dem Index stand. Und da ich nun ins Bullenalter gekommen war, zudem die versäumten Jahre der Fleischeslust nachholen wollte, zudem noch immer bei einem Vater wohnte, der nichts lieber tat, als anderer Leute Sinnenfreuden zunichte zu machen, kam es zu komplizierten Szenen. Klingelte früher mein Alarm-Glöckchen unter dem Schreibtisch, dann genügten die paar Sekunden, um eine »anständige Haltung« einzunehmen. Jetzt nicht mehr.

Oder gerade noch. Jetzt hieß es, in Rekordzeit alle an der Erregung beteiligten Glieder zu verstecken beziehungsweise mit ihnen eine unverdächtige Handlung auszuführen, ja bisweilen alle schon verschleuderte Männlichkeit unter Hemd und Hose verschwinden zu lassen. Um dann bullenäugig und rotfleckig auf Franz Xaver Altmann zu blicken, den Lusttöter, den Freudetöter, der – im Türrahmen stehend und mit dem linken Arm nach draußen weisend – mich in eine absolut vergnügungsfreie Zone, das F. X. Altmann & Sohn-Büro, beorderte. Als Bürokraft. So habe ich angefangen, auch das zu trainieren: den windschnellen Wechsel vom geildummen Gesicht zur schuldlosen Schülervisage, von der flatternden Stimme zum 08/15-Ton. Die Ekstase sollte mir gehören, kein Zittern durfte sie verraten. Sie war das Intimste, das ich besaß, sie war die eine Belohnung, die Vater nicht vereiteln sollte.

154

Irgendwann war die Ersatzbefriedigung nur noch Ersatz. Selbst wenn der selig machende Körper allzeit bereit war, selbst wenn die schönsten Frauen vor meinem inneren Auge vorbeifluteten, ja, Hunderte mich umzingelten: in meiner Fantasie. Aber keine im tatsächlichen Leben: keine. So fingen die Albträume an, die nun über mich kamen, eben die fürchterliche Aussicht, sterben zu müssen, ohne diesem Rätsel, diesem Allerletzten, begegnet zu sein. (Und die ähnlich fürchterliche Möglichkeit, dass andere davon erführen.) Nichts schien mir nun absurder als eine tote männliche Jungfrau, die noch »vorher« von einem Lastwagen überfahren wurde oder im Chiemsee ertrank. Eine immerhin von den virtuell Willigen hätte sich doch bereit erklären können, meinen Mund, meine Hände, meinen Schwanz in den magischen Zirkel jener einzuführen, die wissen und alles erfahren haben. Wobei immer ein Riss durch meine Sehnsüchte ging, da die Schönheit eines Frauengesichts, ihres Busens, ihrer Haut, nicht zu übertreffen waren, so wenig wie mein Verlangen, sie zu berühren und zu atmen. Aber da gab es noch die dunkle Seite, die gefährliche: ihr Geschlecht, die Höhle, die ich nie anfassen, nimmer hätte küssen können. Auf dem schwarzen Dreieck lag der Ruch, lag mein Ekel.

Trotzdem, meine Neugierde war immer heftiger als jede andere Empfindung. Auch jene, die Angst verbreitete. So fuhren Manfred und ich an einem Sonntag im Mai – während man in Altötting wieder einmal schlurfend die Kapelle umrundete, wieder einmal katholische Sünden wimmernd in Beichtstühlen kniete – Richtung Süden. In seinem Auto. Um eine Todsünde zu begehen. Mein Bruder hatte einen Tag Urlaub bekommen und die heutige Expedition war von uns bereits telefonisch geplant worden. Wobei wir uns beide, welch Zeichen brüderlichen Vertrauens, die eigene Jungfernschaft eingestanden hatten. Wir waren inzwischen überzeugt – gefoltert von vielen einsamen Stunden –, dass Rückenmarksschwund und Eiterpustel tatsächlich drohten: jedem, den keine Frau erlöste, der mit nichts als seinem von nackten Leibern überfüllten Kopf das Leben aushalten musste. Wobei Manfred schon 28 Monate länger auf der Folterbank lag, seine Hormone schon 854 Nächte länger glühten. Das hatte immerhin den Vorteil, dass er, der Scheuere, mit meinem Vorschlag einverstanden war: die 65 Kilometer nach Salzburg zu fahren, in die Herrengasse 18, ins Puff.

Nein, wir wurden keine Männer an diesem blauen Nachmittag, wurden nicht eingeweiht in den Bund derjenigen, die »danach« leichter starben. Obwohl wir tapfer waren, gefasst den Wagen hinter dem Dom parkten und ohne den kleinsten Umweg auf unser Ziel zugingen. Und eintraten und noch immer von dem Furcht und Wonne einflößenden Gedanken besessen waren, dass es an diesem Ort geschehen würde, ja, dass wir uns bis ans Ende unserer Tage an zwei österreichische Freuden(!)-Mädchen erinnern sollten, jene allerersten Gütigen, die sich nackt vor uns auszogen und die Paradiesfrüchte Eros und Sex mit uns teilten.

Nein, keine Güte, keine Hingabe. »Geschlossen!«, rief uns eine Dicke trocken entgegen, erhob sich schwungvoll von ihrem Stuhl im dämmrigen Vorraum und schob uns zurück durch die Schwingtür, bar aller Mühe, uns freundlich zu stimmen: »An Sonn- und Feiertagen wird erst ab 20 Uhr gearbeitet.« Sekunden später landeten wir wieder auf der Gasse, hinter uns das Geräusch eines energisch umgedrehten Schlüssels. Geschlossen. Verstanden.

Das war ein Crash course der Ernüchterung. Keine persischen Sitzpolster, kein orientalischer Singsang, keine lasziv entspannten Verführerinnen. Dafür ein starkes Weib in Strumpfhosen, das seine Bildzeitungslektüre unterbrach, um uns an die frische Luft zu expedieren. Gut, dass sie erst um acht Uhr abends zugänglich war, dem Zeitpunkt, an dem ich spätestens zu Hause sein sollte (um die Tour geheim zu halten). Unerträglich die Vorstellung, ich hätte die Feuerprobe mit einer Unschönen durchstehen müssen. Nur Schönheit kam in Frage, nur mit ihr würde ich meine Beklemmungen aushalten. Ich wollte etwas sehen, was nackt und wunderschön dalag, etwas fühlen, was sinnlich und seufzend mich umarmte, eben keine Frau, die apathisch den Zugang zu ihrem aufgequollenen Unterleib freigab. Diese Sucht nach physischer Eleganz und Wärme schien fordernder als alle Geilheit.

Kleinlaut stiegen Manfred und ich wieder in seinen *NSU Prinz 4*. Noch immer keine Helden, noch immer Jungfrauen. Irgendwann auf der B 20 fiel mir Josef ein, der jetzt sicher Tanja à la 69 liebte. Unfassbar, wie sich unser Leben unterschied. Sicher ging er hinterher mit seiner Freundin ins Kino, schmuste, trank eine Cola, legte sein linkes männliches Handgelenk um ihre Schultern. Er lebte. Ich auch, nur anders. Als ich im Altmann-Haus ankam (allein, da Manfred sogleich weiter zu seiner Dienststelle musste), wurde ich von Vater sofort ins Wohnzimmer bestellt. Weil ich zwei Stunden zu spät gekommen war, weil er meine Lügen nicht glaubte, weil ich den Stau nicht erwähnen durfte und weil ich vergessen hatte, mir ein plausibles Alibi zurechtzulegen. Das machte irgendwie vier Strafpunkte, sprich, vier Maulschellen. Als Betthupferl von Franz Xaver Altmann für seinen Jüngsten. An diesem Pfingstsonntag, an dem offensichtlich wieder kein Geist über den Gnadenort Altötting schwebte. Nur alles beim Alten blieb. Wie er, der Alte, das Schwein, wie ich, sein Sohn, die Pfeife.

155

Das V-Zeichen blieb mir. Nicht für »Victory«, sondern für »Versager«: Meinen Absturz als Gitarrist hatte ich anscheinend noch nicht verkraftet. Ich war noch verwundet von der Sang- und Klanglosigkeit, mit der ich damals den Unterricht beendet hatte. Zudem war mein Drängen nach Ruhm, nach Aufmerksamkeit, ungebrochen. Es wuchs mit jedem Tag, jeder Niederlage. So sagte ich zu, als ein Bekannter vorschlug, eine Band zu gründen. Mit mir als Bandleader. Jemand musste ihm erzählt haben, dass ich vierzehn oder fünfzehn Akkorde beherrschte. Wie sich herausstellte, war der Wohlmeinende noch unbegabter als ich. Er übernahm die Bassgitarre. Eine Woche später waren wir komplett. Mit dem Schlagzeuger und dem Mann an der Hammondorgel. Da wir uns auf die Beatles, inzwischen in blasphemischer Gottesnähe, als unsere Vorbilder geeinigt hatten, nannten wir uns *The Aim*, das Ziel. Wir waren gewiss die handverlesen Unmusikalischsten im größten Wallfahrtsort Bayerns, aber das sollte uns nicht hindern, blindlings auf eine Blamage hinzuarbeiten, die so vernichtend war, dass wir Minuten danach abtreten und nie wieder ein Instrument in die Hand nehmen sollten.

Der Reihe nach. Neun Wochen übten wir, zunächst im

Pfadfinderheim. Heimlich, denn die Räumlichkeiten gehörten der Pfarrei, waren somit nicht zugelassen für Popsongs und harte Beats. Ich übte doppelt heimlich, weil wir »Negermusik« spielten, was mein Vater nicht wissen durfte. Irgendwann flogen wir doch raus, ein Nachbar hatte uns verpfiffen.

Wir zogen zu meinem Onkel Emanuel. Auch jetzt war er der bravouröse Antispießer, der uns einen alten Stall im *Hotel Post* anbot. Plus Steckdosen, Licht und Narrenfreiheit. Direkt neben dem Kapellplatz. Ich bewunderte ihn schon wieder, der Mensch war einfach nicht käuflich. Was mir am besten an ihm gefiel, war seine unmittelbare Reaktion, die eine Sekunde, die folgte, nachdem er von meiner Bitte erfahren hatte. Denn er überlegte nicht, er sagte wie 007, wie von der Leinwand herunter: »Ok, ich zeig' euch was.« Hundert Ausreden hätte er gehabt, die Wut des Oberpfaffen, die Wut des Rosenkranzkönigs, die Wut der Anrainer. Nein, keine Wut konnte es mit seiner Großmut aufnehmen.

Aber auch ein Herz wie seines war gegen Unbegabung machtlos. Nach genau zwei Monaten brachen wir auf, Richtung Untergang, Richtung Neuötting, drei Kilometer entfernt. Ein wohl tauber Veranstalter eines »Tanztees« war auf uns hereingefallen. Es ging alles sehr schnell. Der Mann führte uns zur Bühne, stellte uns als »hoffnungsvoll und vielversprechend« vor und forderte die Gäste auf, uns mit einem herzlichen Applaus zu begrüßen. Und sie begrüßten uns und wir legten los. Nein, wir legten nicht los. Mit »Michelle« von den Beatles wollten wir beginnen. Und der Anfang war gleich die grauenhafte Einstimmung. Zur Talentlosigkeit kam die Aufregung und zur Aufregung das (nie ausgesprochene) Wissen um unsere Talentlosigkeit: Sechs Mal, sechs grausame Mal, mussten wir ansetzen, um den ersten Ton zu treffen und, wenn möglich, gemeinsam zu treffen. Beim siebten Mal trafen wir ihn, aber das Glück kam so überraschend, dass ich den Text der ersten Zeile inzwischen vergessen hatte (»These are words that go together well«), nicht weiterwusste und nur noch »lalala« ins Mikrofon lallte.

Das war eine interessante Erfahrung. Denn als wir nach einer halben Stunde die Instrumente einpackten, schlugen uns weder Pfiffe noch Verachtung entgegen, eher etwas wie Gleichgültigkeit, wie gnadenlos billiges Mitleid. Auch Erleichterung, denn das Fremdschämen der Gäste hatte ein Ende, die Hanswurstiade war vorbei. Wie Betrüger schlichen wir davon, sprachen kaum ein Wort auf der Rückfahrt. Unser Traum war zu Ende, ohne Gegenstimme. Wir waren gerade aufgewacht, immerhin das, und riskierten einen ruhigen Blick auf die Fakten, die klarer nicht hätten reden können: Aufhören, ihr Nullen!

Himmel, wie verstiegen waren unsere Kopfgeburten: Gegenseitig wollten wir uns Groupies zuschieben. Hinaus in die Welt touren. Uns mit *fame and glory* überschütten lassen. Und jetzt? Rudi, Karli, Olaf und Andreas kleinlaut auf dem Weg zurück in die Wirklichkeit, nach Altötting, den Hort aller Ausweglosen.

156

Das Fiasko hatte Folgen. Ein zweites Fiasko, für mich zumindest. Schon erstaunlich, wie jede meiner Pleiten bei Franz Xaver Altmann endete. Somit konnte mein Vater ja nicht anders, als mich für das schwarze, ergebnislose Schaf unter seinen Kindern zu halten. Alle meine Desaster standen zuletzt vor ihm zur Verhandlung an. Dem obersten Richter. Als hätte ich nicht schon genug durch den Misserfolg gebüßt. Nein, ich musste nochmals bestraft werden.

Wir hatten gigantische Schulden. Elektrogitarren, Verstärker, Mikrofone, Stative, Becken, Drums, Boxen, das Keyboard, das alles hatte ein Vermögen gekostet. Und da wir nur einen geringen Teil hatten anzahlen können und keiner von uns bereits geschäftsfähig war, hatte ich Vaters

Namen in den Ratenvertrag eingetragen und unterschrieben. Eine Lappalie, dachten wir, denn in Kürze würden wir mit Hilfe unserer fetten Bankkonten die Schulden begleichen. Jetzt waren wir zahlungsunfähig und noch ehe ein Notplan erdacht werden konnte, rief der Musikhändler im Altmann-Haus an. Als ich an diesem Tag heimkam, wedelte Vater schon mit dem Vertrag in der Hand. Und holte aus.

In den folgenden zwei Wochen erreichte die von ihm verabreichte Körperverletzung beinahe die Wucht der »Briefmarken-Affäre«. Denn zu den über fünftausend Mark Miesen kam die Entdeckung von Antiquitäten, Vaters Antiquitäten, die er in meinem Schrank gefunden hatte. Am gleichen Tag, an dem der getürkte Deal aufflog. Ich war also nicht nur ein »Urkundenfälscher«, sondern auch ein »Wiederholungsdieb«. Selbstverständlich ging Franz Xaver Altmann davon aus, dass ich die aus dem gesamten Haus zusammengetragenen Stücke – Putten, Kerzenständer, Votivtafeln, altes Porzellan – verkaufen wollte. Nein, wollte ich nicht, ich hatte sie nur – unter halber Lebensgefahr – eingesammelt, um sie einem befreundeten Schaufenster-Dekorateur zu leihen. Nach zwei Wochen, so unser beider Vereinbarung, hätte ich sie diskret zurückgestellt. Diese (wahre) Aussage provozierte den GAU-Alarm im Altmann-Haus, denn jetzt war ich der Fälscher, der Dieb, der Betrüger *und* der notorische Lügner. Für jedes der vier Vergehen war ich bei meinem Vater bereits vorbestraft, diesmal jedoch geschahen sie alle zur gleichen Zeit.

Die Hiebe, die Stockschläge, die Messerwerfer-Sätze: Wieder schaute ich dem 62-jährigen Täter bei allen seinen Taten in die Augen. Diesen Trick, diesen Tick, hatte ich inzwischen perfektioniert. Aus verschiedenen Motiven: Ich hatte begriffen, dass es den Schläger schwächte, ihn deutlich irritierte. Zweitens: Ich hatte mir vorgenommen, jeden Schmerz, der auf meiner Haut oder in meinem Herz brannte – meist beides gleichzeitig – bewusst wahrzunehmen. Um ihn wach und vorsätzlich abzuspeichern. Irgendwann, bildete ich mir ein, würde ich mich an diesem Mann rächen, ihm die Wundmale heimzahlen, die er auf mir hinterlassen hatte. Denn einmal mehr schlug er auf meinen Körper ein, so ein letztes souveränes Territorium, das zu respektieren er außerstande war. Zuletzt: Ich blieb, für einen Außenstehenden völlig unsichtbar, ein ebenbürtiger Gegner. Nur wir zwei – Vater und ich – waren uns darüber klar, dass er den Kampf nicht gewinnen konnte. Möglicherweise steigerte er deshalb die Schubkraft seiner Armmuskeln, weil er über all die Jahre erkennen musste, dass seine Züchtigungen (und meine gelbblauen Flecken) nichts »Gutes« hervorbrachten, mich nie zurück auf den »rechten Weg« lenkten: Denn ich fiel nicht auf die Knie, um eine Entschuldigung zu winseln. Ich trug etwas in mir – jedes Mal machten wir zwei dieselbe Entdeckung –, das von ihm, dem »Züchter«, der mich in eine bestimmte Richtung züchten wollte, nicht erreichbar war. Vielleicht ein Gen, das den Widerstand in mir organisierte, das dafür sorgte, dass ich unbelehrbar trotzig und stolz blieb. Denn auch das hatten wir beide die Jahre über erkannt: Franz Xaver Altmann konnte man um nichts bitten. Nicht um mehr Nahrung, nicht um Freude, nicht um Aufklärung und Wissen, nicht um Nachsicht mit Träumen. Man war täglich zur Lüge verpflichtet. Er begriff nicht, dass man leben wollte, dass Irrwege sein mussten, dass ein Vater seinen Sohn anfeuern sollte, statt ihn einzuzäunen und unter pausenlosen Generalverdacht zu stellen.

Nach dem Hagel stellte sich heraus, dass Vater keinen Pfennig loslassen musste. Diesen Sieg hätte ich ihm nicht gegönnt. Ich überredete den Händler, die Instrumente zu einem fairen Preis zurückzunehmen, sammelte von den anderen drei Helden ein paar hundert Mark ein, pumpte bei Manfred und bekam von Mutter den Rest. Dafür habe ich später zwei von Vaters Zinnkrügen versetzt und ihr ein

Kleid gekauft. Seit mindestens vierzig Jahren schuldete er ihr eine Freude. Nur recht und billig, dass ich sie mit dem Erlös aus seinem altbayerischen Zierrat finanzierte.

157

Etwas Revolutionäres passierte. Eine Fremde betrat das Altmann-Haus. Und übernachtete dort, zehn Nächte lang. Carola S. war vierzig Jahre alt, Doktor der Philosophie, Psychotherapeutin, erfolgreich, schön, beunruhigend klug. Ein strahlender Mensch kam freiwillig in das verwitternde Haus des Rosenkranzkönigs. Und ihr Auftrag hieß: mission impossible.

Mit ihr kam die zweite Sensation: Mutter. Sie ging nach sieben Jahren wieder durch die Tür, durch die sie von Franz Xaver Altmann vertrieben worden war. Die beiden Frauen, die sich schätzten und mochten, hatten nicht viel miteinander gemein. Mutter war sieben Jahre älter, nicht mehr schön, nie erfolgreich, nie ein Abschluss, nie verwegen intelligent.

Die drei Erwachsenen kannten sich aus der Zeit, in der Carola S. als Erziehungsberaterin in Altötting gearbeitet hatte. Einmal die Woche, vor dreizehn Jahren. Durch einen Artikel in der Lokalpresse hatten meine Eltern von ihr erfahren und sie kontaktiert. Um sie um Rat und Hilfe zu bitten, denn mein ältester Bruder Stefan, zu dieser Zeit elf, zeigte starke Verhaltensstörungen. (Welch Überraschung!) Aus dem Kontakt entstand eine lose Freundschaft, die nach etwa zwei Jahren zu Ende ging, da Carola S. woanders eine eigene Praxis eröffnete und kurz darauf in die Schweiz zog.

Als die Schöne jetzt kam, erinnerte ich mich nicht an sie. Ich war damals, vor dreizehn Jahren, erst fünf gewesen. Aber ich mochte sie sofort, denn sie besaß alles, was mir an einer Frau gefiel. Innen und außen. Ich ertappte mich bei dem Gedanken, dass ich mir eine Mutter wie sie gewünscht hätte. Eine mit Kraft, die selbst bestimmte und sich von keinem bestimmen ließ.

Aber auch sie konnte den Lauf der Welt nicht stoppen, auch sie konnte nicht heilen, was schon lange unheilbar schwärte. Dennoch, ihr Auftritt kam einem kleinen Wunder gleich. Wie einsam muss Vater gewesen sein, als er sich entschlossen hatte, sie einzuladen und zu bitten, seine Ehe, den bald dreißig Jahre alten Scherbenhaufen, zu kitten, sie bat, ein Ambiente herzustellen, das ein Zusammenleben von Franz und Elisabeth erlaubte.

Wie naiv sie waren, die drei. Vater mit seiner Initiative. Mutter, die sich zur Anreise bewegen ließ. Carola, die eine titanische Aufgabe akzeptierte. Wobei sie wohl weniger naiv als ahnungslos war, nicht ahnte, welche Abgründe sich hinter der Fassade des Altmann-Hauses und welche seelischen Ruinen sich hinter der Fassade des Altmann-Haus-Besitzers verbargen. Die man nur wutglühend aussitzen oder vor denen man nur atemlos die Flucht ergreifen konnte. Aber sanieren? Nimmer.

Carola S. war die einzige Frau, die von Vater respektiert wurde, sie war seine »Diotima«. Auch wusste er (obwohl wenig von ihm an Hölderlin denken ließ), dass ein einziger Fauxpas, eine einzige Despektierlichkeit ihr gegenüber genügt hätte, um das »Unternehmen Wiedervereinigung« zu kippen. So profitierten wir alle von Carolas Glorie: Detta war für die Tage nach P. entsorgt worden und wir – Mutter, meine Schwester und ich – traten plötzlich als Personen auf, die aus keiner Himmelsrichtung niedergebrüllt wurden. Auf einen Schlag war das Arbeitslager verschwunden, niemand musste antreten und Meldung machen, keiner sich hinter Vorhängen und Kellertüren verstecken, ja, genügend Lebensmittel und Getränke (Fruchtsäfte!) standen auf dem Tisch. Wir erlebten Franz Xaver Altmann eine gute Woche lang als begnadeten Heuchler, der die Maske des zivilisierten Zeitgenossen vorführte. Kam es doch zu ein paar (eher verhaltenen) Ausrutschern Mutter gegenüber, so wurde er umgehend von Carola abgemahnt. Und der Alte fügte sich. Das war ein wahrhaft ergreifender Augenblick, denn ich hatte immer gedacht, nur ein von tausend Gewittern aufgeladener Kugelblitz würde ihn stoppen. Nein, es reichte die ruhige Stimme einer Frau, der er nicht das Wasser reichen konnte.

Dennoch, sie verfehlte das Ziel. Trotz vertraulicher Gespräche zwischen den dreien, trotz des Wissens, dass es sich hier um die letzte Chance handelte. Für die beiden. Aber das war sie ja nicht, es gab keine Chance, kein auf Erden geschmiedeter Vorsatz verwandelt einen Seelenkrüppel in einen Liebenden. Vaters Herz dämmerte in einem Panzerschrank und niemand würde es befreien können. Er war allein und seine blauen, unerbittlichen Augen verkündeten nur immer dieselbe Botschaft: »Ich werde dich zurückweisen, weil weder du noch irgendein anderes menschliches Wesen mir das geben kann, was mir fehlt.« Keine Frau, kein anderer Mensch, kein Gott, keiner.

Der absurde Versuch scheiterte. Was mich erleichterte. Ich hatte Mutter während der Tage zu verstehen gegeben, dass ihre Rückkehr zu Vater die Rückkehr in einen weiteren Albtraum bedeuten würde. Ich sprach hier als Autorität, ich hatte länger als jeder andere von uns ihren Mann beobachtet. Ihre Anwesenheit im Altmann-Haus würde kein Gramm Leichtigkeit in unser Leben bringen, im Gegenteil. Vaters Brutalität würde von neuem, noch brutaler, über ihre Schwäche herfallen. Und über uns.

Als Carola S. abreiste, hatte Elisabeth A. das Haus bereits verlassen. Die einzig richtige Entscheidung, da dem Ehepaar nicht zu helfen war. Carola, dieser Engel von Vitalität und Bestimmtheit, hatte noch durchgesetzt, dass ich zwei Wochen der Sommerferien mit Mutter in Jugoslawien verbringen durfte. (Und nicht mit dem Rosenkranzkönig und der reaktivierten Detta in Italien, unterm gemeinsamen Zeltdach.) Und sie hatte mir die Kopie eines Psychogramms zugesteckt, das sie im Auftrag von Franz Xaver Altmann über mich erstellt hatte. Ich las es und war mir nicht sicher, ob sie Hellseherin war oder mich trösten wollte. Sie schrieb, als Quintessenz, dass ich irgendwann meinen Weg finden würde. Denn Sensibilität, Verstand und unbedingter Wille wären vorhanden.

158

Als kurz darauf die Jahreszeugnisse für die zehnte Klasse verteilt wurden, konnte jeder nachlesen, dass weder meine Intelligenz noch meine Disziplin zu größeren Hoffnungen Anlass gaben. Obwohl ich vor zwei Jahren durchgefallen war, standen fast nur Dreier und Vierer auf dem Blatt. Plus dem obligatorischen Fünfer in Mathematik. Im »Besonderen Beurteilungsbogen« hatte der Klassleiter noch notiert, dass sich »Andreas' weniger gute Eigenschaften nicht wesentlich gebessert haben«. Dazu kam eine Woche zuvor noch ein schriftlicher Verweis wegen »Ungehorsams«. Immerhin, meine Renitenz wurde über die Jahre kontinuierlich bestätigt. Das fand ich begrüßenswert. Ich wollte nicht gehorchen, wenn mir der Gehorsam nicht einleuchtete.

Josef auch nicht. Er hatte wie ich »gerade noch« das Ziel erreicht. Nach der Abschlussfeier, feierlich fade, gingen wir zwei nach einer innigen Umarmung auseinander. Denn Josef würde im Herbst nicht an die Schule zurückkehren, die »Mittlere Reife« reichte ihm. Er wollte Geld verdienen, er hatte den Laden satt. Und seine Freundin war schwanger. Bis zuletzt bewunderte ich ihn. Weil er zu der ungeheuren Minderheit jener gehörte, die zum Ungehorsam anfeuerten, zum Eigenmächtig-Handeln. Er machte mich stärker.

159

Einige Tage später traf ich Mutter auf der Insel Rab. Die ersten zwei Tage verkroch ich mich in eine einsame Bucht, um mein Skelett mit Sonnenfarbe zu schmücken. Ich hätte nicht gewagt, bleich und hager am Strand aufzutreten. Hinterher fühlte ich mich wohler, aber nicht wohl. Ich war lang und wog nichts. Wie ein knöcherner Faden flimmerte ich durch die Welt.

Dann suchten Mutter und ich einen ruhigen Platz am Meer und begannen unsere Strandgespräche. Wir hatten Zeit. Mutter war froh, dass die »Aussprachen« mit Carola und Franz Xaver Altmann gescheitert waren. Wir waren beide froh. Die Flegeleien ihr gegenüber – obwohl Carola anwesend war und obwohl sie wieder »gut miteinander« sein wollten – bewiesen nur, dass uns ausschließlich das »Prinzip Hoffnungslosigkeit« leiten sollte. Jedes andere Prinzip im Zusammenhang mit Vater war Selbstbetrug.

Irgendwie klangen die Unterhaltungen mit Mutter leicht absurd. Denn ich habe nie so oft mit einem Menschen über Sex gesprochen, der die meiste Zeit seines Lebens keinen hatte, und wenn doch, dann mit täppischen Liebhabern. Indes, Mutters Geschichten erzählten etwas Kaputtes, zugleich Aufhellendes. Sie legten den Blick auf Seelenmüll frei, an den ich anders nicht herangekommen wäre. In ihrer fast kindlichen, schutzlosen Art machte sie die absonderlichsten Erfahrungen.

Sie fing zu reden an, ohne dass ich drängen musste. Die zehn Tage im Altmann-Haus beschäftigten sie noch immer. Bevor sie loslegte, berichtete sie in einem Nebensatz, dass Franz Xaver Altmann einst Carola mit Avancen verfolgt hatte. Aber damit aufhörte, nachdem er begriffen hatte, dass seine Lüsternheit nicht erwidert wurde. Carola wusste sofort, vor wem sie sich da in Sicherheit bringen musste. Mutter war voll des Lobes für die Jüngere, so Erfolgreiche. Sie konnte ganz unneidisch sein. Dass sich Carola als Frau von dem Rosenkranzkönig distanziert hatte, ließ sie allerdings kalt. Wie es die Nachricht getan hätte, sie wäre seine Geliebte geworden. Für Vater, den Sexrüpel, konnte sie keinen Funken Eifersucht mobilisieren.

Im Gegenteil. Da die Verhandlungen im Altmann-Haus erfolglos geblieben waren und Mutter konsequent den von ihrem Mann vorgeschlagenen »Kompromissen« misstraut hatte, glaubte der Herr im Haus an die klärende Wirkung eines Ehegatten-Koitus. Und kam nach vierzehn Jahren (Perditas Zeugung) wieder über sie. Obwohl in ihrer beider Vertrag – unverändert im Safe – festgeschrieben stand, dass die Ehegattin zu keinen weiteren sexuellen Pflichten zur Verfügung stehen musste. Aber ganz offensichtlich war der Rosenkranzkönig in Stimmung, zudem scherten ihn Abmachungen wenig, die nicht rechtsverbindlich waren. Deshalb meinte Mutter jetzt am Strand von Rab, derb und vollkommen klarsichtig: »Mit Hauruck fuhr er in mich hinein. Und ich war wieder einmal zu feig, um zu dieser Art Versöhnungs-Vergewaltigung Nein zu sagen. Ich schloss die Augen und wartete. Bis zum schnellen Ende.«

Wenig überraschend war, dass sie immer »dein Vater« sagte, nie »mein Mann«. Umgekehrt hielt es Franz Xaver Altmann nicht anders, er sprach immer von »deiner Mutter«. Als wollten sie durch Benutzung des besitzanzeigenden Fürworts »dein« die Angst vor der gerade erwähnten Person bzw. deren Schuldigkeit auf mich übertragen. Er war nicht ihr Mann und sie war nicht seine Frau, beide waren »mein«. Damit waren sie einander los, zumindest verbal.

Das Leben auf der Insel tat gut. Der Strand war wenig besucht, ohne Massen und lärmende Prolos. Mutter und ich waren passable Schwimmer, das Salz trug unsere Körper. Für Momente waren wir leicht und gedankenlos. Ich spürte es und Mutter sicher auch: Wie anders sich das Leben anfühlen konnte, wenn keiner im Weg stand, der die Leichtigkeit nicht aushielt.

Leider waren die Frauen hier noch schöner als am Wallersee. Oder vielleicht jagten noch mehr Hormone durch meinen Unterleib. Einmal musste ich mich auf den Bauch legen, als ich auf ein Liebespaar schielte, fünf Meter hinter uns: sie die Augen geschlossen und lächelnd, er mit seiner Rechten ihren Miss-Jugoslawien-Busen streichelnd. Ich war betäubt von der Schönheit und Innigkeit der Szene. Eros schien wie Zauberei, wie eine Droge, die in die Schwerelosigkeit entführte. Die beiden lagen nicht im Sand, sie schwebten. Die Situation war umso bemerkenswerter, als Mutter mit dem Rücken zu den beiden saß und wieder irgendeinen religiösen Schund las. Bisweilen beneidete ich sie um die Radikalität, mit der ihr die Sexualität ausgetrieben worden war. Keine Sehnsucht verstörte sie mehr. Mich schon, schon wieder. Ich sah zu den beiden hinüber und hielt den Atem an. So grenzenlos weit schien der Abstand zwischen ihrem Triumph und meinem Verlangen.

160

Seit ihrem Fortgang aus dem Altmann-Haus unterzog sich Mutter einer Therapie. Bei Dr. Kurt W. in München, den sie bereits kannte und dem sie mit der Bitte um (Wieder-) Aufnahme als Patientin einen langen Brief geschrieben hatte. Vor langer Zeit. Auf den fünf Seiten erwähnte sie, dass sie »am Ende« sei, dass sie glaube, »wahnsinnig zu werden« wegen »unermesslicher Einsamkeit« und »endloser Sehnsucht«.

Wir saßen wieder auf unserer Decke am Strand und ich las den Brief, den sie handschriftlich kopiert hatte. Jetzt war sie im siebten Jahr der Behandlung, einmal die Woche, bezahlte jede Stunde aus eigener Tasche. Der Arzt, sagte sie, habe ihr das Leben gerettet, die Seele. Weil er ihr dabei half, ihre Verluste anzunehmen. Eben nicht versuchte, sie ihr wegzureden, wegzutherapieren, sondern sie dazu bewegt hatte, ihre Defizite als gegeben zu bejahen. Ob ihm (ihr) das gelungen sei, könnte sie nicht mit Sicherheit sagen, aber immerhin kämen die Selbstmordgedanken nicht mehr zurück. Sagte sie. Und ihr Wille, am Leben zu bleiben, sei gestärkt worden.

Ich hielt den Mund, obwohl ich skeptisch blieb, was Mutters Therapie-Erfolge betraf. Nichts schien sich an ihren Panikattacken geändert zu haben, wenn Franz Xaver Altmann Kontakt mit ihr aufnahm. Nie war sie entschieden und energisch genug geworden, um gegen ihn anzutreten. Zu oft hatte sie in meiner Anwesenheit hemmungslos geschluchzt, zu oft sich bitterlich darüber beschwert, nie von ihm »geliebt worden zu sein«.

Was meine Skepsis angesichts einer Besserung noch verstärkte, war die Tatsache, dass Mutter keine Kompensationsmittel besaß, um mit ihren Einbußen fertigzuwerden. Nie einen vergnügten Galan hatte, nie eine vergnügte Bettgeschichte, nie lustige Kinder, nie genug Geld für ein flottes Leben, nie einen geistreichen Beruf, nie eine Leidenschaft für Sprache, nie eine für Musik, nie eine bewegende Spiritualität (nur den abstrafenden Katholizismus), ja, nicht einmal Freude am Sport, am Rennen und Schwitzen, sich so gar nichts in ihrer Reichweite befand, um die Lieblosigkeit auszuhalten. Ein Zustand, der wie ein Todesurteil über sie kam, ja, wie ein Tod durch Verwelken. Wobei dieser Beschluss keineswegs vollstreckt, nur täglich neu verhängt wurde. Weil Mutter die Todsünde aller Schwachen beging: Sie hoffte. Statt eigenhändig die Umstände zu ändern. Manchmal verdächtigte ich sie sogar, noch an die Auferstehung der Liebe von Franz Xaver Altmann zu glauben. Von einem, der längst fertig war und nicht eine Unze Wärme zu verschenken hatte. Auch nicht an sich selbst.

Wie auch immer. Da ich Mutter auf meine (kaputte) Art liebte, nahm ich mir vor, sie in dem Glauben einer Stabilisierung zu lassen. Durchaus möglich, dass sie ohne den Therapeuten tatsächlich ins Wasser gegangen wäre. Wer war ich, um so genau zu wissen, was tief verborgen in ihr vorging: wenn sie aufs Meer schaute und ihr – sie dachte sich wohl unbeobachtet – die Tränen über das Gesicht liefen. Als hielte sie Ausschau nach dem einen, der sein Herz und sein Leben mit ihr teilen würde. Und der nie kommen würde, nie. Ich habe dieses Bild »fotografiert«, mit meinen Augen. Und in dem Archiv jener Momente hinterlegt, die man nicht vergisst: das Bild meiner einsamen Mutter.

161

Zurück ins Altmann-Haus. Da wohnte auch ein Einsamer. Aber der fraß die Öde nicht in sich hinein, sie ließ ihn schreien und wüten. Umso vehementer, als die Fliehkräfte, die von ihm ausgingen, den Sommer über zugenommen hatten. Jetzt war Herbst und er wusste, dass keine Frau mehr sein Haus betreten würde. Von Detta einmal abgesehen. Aber an ihr war nichts liebenswert. Nicht der Verstand, nicht das Gemüt, nicht ein Körperteil. Sie gehörte zu jenem Typ Frau, für die man sich als Verlierer entschied. Sie war der Restposten, der zweibeinige Ladenhüter. Weil die Klugen, die Gemütvollen und Ansehnlichen schon vergeben waren. Oder lieber einsam blieben, als mit einem wie Franz Xaver Altmann irgendeine Nähe zu riskieren.

Vier Söhne hatte er gezeugt, einer war tot, zwei waren auf und davon, und ich, der letzte, kam mit einem Gesichtsausdruck zurück, den man sich für seine Todfeinde aufhebt. Mein 18. Geburtstag kurz darauf war die passende Gelegenheit, um die Fronten noch einmal zu verhärten. Wenn das denn möglich war. In meinem *ABC des Jugendrechts* stand, dass ich erst in drei Jahren volljährig wäre, doch ab jetzt schon – als Minderjähriger – für Deutschland in den Krieg ziehen dürfte, Stichwort »Wehrpflicht«. Wenig verlockend, ich hatte schon lange keine Gefechtspause mehr, ich wäre lieber in den Frieden gezogen.

Interessante Lektüre. Für einen Achtzehnjährigen wurden die »Deliktfähigkeit«, die »Strafmündigkeit« und das

»Ende des Schutzes vor gefährdenden Orten« verbindlich. Ein lustiges Buch. Ich begriff zum ersten Mal, wie frühreif ich in gewisser Hinsicht war. Denn all diese Rechte und Verantwortlichkeiten hatte mir mein oberster Kriegsherr längst zugestanden. Seit meinem elften Lebensjahr war ich laut Vater ein »Delinquent«, der für seine Delikte bestraft werden musste. Und von einem Schutz vor dem Altmann-Haus, einem durchaus gefährdenden Ort, wusste ich auch nichts.

Aber *ein* Recht gefiel mir, die »Möglichkeit des Erwerbs eines Waffenscheins«. So kopierte ich mehrmals die betreffende Seite und unterstrich rot den Hinweis, dass ich mich ab nun bewaffnen dürfte. Dann verteilte ich die Zettel und ließ sie achtlos an verschiedenen Stellen im Haus liegen. Natürlich handelte es sich um eine rein theoretische Information, denn ohne Einverständnis des Rosenkranzkönigs schien der Erwerb einer Handwaffe nicht denkbar. Aber darum ging es nicht. Ich hatte inzwischen eingesehen, dass ich nicht kaltschnäuzig genug war für eine Hinrichtung. Es ging bei der Aktion um psychologische Kriegsführung, jene Ebene, auf der ich mithalten konnte: Vater sollte wissen, dass mir der Gedanke gefiel, ein Werkzeug zu besitzen, das imstande wäre, ihn zu liquidieren.

162

Der Clou: Ich hatte zwei Jahre zuvor seine *Walther P38* gefunden, die er höchstwahrscheinlich aus dem Krieg nach Hause gebracht hatte. Mit dem leeren Magazin daneben. Ich behielt die Entdeckung für mich. Sicher, dass die Patronen an einem anderen Ort versteckt waren. Klar war ich schon damals von der Idee berauscht, das Teil benutzen zu können. Für den letzten, allerletzten Fall.

Nach Wochen vergeblicher Munitionssuche nahm ich die Pistole an mich und vergrub sie im Wald, ohne mich an die Stelle erinnern zu wollen. Irgendwo, mittendrin. Mir war die Vorstellung nicht geheuer, dass sich in der Nähe eines Psychopathen ein Gerät befand, das zum Töten taugte. Und sicher getaugt hatte. Auf dem Nachhauseweg kam mir der wilde Einfall, dass ich Vater einfach fragen sollte: »Sag an, Franz Xaver Altmann, wie viele Iwans, wie viele Polacken, wie viele jüdische Untermenschen hast du damit umgelegt?«

Natürlich habe ich nicht gefragt. So wenig wie er sich den Verlust anmerken ließ und mich zur Rede stellte. Wohlweislich. Denn er hatte kein Recht, eine Waffe zu besitzen. Ohne dass wir es je aussprachen, wussten wir: »Beschuldigst du mich, denunziere ich dich.«

163

Es gab noch einen Aufschub. Die Vaterdämmerung kam, aber über Umwege, mit Verzögerungen. Ich lernte ein Mädchen kennen. Britta, siebzehn Jahr, schwarzes Haar, sehr weiblich und allerliebst. Wir standen beide am Bahnhof und niemand weit und breit, vor dem ich mich hätte blamieren können. Also sprach ich sie an. Sie sagte Ja. Ja zu einem Wiedersehen. Sie war die Schuhverkäuferin aus Mühldorf und ich der Sohn des Rosenkranzkönigs. Grund genug, um uns mindestens zwei Mal die Woche – heimlich, wie sonst? – zu treffen und uns von dem Leben zu erzählen, das wir hatten, und von dem, das wir träumten.

Mein Gott, wie viele Frauen waren mit mir – in meinem Kopf – schon ins Bett gegangen. Als Weltmann und grandioser Liebhaber, der keine zurückließ, ohne dass sie ihm nicht hinterherseufzte. Und wie tapsig scheu ich jetzt war. So scheu wie Britta, die sich jeden Quadratzentimeter Haut abringen ließ. Jede Berührung löste einen Blitz in mir aus, der verglühen musste, nie zucken und nie sich entladen durfte. Vom Streicheln der Handrücken über das Kosen der Wangen bis zu einem Zungenkuss: Der halbe Meter nahm über einen Monat in Anspruch.

Bis sie sich traute und mit mir an einen dunklen Ort ging, ins Kino. Britta war wie alle 17-Jährigen dieser Welt von ihrer Mutter darüber informiert worden, dass Männer Schweine sind. Womit sie selbstverständlich Recht hatte, denn ganz hinten, in der Loge, sollte es passieren. Nicht das »Letzte«, aber irgendetwas, das nicht mehr weit davon entfernt lag. Mit Worten waren wir kurioserweise viel unbekümmerter als mit unseren Körpern. Da hatten wir die Höchststufe schon erreicht. Mit erstaunlicher Unschuld flüsterten wir einander »Ich liebe dich« ins Ohr. Wir hatten keine Ahnung, weder vom Liebe machen noch vom Liebe beweisen, aber wir waren sagenhaft unschuldig und vorlaut.

Im Schutz der Dunkelheit wurden wir tapferer. Und Britta war bereit und ich Manns genug, endlich an ihrer Bluse zu nesteln. Genau genommen sagte sie Nein, aber es war ein sanft gehauchtes Nein, das nur dazu da war, überhört zu werden. In dieser Stunde begann ich, zwischen einem echten Nein und allen anderen Neins unterscheiden zu lernen. Wie jetzt, als vorne Steve Reeves als *Sohn des Spartakus* um Clodia und Freiheit kämpfte und ich, in der letzten Reihe und muskelschwach wie eh, über den siebzehnjährigen Busen meiner Freundin schmuste. Und zum ersten Mal nicht Bodybuilding-Weltmeister sein wollte, sondern nur ich, tatsächlich ich. Die Virtualität war Wirklichkeit geworden. Kein Trugbild raste durch meinen Kopf, jetzt roch ich die Haut und den Duft einer Wirklichen.

Am nächsten Tag, nach dem Film, nach den letzten Küssen am Bahnhof, wurde uns bewusst, wie »versaut« wir waren. Wir beide. Nicht sexuell versaut, sondern in unseren Gedanken über die Sexualität. Wir gingen nach Hause und schrieben uns Briefe (Anrufen war verboten). Was ich im Kino getan hatte, schien unverzeihlich. Obwohl wir es beide ersehnten. Aber ich hatte ja, und Britta wohl auch, die Jauche der Leibsünde geschluckt. Zudem jagte mich die abstruse Vorstellung, dass ich ohne Gewissensterror nicht einmal mit dem Oberkörper einer Frau fertig wurde, somit nie wagen würde, tiefer und dunkler ihr nah zu sein.

Unsere Nachrichten kreuzten sich. Auch Britta schrieb von Not und schwerer Bedrängnis. Und dass sie dachte, dass ich dachte, sie hätte sich »nichts dabei gedacht«. Und während ich las, was sie dachte, las sie gerade, dass ich nicht so dachte. Was für eine Scheiße man durch unsere Hirne gespült hatte. Sich anschmiegen, sich befühlen und zu allem Unglück noch Sinnenfreude dabei empfinden: Das war die Versuchung aus dem Paradies, das Schlangenweib, das jetzt wie sündiger Schleim in unser Herz kroch.

Die Nähe hielt nicht. Obwohl wir uns sogar noch näher kamen. In einem dubiosen Pensionsbett, außerhalb Altöttings, in das wir uns an einem Winternachmittag verkrochen hatten. Mit Schlafanzügen über unseren Körpern und dem Mut der Verzweifelten, endlich Mann und Frau zu werden. Feierlich lagen wir nebeneinander, unfähig zu kichern und zu spielen. Hätte uns jemand beobachtet, er hätte glauben können, dass hier zwei zusammengekommen waren, um gemeinsam zu sterben. So mühlsteinschwer lag die geplante Todsünde auf uns.

Aber die Natur war die Natur. Sie kümmerte sich nicht um Gott und die Maßregelungen seiner Stellvertreter auf Erden: Mein Schwanz wurde hart, als er Brittas (bekleidetes) rechtes Bein berührte. Er war gesund und vollkommen amoralisch, absolut unbelastet von theologischen Albereien. Er empfand und er reagierte. Er war bereit.

Zu nichts. Das Ende kam so schnell wie die Erregung. Kaum hatte das Mädchen registriert, was gerade vorgefallen war, sprang es aus dem Bett, zog sich hastig und wortlos an und verschwand. Hinaus in die Dunkelheit. Ein Ende wie bei den Marx Brothers. Der Witz der Situation, das Groteske, war nicht zu übersehen. Unser Auftritt war bleiern und komisch. Sexualität sollte ganz offensichtlich in meiner Reichweite nicht gelingen. Wer immer dafür verantwortlich war, meine Eltern, der Katholizismus, dieses Mädchen, ich: Mein Geschlechtsleben schien geknechtet von Unbeholfenheit, Schuldgefühlen und Ekel. Schon auf dem Nachhauseweg packte mich die Angst, dass mein sinnliches Leben enden würde wie das meiner Mutter: dass keine Ausgelassenheit und kein Heil ihm beschieden wären, nur Sehnsucht und die Wut über die Sehnsucht, die nie Gegebenheit wurde. Oder ich eines Tages werden würde wie mein Vater: brutal. Und nur mit Gewalt erreichte, wonach mich gelüstete.

Ein paar Wochen hielten Britta und ich noch durch. Aber die seelische Intimität, die sie verlangte, konnte ich nicht liefern. Und zur Hingabe ihres (ganzen) Körpers war sie nicht bereit. Zudem ging ich jetzt in die elfte Klasse, ich strandete schon wieder in drei Hauptfächern. Und mein Zuhause teilte ich mit einem Rabiaten, der täglich sein Recht auf Leibeigenschaft ausübte. An mir, seinem leibeigenen Sohn. Und die Hormone bebten weiter. Ich taugte folglich nicht zur Zärtlichkeit als Existenzform. Zumindest jetzt nicht. Auch nicht mit einem Mädchen, das zart war und warmherzig.

PS: Britta würde kein gutes Leben haben. Irgendwann würde der Vater ihrer Kinder zum Schweinehund mutieren, zu trinken und zu schlagen anfangen. Kurz vor ihrem Tod – Krebs und Kummer als Todesursachen – habe ich sie besucht. Und verstanden, dass der eigentliche Grund ihres Sterbens dem meiner Mutter ganz ähnlich war: Sie hatte sich nicht gewehrt, nur immer erduldet: den Mann, das Leben, das ganze Unglück.

164

Winter in Altötting, der Trott der Trostlosigkeit, die Routine der Bosheit: bedenkliche Noten in der Schule sammeln, heimkommen und antreten zum Abspülen, antreten zum Arbeitsdienst, antreten zum Paketdienst, antreten zum Schlüsseldienst. Dazwischen einen Lehrstoff bewältigen, der mich nicht interessierte. Mich auch überforderte, da süchtig nach Schlaf, der nicht sein durfte. Dazwischen drei oder vier oder drei mal vier Ohrfeigen pro Woche kassieren: Weil jemand meinen letzten nächtlichen Kinobesuch verpfiffen hatte. Weil ein anderer mich das *Hotel Post* hatte betreten sehen. Weil der Nachbar von gegenüber einmal die Polizei verständigte, als er mich nachts aus dem Fenster auf das Trottoir springen sah. Weil mich Vater – kurz nach Beginn der Sonntagsmesse – an der Nebenpforte der Basilika abgefangen hatte. Weil ich meinen von Detta verschlossenen Kleiderschrank mit einem Stemmeisen aufgebrochen hatte (um nicht mehr zwangseingekleidet zu werden). Weil ich mitten bei der Büroarbeit, mitten im »Gros machen«, aufgehört hatte, aus Sorge, dass nach weiteren drei Minuten Verblödung eine Gehirnschmelze mich heimsuchen würde. Vater hatte also immer fünf, sechs Gründe zur Hand, um sie mich spüren zu lassen.

Und an jedem Wintertag zehn oder zwanzig Mal mitten durch die »Ausstellung« gehen, in der – kahl und hässlich wie in einer Leichenhalle – der Fundus einer in den Tod verliebten Religion aufgebahrt lag, kalt unter abgenutzten Vitrinen, neben Fenstern, die den Blick auf den Friedhof freigaben. Und mein Zimmer betreten und immer den Wunsch verspüren, mich noch einmal umzudrehen und mit der Kelleraxt dieses Meer aus Blech, katholischem Altweiber-Voodoo, Tristheit und Freudlosigkeit kaputtzutrümmern. Tausende Tage, tausende Male das Zucken in mir, dieser Schrei nach einer anderen Welt, nach einem anderen Leben.

Die Kälte wurde nicht erträglicher, als die »Ladung zur Musterung« eintraf. Welch blühende Aussichten: vom Kasernenhof Altmann-Haus zum nächsten Drillplatz. Nochmals achtzehn Monate lang einen brüllenden Vorgesetzten durchstehen. Mit einem boshaften Grinsen überreichte mir Vater den Brief, Subtext: »Dort werden sie dir Mores beibringen.« Sein Lieblingssynonym für Disziplin. Als ich in sein Gesicht schaute, war mir, als ströme Nervengas aus seinen beiden Nasenlöchern. Er gehörte seit langer Zeit zu jener Menschenrasse, die nichts anderes mehr ergötzte als die Drangsal seiner Mitmenschen. Er war wieder einmal der einsamste Mensch, den ich kannte. Einsamer als Mutter, einsamer als ich. Denn es gab keinen mehr, dem er von seiner Einsamkeit hätte erzählen können.

165

Am nächsten Tag fing ich an, mich vorzubereiten, besorgte mir umgehend das Taschenbuch »Kriegsdienstverweigerung / Ein Ratgeber«. Ich hatte längst beschlossen, dass ich den Wehrdienst ablehnen würde, wusste ich doch, dass ich laut Grundgesetz 4, Absatz 3, dazu berechtigt war: »Niemand darf gegen sein Gewissen zum Kriegsdienst mit der Waffe gezwungen werden.« Nicht, weil ich standhafter Pazifist war, sicher nicht, im Gegenteil. Ich war tief überzeugt, dass man einschreiten musste. Und sei es mit Gewalt. Und nicht als letztes Mittel, sondern schon früher. Ab jenem Moment wohl, in dem man sich klar geworden war, dass der andere nicht zuhören will. Diese Fähigkeit, das Hoffen ab einem gewissen Punkt einzustellen, hatte ich im Zusammenleben mit Franz Xaver Altmann geübt. Dass ich ihn noch immer nicht vernichtet hatte, lag gewiss nicht an meiner versöhnlichen Einstellung. Es war meine Feigheit, mein »schlechtes Gewissen«. Der Wunsch, ihn tot zu sehen – lieber tot als getötet, das schon – begleitete mich ja seit langem.

Warum dann verweigern? Weil ich psychisch nicht mehr in der Lage gewesen wäre, dass ein nächster Sadist, noch ein Befehlsinhaber mit einem verkrüppelten Innenleben, mich in Obergefreitenlautstärke auffordern würde, vor ihm »strammzustehen«. Nachdem er mich – vor ihm – durch Pfützen hätte robben lassen. Oder mich – vor ihm – als zweibeiniges Rhinozeros vorgeführt hätte, das im Stechschritt über das Gelände marschierte, dann linksrum marschierte, dann rechtsrum marschierte, dann die Knobelbecher zusammenknallte, dann salutierte, dann als wehrpflichtiger Trottel auf neue Sadismen wartete. Ich hätte irgendwann auf den Obergefreiten geschossen, denn ich hatte mir in den letzten Jahren die sieben Todsünden aufgeschrieben, die ich nie wieder begehen wollte. Eine, die schlimmste, rangierte ganz oben: Gehorchen! Ein gehorsames Leben kam nicht in Frage.

166

Drei Wochen später trat ich an, gut vorbereitet: die letzten Nächte wenig geschlafen und viel Kaffee getrunken (mittels verbotenem Tauchsieder im Zimmer zubereitet). Zudem hatte ich mich am Vortag zu zwei Schachteln Zigaretten überwunden und die von Mutter – via *Hotel Post* – geschickten *Captagon-Tabletten* geschluckt. Sie wirkten dosiert als Stimulans, als Überdosis führten die Pillen zu Schweißausbrüchen und hohem Blutdruck. So zumindest lautete der Geheimtipp von Leuten, die bereits verweigert hatten. Der Aufwand war notwendig, weil ich zuerst versuchen wollte, für »untauglich« erklärt zu werden. (Das sollte kein Problem sein, an den Ausdruck hatte ich mich bereits gewöhnt.) Scheiterte das Unternehmen, lag in meiner Tasche der ausgefüllte Antrag auf Wehrdienstverweigerung. Plus die Telefonnummer eines Rechtsanwalts, der darauf spezialisiert war. Für den Fall, dass die Eingabe abgelehnt würde.

Alles so einfach. Der Arzt im »Kreiswehrersatzamt« (ein solches Wort kann nur ein Vier-Sterne-General erfunden haben) sah aus wie ein Nachdenklicher, sprach freundlich und ruhig. Und kannte offensichtlich alle Finten, erkannte auch meinen geputschten Körper und reagierte trotzdem nicht nachtragend. So ging die »Untersuchung der körperlichen und geistigen Eignung eines Menschen für den Wehrdienst« durchgehend mit Respekt vonstatten. Der vielleicht 60-Jährige und ich verstanden uns von Anfang an. Ob er spürte, dass er mir gefiel, gefallen hätte? Als Vater?

Nach dem Test meiner Augen stieß er fast freudig die Nachricht aus, dass ich beim »Barras« keine Chance hätte: links Astigmatismus, rechts Kurzsichtigkeit, fast sechs Dioptrien Unterschied zwischen den beiden. »Sie würden ja unsere eigenen Leute über den Haufen schießen«, meinte er lächelnd. Ich war entlassen, als Untauglicher. Meine Trauer über das Unwort hielt sich in Grenzen.

Mit einem boshaften Grinsen – so gut wie er konnte ich es nicht – übergab ich Vater den Bescheid. Obwohl ich ahnte, was kommen würde: ein Stinksatz, der mich wissen ließ, dass ich »nicht einmal dafür zu gebrauchen« war. Ich genoss seinen Kommentar, denn meine Freude über seine Wut ging tiefer als sein Stich. Jahrelang hatte mich der Ex-SS-Kämpe alias Rosenkranzkönig mit seiner Totenkopf-Sprache traktiert, seinem Soldatesken-Wortschatz. Und das Ergebnis? Sein Sohn, die Brillenschlange, durfte nicht einmal schießen, schlimmer, nicht einmal totschießen lernen.

Nun herrschte ein Grad von Kälte, der schwer zu unterbieten war: jedes meiner Worte eine Rasierklinge, jeder Blick eine Herabsetzung, jede Geste eine Fluchtbewegung. Etwas musste passieren, etwas würde passieren. Wie zwei feindliche Krieger, wie zwei kriegerische Feinde lebten wir unter demselben Dach.

167

Ein Zwischenfall wäre noch zu erzählen, der letzte vor dem Ende. Weil er auf wunderbare Weise demonstrierte, wie eine Vater-Sohn-Beziehung hätte sein können. Und bewies, dass ich immerhin einen Erwachsenen kannte, der resistent blieb gegen die Anwürfe des Lebens. Der nicht vertrocknete, dessen Herz und Hirn partout nicht verkalkten. Der bei jedem Schritt ein cooles Flair, etwas von der großen weiten Welt ausstrahlte. Und nicht tobte, sondern nach einer eleganten Lösung suchte. Und selbst in Altötting, diesem Schmelztiegel dösiger Provinzialität, nicht zum mümmelnden Männchen einlief, sondern ein Mann blieb. Ein richtiger Mann. Und mich rettete. Wieder einmal. Wieder einmal mein Onkel Emanuel.

Die Fakten: Drei Monate vor Zeugnisverteilung befand ich mich, wie gewohnt, in der Abstiegszone. Diesmal der elften Klasse. Die Fünf in Mathematik war nicht mehr verhandelbar, doch das drohende »Mangelhaft« in Englisch durchaus. Hier stand der Jahresdurchschnitt bei 4,6. Wenn nichts geschähe, müsste ich ein zweites Mal wiederholen. Ein Katastropheneinsatz war vonnöten. Heimlich, natürlich, hinter dem Rücken meines Vaters. Denn er konnte keine Katastrophen verhüten, er konnte sie nur vergrößern. Ein Auftritt von ihm am Gymnasium hätte meine schulische Situation nur verschlimmert. Und meine körperliche. Denn ohne Prügel einzustecken, wäre ich nicht davongekommen. Durchgefallen oder beinahe durchgefallen, egal.

Ich saß und brütete. Bis mir plötzlich ein kurzer Blick einfiel, vor einigen Wochen, der hungrige Blick einer Frau auf meinen Onkel. Unauffällig, diskret. Der Blick einer Fremden, die im *Hotel Post* abgestiegen war. Und ich mir wieder einmal gedacht hatte, wie anziehend er wirken musste. Und ihn, wie sollte es anders sein, beneidete. Er war ein Mann, der Frauen gefiel. Er war der Mann der Stunde.

Und so bat ich Bobby, nach Burghausen zu fahren und mit meiner Englisch-Lehrerin zu sprechen, sich um sie zu »kümmern«. Ich redete wie einer, der wusste, was »sich um eine Frau kümmern« bedeutete. Und der Onkel lächelte dezent – er war nie Angeber – und sagte zu. Wieder bedenkenlos. Unsere offizielle Strategie war, dass er auf die Mitleidstube drücken, vom Stress im Altmann-Haus berichten sollte. Keine sehr originelle Taktik, denn Noten wurden bekanntlich nicht nach häuslichen Kältegraden vergeben. Aber ich war natürlich scheinheilig, denn ganz nebenbei erwähnte ich dem 39-Jährigen gegenüber noch das attraktive Aussehen der Studienrätin. Und dass sie – soweit die Gerüchte an der Schule wahr sprachen – zur Zeit in keiner Beziehung stand. Bobby hörte entspannt zu und notierte die Telefonnummer, die ich mitgebracht hatte. Um ein Gespräch zu vereinbaren.

Zwei Tage später hatte er die Heldenprüfung bestanden. Als er zurückkam, meinte er, dass eine Korrektur hin zum Vierer durchaus noch möglich sei. Wenn ich denn mit Fleiß am restlichen Unterricht teilnähme. Sonst sagte er nichts. Obwohl ich wie ein Hund bettelte, ich wollte doch von ihm lernen. Aber er blieb Gentleman. Kein Augenzwinkern, keine Anspielung, nicht der kleinste Wink. Dafür presste er mir das Versprechen ab, ihn nicht zu blamieren. Und endlich Englisch zu lernen.

168

Genau drei Wochen später war es soweit. Und kein Englisch und kein Onkel und keine andere Macht auf Erden hätten diesen Tag verhindern können. Nach Hunderten von Runden kam nun die Schlussrunde, der Gong zu einem K. o. Es war jene Stunde, in der unser Hass – genauer: mein Hass und Vaters Lust, ihn zu schüren – ein Ende haben sollte. Weil das Leben so nicht mehr auszuhalten war. Für keinen von uns. Weil eine Energie zwischen uns brodelte, die sich anders nicht mehr zu helfen wusste. Als zu explodieren. Eine neue Wirklichkeit musste her. Und sie kam, an diesem 4. Juni, einem Dienstag, kurz nach 18 Uhr.

Der Tag begann wie gewohnt. Um halb sechs aufstehen, Fahrschüler, Gymnasium, »Arbeitsdienst«, Hausaufgaben, um 17 Uhr wieder antreten, diesmal zum »Paketdienst«. Da es sich um viele Sendungen handelte, gab mir Vater den Autoschlüssel. Zudem war Manfred gerade auf Besuch. Er bot mir seine Hilfe an, setzte sich auf den Beifahrersitz. Wir fuhren randvoll gepackt zur Post, stellten uns an und halfen beim Wuchten auf die Waage. Wir wollten die Arbeit, das Verschicken des Devotionalien-Tinnefs, so schnell wie möglich abhaken. Es war heiß, wir schwitzten. Zudem wartete ein weiterer Auftrag auf mich.

Nun begann der Countdown. Ich könnte nicht sagen, wie lange er dauerte, fünf oder sechs Minuten. Auf jeden Fall waren sie rasant, heftig und nie wieder gutzumachen: Ich fuhr mit dem Kombi durch das Tor in den Hof und sah gleichzeitig Vater, zornentstellt, auf mich zurennen. Der Fiat stand noch nicht, da riss Franz Xaver Altmann schon die Fahrertür auf, umklammerte mit beiden Händen meinen Hals und zerrte mich, Kopf voraus, aus dem Wagen, brüllte: »Wie wagst du es, erst jetzt zurückzukommen!« (Subtext: »Schon 18 Uhr, zu spät für die voluminösen Bahnhofspakete.«)

Unverzüglich überkam mich eine ungeheure Kraft, jenseits aller moralischen Überlegungen, nichts zügelte mehr, jetzt ging es um ihn oder um mich, jetzt war der Augenblick gekommen, den ich so lange ersehnt, so lange gefürchtet hatte: Sofort schlug ich – ein Judotrick – mit beiden Fäusten von unten gegen seine Oberarme, die Wucht half, wie von einem Stromstoß getroffen, zuckten seine Hände zurück, er taumelte, wir taumelten beide, denn sein Griff war die zwei, drei Sekunden zu tief gegangen, seine beiden Daumen hatten sich wie Stahlfinger auf meinen Kehlkopf gepresst, mir wurde schwarz vor Augen, ich stolperte zurück, meine Knie schwammen, ich knickte ein, fiel mit dem Rücken zu Boden, sah, wie Vater auf mich zuging, stand auf, wankte zurück, fiel wieder, sah ihn näher kommen, sah Manfred dazwischengehen, hörte von fern, wie er ihm zu erklären versuchte, dass ich keine Verantwortung für die Verspätung trüge, kam wieder hoch, wich weiter zurück, rang nach Luft, wollte reden und konnte nicht, fand keinen Ton, nur heiseres Krächzen, sah Manfred sich vor den 63-Jährigen stellen, spürte meine Beine wieder, lief Richtung Haus, versuchte meine Stimmbänder freizuhusten, brauchte Zeit und Distanz für die nächste Runde, für meine Standfestigkeit, für meine Worte, lief hinauf in den ersten Stock, hinaus auf die »Veranda«, lief zur Brüstung, sah Manfred noch immer auf Vater einreden, wusste mit unwiderruflicher Klarheit, wusste es zum tausendsten Mal, dass nichts zwischen Himmel und Erde existierte, um diesen armen, von Sadismus, Unglück und radikaler Unbelehrbarkeit geschlagenen Menschen zu besänftigen, drehte mich zur Seite, um meine Stimme auszuprobieren, drehte mich zurück und gellte, laut und besinnungslos unbekümmert: »Manfred, hör auf damit, dieses Arschloch wird es nie verstehen!«

Das war der Satz, der mir ein Jahrzehnt lang auf der Zunge gelegen hatte, jetzt war er in der Welt und die Wirkung war phänomenal, Franz Xaver Altmann glaubte, sich verhört zu haben, fror ein und – stürmte los. Jetzt waren es noch Sekunden bis zur Entscheidung, bis zur letzten, wie auch immer, allerletzten Konfrontation, auch das schien endgültig, an diesem Tag, in dieser Stunde würde etwas zu Ende gehen, ich war über die Maßen erregt und seltsam gefasst, eine Art Trance überkam mich, wie ein Schutzfilm zog sie über meinen Körper, etwas Unbesiegbares war plötzlich da, weiter reichten meine Gefühle nicht, denn im selben Augenblick landete Vaters rechte Faust auf mir, meine Brille flog über das Geländer, ich schmeckte sofort das Blut in meinem Mund, aber ich fühlte keinen Schmerz, nichts, absolut nichts, ich war ja nur Hass, nur Messer, nur Rache, nur Vollstrecker, nur der unbedingte Wille, dass an diesem späten Nachmittag alle Erniedrigung ein Ende finden sollte und so ging ich mit meinem dreihundert oder vierhundert Mal von ihm gedemütigten Gesicht auf ihn zu, und es war das erste Mal in unserem gemeinsamen Leben, dass Vater zurückwich, vielleicht nur aus lauernder Berechnung, dennoch, seine Panik war der Spiegel meiner in den Augen brennenden Totschlaglust, und während ich losging und er sich, nach hinten ausweichend, der fußhohen Brüstung näherte, raste ein Wirbel von Gedankenfetzen durch mein Gehirn, Leute, hieß es, die Sekunden später in einem Autounfall sterben würden, sähen noch einmal vor ihrem inneren Auge die wichtigsten Episoden ihres Daseins, ob Vater sie sah?, ich war seit Monaten über achtzehn Jahre alt, schon größer als er, ein einziger Schlag mit meinen Händen, ein einziger Tritt mit meinen Beinen – angetrieben vom Verlangen nach letzter Vergeltung – würden genügen, um ihn kopfüber nach unten zu befördern, mit der Schädeldecke voraus auf den Kiesweg, senkrecht und tödlich, ich hatte natürlich keine Ahnung, worüber er in diesen letzten gemeinsamen Momenten sinnierte, aber durch mich jagten sie, überschlugen sich die Bilder der Schmach, der Herabwürdigung, der Schmähung, der Misshandlung, die Bilder seiner Untaten an Mutter, an uns, an Manfred, an allen, selbst das letzte, zehn Tage alte Bild, auf dem ich bewusstlos im leeren Öltank lag, ohnmächtig geworden von den Dämpfen der Farbe, die ich als Rostschutz auftragen musste, da wieder einmal zwangsrequiriert zum »Arbeitsdienst« für die neue Heizung, und zeitraffer-rasend stürzten die nächsten Erinnerungen auf mich ein, jene, in denen Vaters Tod so greifbar nah war und trotzdem nicht kam, das Küchenmesser, die Suppenschüssel, sein Schlaganfall, das Rattengift, die Luftpumpe, die Brandstiftung, die immer verfehlten Möglichkeiten, sein Leben zu beenden, zuletzt fetzten die Bilder der Hölle, seiner Hölle, durch meine Synapsen, die schweißgebadeten Nächte, in denen ich ihm traumverloren den Schädel spaltete, durch seine Augen schoss, ihn lebendig einmauerte oder die Garotte, immer wieder die Garotte, um seinen Hals legte und im schieren schönen

Rausch den Bolzen in seinen Nacken trieb, bis er auseinanderbrach und mich ein wohliges Gefühl von Rechtschaffenheit erlöste, einmal hüpfte ich nach seiner Exekution von einem Bein auf das andere, weil ich als spindeldürrer Jude gerade meinen Vater, diesmal als KZ-Scherge verkleidet, erwürgt hatte, soweit war ich schon mit ihm, der Bestie, dreidimensional und in doppelter Lichtgeschwindigkeit wischten die Bilder durch mein Bewusstsein, chaotisch, nebeneinander, sich überschlagend, und wir zwei, er und ich, befanden uns noch immer auf dem Blechdach, ich auf ihn zu, er Schritt für Schritt zurück und in mir noch immer der reine Hass, der mir jeden Zweifel ersparte, und plötzlich sah ich Manfred – Vater war nur noch einen halben Meter von der so niedrigen Balustrade entfernt – unten im Garten stehen, starr wie eine Säule, gewiss verstand er, dass ich diesmal seinen Beistand nicht benötigte, wohl aber ergriff ihn Angst um Vater, aus meinen Augen muss etwas Rasendes gestiert haben, auch schrien wir uns beide ununterbrochen an, der Sohn brüllte den Vater nieder, der Vater den Sohn, und kein Wort von ihm habe ich zur Kenntnis genommen und kein Wort mir aufgespart, jede Beleidigung war mir nicht beleidigend und vulgär genug, diese Drecksau, mein Vater, dieses jahrzehntelang ungestrafte Schwein sollte immerhin einmal erfahren, welche Flurschäden er losgetreten hatte, welche Verwüstungen, mit welchen Schindereien er das Leben seiner Nächsten entwürdigt hatte, und dann geschah es, blitzhaft, zwanghaft, ich zuckte mit dem rechten Arm nach hinten, um mit letzter Härte auszuholen, diesmal unbedingt einverstanden mit den Folgen meines Tuns, und Vater – was für ein Anblick, was für ein Sieg, was für eine Unglaublichkeit – riss seine beiden Unterarme vors Gesicht, strauchelte, ging kurz in die Knie, so plötzlich, so erstmalig, dass alles, radikal alles, anders wurde, in Nanozeit, und gegen jede Voraussicht, gegen jede Eindeutigkeit, die vor Bruchteilen von Sekunden noch geherrscht hatte, programmierte ich um, bremste den Schlag mit Macht, registrierte kein Rachegelüst mehr in mir, keine Mordgier, registrierte nur immer mich, den Sieger, der vor seinem winselnden Opfer stand, ich vor Franz Xaver Altmann, dem skrupellosen Zuchtmeister im Gnadenort Altötting, der sich wegduckte, vor mir, die Geste war das fliegende Handtuch der eingestandenen Niederlage, hier auf dem Blechdach des Altmann-Hauses hatte der Kampf ein Ende, die Vaterdämmerung war gekommen, nach diesem Zucken herrschte eine andere Weltordnung zwischen uns beiden, ich war unendlich erleichtert, Vaters feige Gebärde hatte uns beide gerettet, ihn vorm Sterben oder dem Vegetieren als Krüppel, mich vor den zehn Jahren in einer Jugendstrafanstalt.

Das abrupte Einstellen der Kampfhandlungen änderte nichts an meiner Lautstärke, mit der ich ihn niederbrüllte, mein Stresspegel vibrierte noch immer, mit überschlagender Stimme schrie ich: »Ich werde dieses Irrenhaus sofort verlassen!«, und er mit flammendem Kopf, halblaut, kaum verständlich: »Du kannst jederzeit gehen!«. Nun, er hatte keine andere Wahl, sein verlorenes Gesicht lag zwischen uns, jeden Versuch, seine Autorität zurückzuholen, hatte er verspielt.

Ich ging nicht, ich rannte, rammte mit beiden Händen die Küchentür hinter mir zu, sah Detta aus der Toilette kommen und – angesichts meiner blutenden, kriegerischen Visage – fluchtartig sich umdrehen, flog in mein Zimmer, war so erregt, so zittrig, so hysterisch verzappelt, dass ich zweimal, dreimal nach manchen Kleidungsstücken greifen musste, sie in zwei Sporttaschen warf, die Schulsachen in meinen Matchbeutel stopfte, zuletzt wie ein Tier nach etwas Lebenswichtigem schaute, das ich vergessen haben könnte, und tatsächlich noch einen Atemzug Ruhe behielt und neben dem Fenster stehen blieb, um ein Ritual abzuschließen: Auf einem Quadratmeter Mauer waren die »Gefängnisstriche« verteilt, noch genau 851 Tage wären es bis zu meinem 21. Geburtstag gewesen, dem Tag der Volljährigkeit, der gesetzlich garantierten Freiheit, täglich genoss ich das Zweisekunden-Glück, vierundzwanzig Stunden durchstreichen zu dürfen, jetzt schmierte ich einen fetten roten Balken darüber: »Vorzeitige Entlassung wegen schlechter Führung!«, Datum, Unterschrift.

Dann hinaus auf die Straße. Die Sonne schien noch, das Blut auf meinen Lippen war inzwischen getrocknet, drei Gepäckstücke baumelten an mir, Altötting war friedhofshässlich wie eh und der Schweiß vermischte sich mit meinen Tränen. Ich beschleunigte mit jedem Meter, ich flüchtete. Ich lachte blöde. Ich schluchzte vor Glück. Ich war frei.

NACHWORT

Kein Kind wird je fassen, dass es sich ohne Liebe zurechtfinden muss. Es kommt mit der unbedingten Gewissheit auf die Welt, geliebt zu werden. So wie Luft zum Atmen bereitsteht, so die Liebe. Dachte es, nein, fühlte es. Im Laufe der Jahre wird dem Mensch jedoch bewusst, dass jenes Grundnahrungsmittel nicht vorrätig war. Nicht für ihn. Und natürlich versteht er nicht, wie es dazu kommen konnte: dass die einen geliebt wurden und die anderen nicht.

Verfügt jener, der leer ausging, über genug Nerven, wird er die Hintergründe aufspüren, warum seine Eltern ihn nicht liebten, nicht lieben konnten. Das macht ihn klüger, wird aber die Erfahrung des Verlusts nicht wettmachen. Keine Erfahrung, nirgendwo, wird das. Der Zukurzgekommene ist gezeichnet, für den Rest seines Lebens. Wie ein in sein Herz vergrabenes Stigma, vollkommen unsichtbar für die Welt, wird es ihn für den Rest seiner Tage begleiten. Wie keinem ein fehlender Arm nachwächst, so fährt in niemanden nachträglich das selige Bewusstsein: »Ich wurde geliebt«.

Das klingt dramatischer, als es ist. Greift der Armlose nach einer Prothese, um damit einigermaßen über die Runden zu kommen, so kann sich der Ungeliebte auf den Weg machen – ist er nur von einem unbändigen Lebenswillen erfasst –, um nach etwas zu fahnden, das sein Herz so extravagant beflügelt, dass es an diesem Mangel (an

Liebe) nicht zerbricht: nach einem Schmerzmittel, ja, einer Droge, die stark genug ist, um es mit dem Mal, diesem Brandmal, aufzunehmen. Natürlich kein Rauschmittel im üblichen Sinn, es zöge ihn nur tiefer in die Verwirrung. Eher eine Leidenschaft, eine Fertigkeit, ein Talent. Etwas, das dafür sorgt, dass er nicht vor die Hunde geht. Aus Selbstmitleid, geschlagen mit hundert Neurosen, als ewig bläkender Rechtfertiger seiner Abstürze. Das kann dauern. Und Glück und Zähigkeit braucht der Mensch auch. Denn die Gefahr, dass einer nichts findet oder erst spät, die besteht ebenfalls.

Ich war nach diesem 4. Juni neunzehn Jahre unterwegs, genau die Zeit, die ich bereits gelebt hatte: unterwegs auf Irrwegen, in Sackgassen, oft blind. Aber immer auf der Suche. Erst dann hielt ich ein Werkzeug in Händen, das taugte. Wie ein Herzschrittmacher treibt es mich seitdem an, wie ein Magnet führt es mich weg von meinen Ziellosigkeiten, ja, wie ein Heilkraut, virtuell und luftleicht, lindert es jede Wundstelle. Und hält sie in Schach. Dieses Werkzeug war mein letzter Notausgang. Um nicht abzustürzen in ein nichtiges Leben.

Ich rannte zu Großmutter, die am anderen Ende von Altötting lebte. Da sie und Vater sich hassten, war ich willkommen. Am selben Abend noch läutete das Telefon. Ich bildete mir ein, dass ein Telefon nur dann so schrillte, wenn Franz Xaver Altmann anrief. Ich ging sofort ran. Natürlich brüllte er los, als er meine Stimme erkannte: »Du kommst sofort zurück! Wenn nicht, schicke ich die Polizei und verklage dich wegen Hausfriedensbruchs und Sachbeschädigung!« Er raste, er sah, dass er verloren hatte. Das Wort *Hausfriedensbruch* tönte aberwitzig komisch aus dem Mund eines Kriegstreibers und die Sachbeschädigung betraf wohl die Tatsache, dass ich wieder meinen Schrank aufgebrochen hatte (um an meine Wäsche zu kommen). Ich brüllte zurück: »Schick die Polizei und ich werde einen langen Brief über deine Untaten an den Alt-Neuöttinger Anzeiger schreiben.« Und knallte den Hörer auf die Gabel. Meine Antwort kam aus dem Stand, ohne Vorbereitung. Bei dem lokalen Käseblatt einen Leserbrief abzugeben, diese Drohung war mir nie zuvor eingefallen. Sie wirkte. Es blieb still, kein Wagen mit Blaulicht kam, kein Anruf mehr.

Durch Vermittlung von Carola S. – ich lehnte jeden direkten Kontakt zu Vater ab – verbrachte ich die letzten zwei Gymnasialjahre in Pfarrkirchen, in einem Internat. Der Krieg war vorbei, jetzt begannen die Kriegsfolgen. Etwas Seltsames geschah. Mein auf Angriff oder Abwehr trainiertes Ich verfiel in Depressionen. Im Altmann-Haus war keine Zeit dafür gewesen, der dortige Gegner hatte mich auf Trab gehalten. Aber über Nacht waren die Prügel und die Erniedrigungen vorbei. Und jetzt kamen der Schock, die Dunkelheit. Das schien umso widersprüchlicher, als sich Pfarrkirchen als freundlich und friedlich erwies, auch ohne bemerkenswerte Bigotterie. Kein einziger Wallfahrer rutschte vorbei, die meisten Lehrer waren hilfsbereit, und nie mehr schlug ein Mensch in mein Gesicht. Und dennoch: Hörte ich jemanden meinen Namen rufen – plötzlich und nicht damit rechnend –, wurde ich wieder der Gecko, der sich wie ein Schatten an die Wand presste. Noch immer getrieben von einer Vergangenheit, die doch vorbei war.

Eben nicht vorbei. Die Angst hatte ich mitgenommen, wie ein Pfahl trieb sie durch meinen Bauch. Damit ging ich jeden Tag in die Dusche und onanierte. Der kleinen Freude wegen. Und um für Augenblicke zu vergessen. Dann setzte ich mich zwischen die Kacheln und sinnierte. Über die Sinnlosigkeit meines Lebens. Manchmal schaffte ich zwei Stunden. Mit Bewegungslos-Dasitzen. Immer wieder verschob ich den Augenblick des Aufstehens. Kein Antrieb, keine Sehnsucht. Nur schwarzer Regen. Wie Blei hing die Welt an mir. Undenkbar, es mit ihr aufzunehmen. Nachts tötete ich meinen Vater. Ich, der Held meiner Träume.

Mit dem »Reifezeugnis« (unfassbar, dass ich es habe) und den dunklen Gedanken zog ich nach München. Auf die Luftmatratze in einem Untermieter-Zimmer und die Couch einer Psychotherapeutin. Ich war nicht einmal reif genug, um den nächsten Tag auszuhalten. Sicher nie reif, die Forderungen nach einer Zukunft einzulösen. Wie ein Schlund lag sie vor mir, unbetretbar. Ich legte mich auf das Sofa und erzählte. Und jemand hörte zu, immerhin. Wenn auch nur gegen Bezahlung. Das Geld dafür kam von meinen Jobs. Da ich nichts konnte, wurde ich Straßenbauarbeiter, arbeitete am Fließband, verschob Benzingutscheine nach Italien, heuerte als Nachtportier an, als Spüler, Postsortierer, Kellner, Privatchauffeur, Parkwächter, irgendwann schleppte mich ein Freund zu einem Fotografen und ich wurde Dressman. Da ich auch davon nichts verstand (kein Vertrauen in meinen Körper), wurde ich bald entlassen.

Jeder feuerte mich. Ich hätte nicht sagen können, ob ich tatsächlich so ungeschickt war oder ob ich es insgeheim darauf anlegte, gekündigt zu werden. Aus Rache über die Zumutung. Denn etwas in mir war eitel und vermessen. Ich war eine Null, aber ich bildete mir gleichzeitig ein, dass ich zu etwas anderem auf die Welt gekommen war, als einen Wurstsalat mit Bier von der Küche ins Restaurant zu transportieren. Zuletzt wurde ich Taxifahrer. Das hielt, da war ich frei, ziemlich frei, da konnte ich nachts Vollgas geben. Und die Kunden mit Umwegen betrügen. Und den Unternehmer mit Schwarzfahrten ohne tickende Uhr. Jeder musste mein Unglück ausbaden. Legte ich mich morgens zum Schlafen, roch ich den Gummi meiner Campingmatratze und spürte, dass mein Leben nichts wurde. Nichts.

Mein Liebesleben auch nicht. Meine erste Frau, meine erste »richtige«, fand ich im *Imex-Haus*, dem Bordell in Schwabing. Kurz vor meinem 21. Geburtstag. Für dreißig Mark zog »Caprice« den Schlüpfer aus. Und legte sich hin, mit den Beinen breit auf das himbeerrote Bett. Da lag also mein Traum, auf den ich so lange gewartet hatte. Mit Hängebusen, dessen Anblick nochmals mit einem Zehner berechnet wurde. Als ich sie bat, die Beine wieder zusammenzulegen, denn nur so würde es funktionieren, lachte sie. Sie wusste jetzt, dass ein Jungmann vor ihr stand, ein Landei. Dann klärte sie mich auf, zügig: »Schau, die Frau spreizt ihre Beine, damit du mit deinem Schwanz hineinkannst.« Klarer ging es nicht. Und ich kniete mich vor sie und konnte hinein. Mit dem vaseline-glänzenden Kondom. Und ruckelte. Und Caprice stöhnte (erst später sollte ich erfahren, dass die falschen Töne zum Kundendienst gehörten). Es nützte nichts. Auch nicht, als ich heftiger ruckelte und die Mieterin von Zimmer 43 zum Abschluss drängte: »Junge, komm endlich, du musst spritzen!« Ich schloss die Augen, um ihrem Leib auszuweichen, auf dem desinteressiert ihre müden Brüste schwammen. Es half nicht, ich spritzte nicht. Ich war geil und kein Mann, kein echter. Nach dem zweiten Aufruf trennte Caprice unsere glücklosen Geschlechtsteile und eilte zum Waschbecken. Um sich, unten, für den nächsten Kunden einzustäuben. Mit 4711. Ich war entlassen, schon wieder.

Ich fand kein Ziel. Nach Regensburg (Jurastudium, nach zwei Wochen abgebrochen), nach Salzburg (Psychologie, nach vier Wochen abgebrochen), nach Frauen (Nähe, sofort abgebrochen) und nach Reisen als Tramper durch Europa landete ich auf der Kloschüssel reicher Verwandter. Über ein Jahr war seit dem Abitur vergangen und ich hatte kein Geld, keine Wohnung, keinen Beruf, keine Idee. Aber der stille Ort brachte die Wende. In der mitgebrachten Zeitung las ich einen Bericht über das *Mozarteum*, das berühmte Musikkonservatorium. Ab dem Winterhalbjahr gäbe es dort eine Ausbildung für »Schauspiel und Regie«. Jetzt hatte ich ein Ziel: Theater spielen, Filmstar werden, Standing Ovations, umringt von Männern und Frauen und ununterbrochen begehrt. Ich hatte das Klo noch nicht verlassen, da trudelte ich schon wieder durch die höheren Sphären meiner Phantasie, war sofort wieder König der Welt, unfassbar weit weg von der Schwerkraft der Wirklichkeit. So packte ich alles in meinen VW Käfer und fuhr, wieder, nach Salzburg. Fuhr ohne Umwege in die falsche Richtung, mitten hinein in den nächsten Irrtum. Über acht Jahre sollte er dauern.

Hunderte hatten sich zur Aufnahmeprüfung gemeldet, genau ein Dutzend wurde genommen, und nach dem ersten Halbjahr war ich, laut Zeugnis, der Beste. Ich sollte der neue Helmut Griem werden, der neue Blonde, der jugendliche Held. Keiner wusste, dass ich keiner war, nie werden konnte. Zugegeben, die sechs Monate hielt ich als Blender durch, angetrieben von der Zuneigung Dietrich Haugks, des Leiters. Sofort hatte ich mich in ihn verliebt. Wie nur ein 22-Jähriger sich in einen Mann verlieben konnte, den er sich als Vater gewünscht hätte. Haugk hatte mir den Einser gegeben, er war derjenige, der mich im »dramatischen Unterricht« zu Leistungen antrieb, die mich selbst überraschten. Es waren wohl die Augenblicke, in denen ich die Liebe aushielt und keine Stimme flüsterte, dass sie, die Liebe, in Heimtücke und Verrat enden würde.

Nachmittags schlich ich ungesehen zum Psychotherapeuten. Die sechs Monate waren bereits vorbei und jetzt schien nichts unvorstellbarer, als Liebe auszuhalten, als das Leben auszuhalten. Versager werden nicht geliebt, werden keine Helden. Versager versagen. Am Telefon hatte mich der Therapeut aufgefordert, eine Liste mit den »Beschwerden« mitzubringen (ich mochte sogleich seine Ironie). Sie wurde 24 Punkte lang. Sie reichte von Kopf bis Fuß, sogar meine Kinderneurosen hatte ich behalten. Ich war reif wie ein Fünfjähriger, der die alten Probleme nicht loswurde und gleichzeitig nach neuen Ausschau hielt. Seit meiner Flucht vor Vater hatte sich mein Körper in eine Festung verwandelt. Hinter ihm verschanzte ich mich und versiegelte alle Ausgänge: mein Stuhlgang war quälend wie eh, meine Stimme verschwand zeitweise, nie schoss Samen aus meinem Penis (»Anorgasmie«, so habe ich später gelernt, nennt man diese Seltsamkeit). Freud hatte einst notiert, dass alle Abgabe von Materie Lustgewinn sei. Ich gab wenig Materie ab, ich war wenig Lust, ich war Schmerz. Deshalb lag ich von Neuem auf einer Couch und breitete vor einem Fremden die Misere meines beschissenen Lebens aus.

Wurde es noch kläglicher, besuchte ich zusätzlich eine Gruppentherapie. Wo vierzehn andere Freudlose ihr Malheur erzählten. Ich nahm teil, weil ich von der Idee besessen war, dass die Seele, das Innerste, »geheilt« werden könnte. Dass irgendetwas auf Erden existieren musste, das dafür sorgte, dass ich mit der Welt zurechtkam, sie meisterte, nicht zurückblieb als windiger Verlierer. Schluckten körperlich Kranke ihre Medikamente, so schluckte ich Therapiestunden.

Die Wochenendnächte verbrachte ich in München, als Taxifahrer. Ich brauchte Geld und die Arbeit war erträglich. Und Erkenntnisse warteten: die Alkoholiker, die Angeber, die Geizigen, die Nutten, die Kunden der Nutten, die Davonrenner, die Großzügigen, die Berühmten, die Ex-Berühmten, die Stummen, die Allesbeichter, die Verlorenen. Und die Transsexuellen, die sich immer nach vorne setzten, damit ich sie anfasste. Und ich fasste hin und sie versteiften. Sie hungerten nach Bestätigung, das verstand ich. Zweimal zwölf Stunden war ich unterwegs, dann zurück über die Autobahn nach Salzburg. (Mit einem Zwischenstopp auf halber Strecke, um bei Verwandten Lebensmittel aus dem Hotelkühlraum zu klauen.)

Noch ein Nebenschauplatz: Einmal fuhr ich in den Ferien nach Paris, per Auto und mit zehn Wörtern Französisch. Interessante 48 Stunden. Ich war gekommen, um eine Freundin zu besuchen, die hier als Au-pair-Mädchen arbeitete. Am ersten Nachmittag erfuhr ich von Beatrice, dass sie sich jetzt um Jean-Michel kümmerte. Und am nächsten Abend lag ich im *Hôpital Lariboisière*, mein rechter Mittelfinger – plötzlich gelbblau geschwollen – musste operiert werden. Anschließend bin ich lautlos verschwunden, da ohne genügend Francs, um den Eingriff zu begleichen. Und bin die tausend Kilometer wieder zurückgefahren. Verzaubert, trotz gewaltigem Verband, trotz weggelaufenem Mädchen: Paris war Atlantis. Ich schwor mir leise, eines Tages dort zu leben.

Die drei Jahre Schauspielschule vergingen und ich war schon lange nicht mehr der Beste. Ich machte die absurde Erfahrung, dass ich mich jeden Tag für einen Beruf ausbilden ließ, den ich nicht antreten wollte. Weil ich schon als Einserschüler begriffen hatte, dass ich nicht begabt genug war. Ich hatte die ersten Monate Glück gehabt, ich blendete eben, aber das reichte nicht für eine Karriere. Ich sah den anderen zu und beneidete sie um ihre Fähigkeit, sich auszuliefern, sich zu entblößen. Vor einem Publikum, von Angesicht zu Angesicht. Ich wollte das auch, aber die Leichtigkeit fehlte, diese souveräne Schamlosigkeit, diese bedenkenlose Bereitschaft, »zu geben«. Ich konnte nicht loslassen, ich saß in meinem Kerker und spürte die Ketten. Der Scham. Sie reichten weit zurück. Als ich – später als die anderen – das »Diplom für darstellende Kunst« bekam, musste ich an mein Reifezeugnis denken. Jetzt war ich beides nicht, nicht reif und niemals ein Künstler. Aber ich war arbeitslos, ein Psychopatient und im 26. Lebensjahr. James Dean war in diesem Alter schon tot und weltberühmt.

Da ich meinen Käfer verkauft hatte, lud ein Freund meine Siebensachen in seinen Kombi. Ich besaß nun mehr Dinge. Mit der Abhängigkeit von Therapien war eine nächste Sucht gekommen, die nach Büchern. Von null auf manisch. Lesen tröstete mich plötzlich. Sehr verwirrend, denn selbst eine traurige Geschichte wirkte beruhigend, irgendwie ordnend. Zumindest während der Zeit der Lektüre, und die eine oder zwei Stunden danach. Als Kind hatte ich kaum ein Buch aufgeschlagen, zuviel Kriegslärm herrschte, zuwenig Muße.

Aber Süchte sind teuer, besonders für jemanden, der sie nicht finanzieren kann. So wurde ich ein geschickter Dieb. Zweimal die Woche, immer unentdeckt und immer begleitet vom *thrill*, räumte ich bis zu vier Bücher pro Raubzug von den Regalen. Mit dem Diebesgut zog ich zurück nach München. Diesmal fand ich ein Zimmer, in dem das Klo neben dem Kühlschrank stand, ohne Trennwand. So hätte die Behausung eines Kleinkriminellen aussehen können, eines *hustlers*, der links und rechts klaute, dem aber die Nerven für den großen Coup fehlten.

Dietrich Haugk, mein Übervater, brachte mich an das *Residenztheater*, das Bayerische Staatsschauspiel. Er inszenierte dort Brechts »Der aufhaltsame Aufstieg des Arturo Ui«, ich sollte ein schwules Naziliebchen spielen. Ohne meinen Lehrer hätte ich dort keinen Vertrag bekommen. Begannen die anderen in der Provinz, so landete ich sofort an einem großen Haus. Nur Glück. Dennoch, die Liebestat Haugks war der Gong zur nächsten Runde Desaster. Eine Stufe härter, denn jetzt stand ich als Anfänger nicht wie vorher unter Anfängern auf der Bühne, sondern unter Profis. Klaus-Jürgen Wussow spielte die Hauptrolle.

Mein Körper rebellierte. Noch hartnäckiger. Ich wurde impotent, doppelt impotent. Kam vorher mühelos die Erektion, aber nie ein Orgasmus, kam nun nichts mehr. Weder das eine noch das andere. Nun konnte ich eine weitere Null an mein Leben hängen. Die Bettnull. Jetzt war ich der arme Schwanz, der noch in den diskretesten Stunden versagte. Ein Tag-und-Nacht-Versager, zuerst im Rampenlicht, hinterher in dunkler Nacht. Mit einem Wohnklo als Hauptadresse und umgerechnet 663 Euro Gehalt. Das war mein Leben, und ein oder tausend Lichtjahre entfernt lag mein geträumtes. In dem ich täglich 24 Stunden strahlte.

Als Star, als Beglücker, als einer, den man beneidete. Mich beneidete niemand.

Ich reagierte, fing – vom Arbeitgeber unbemerkt – wieder an, Taxi zu fahren. Das feste Honorar, diese lausige Kohle, reichte nicht. Denn ich ließ mich von verschiedenen Spezialisten – von meiner Krankenkasse nicht bezahlt – untersuchen, stundenlang, mit allen erdenklichen Finessen. Das Ergebnis klang durchaus ernüchternd: »Ihnen fehlt nichts, Ihr Penis ist völlig normal, völlig normale Werte, kein Befund.«

So suchte ich nach meinem nächsten Therapeuten, wochenlang. Mein Herz krankte, also krankte mein Schwanz. Ich wurde beim Max-Planck-Institut vorstellig, zog weiter, traf Hinterhof-Scharlatane, ertrug das Geschwätz esoterischer Quacksalber, ging eine Zeitlang zu einem Hypnotiseur und überredete eine Frau nach der anderen, mit mir die Nacht zu verbringen. Um die Eine zu finden, die mir meine Männlichkeit zurückgab. Manchmal packte mich der Abscheu über die Promiskuität, manchmal lief ich aus dem fremden Bett, manchmal aus dem eigenen. Ich konnte uns beide nicht mehr ertragen. Ich brachte die Namen durcheinander, die Telefonnummern, die Ausreden (um die fehlende Erregung zu kaschieren).

Meine Auftritte als Schauspieler wurden ähnlich lächerlich. Stand keine Inszenierung von Haugk auf dem Spielplan, stand ich als Bonsai-Mime zur Verfügung, der dafür bezahlt wurde, jeden Abend einen einzigen Satz abzuliefern, einen wie »Sire, das Frühstück steht bereit« oder »Hier in Portugal gibt es keine Attentäter«. In Kostüm und Maske, dramatisch herausgeputzt für einen donnernden Auftritt. Und immer schaute ich mir zu, von außen. Sah den Wicht, den ich vorführte, und sah – auf der anderen Hälfte der inneren Leinwand – meinen Traum: das Ass, den Topstar des Hauses, für den alle gezahlt hatten.

Den Gipfel der Deklassierung erklomm ich bei Ingmar Bergman, der als Steuerflüchtling seine schwedische Heimat verlassen hatte und nun am »Resi« als Theaterregisseur arbeitete. Über zwei Monate lang wurde Strindbergs *Ein Traumspiel* geprobt und 47 Tage lang musste ich das Schieben eines Rollstuhls von links nach rechts üben: ohne Mucks ein Gerät mit zwei Rädern aus der linken Nullgasse in die rechte Nullgasse befördern. Ganz stumm. Dann dreißig Abende das Geübte tausend Zuschauern demonstrieren.

Nein, das war noch nicht der Gefrierpunkt. Er kam, als Haugk wieder ein Stück inszenierte und der Hauptdarsteller Walter Schmidinger, längst begnadet und berühmt, mich nach einer Szene mit ihm als »unfähig« bezeichnete. Vor den Kollegen, vor den Bühnenarbeitern, vor allen. In diesem Moment riss die Fassade, meine Augen platzten und heulten los. Haltlos, hemmungslos, nicht mehr willens, nein, nicht mehr imstande, die Verzweiflung über meine vertane Existenz zu verstecken. »Unfähig«, kein anderes Wort, so banal, so simpel, hätte fugenloser zu meiner Realität gepasst. So windelweich schluchzte mein Körper, dass ich minutenlang nicht bemerkte, dass Haugk sich neben mich gesetzt hatte, um mir beizustehen. Er liebte mich tatsächlich. Aber ich begriff (und er sicher auch), dass es Gegebenheiten gab, die mit Liebe nicht zu reparieren waren. Ein Wunder hätte geholfen, nichts sonst. Aber das gab es nicht, nur einen grauen Apriltag und einen nicht mehr ganz so jungen Mann, der auf der falschen Spur durchs Leben irrte.

Ich ließ nicht los. Ich unterzog mich, nach Holzwegen zu anderen Heilversuchen, einer »Urschrei-Therapie«. Denn die Kraft, mich nicht aufzugeben, trieb mich noch immer an. Trotz allem, trotz meiner (neuen) Schulden. Das Unternehmen kostete mich über sechs Gehälter.

Der Amerikaner Arthur Janov hatte die Methode »erfunden«, der Clou: weg von der intellektuellen Analyse und hin zu einer stark emotionalen Technik, um die inneren

Sperren zu durchbrechen. Das Ziel war eine Art Katharsis, provoziert durch den Urschrei, »jenen Schrei« – so stand es feierlich auf dem gleichnamigen Buch –, »den das Kind einst nicht auszustoßen wagte, um die Liebe der Eltern nicht völlig zu verlieren«. Ich zweifelte an solchen Eindeutigkeiten, aber ich mochte das Rabiate dieser Verfahrensweise: Die Behandlung begann mit einer vierwöchigen Intensivphase, drei Stunden täglich in einem schalldichten Raum verbringen, dunkel, Boden und Wände gepolstert. Und nur der Klient und sein Therapeut. Aber jetzt nicht gefasst sein Leid aufsagen, sondern den Leib hinlegen und – loskotzen, losschreien, den ganzen Hass in diesen Bunker brüllen, den ganzen Verlust, die ganze missratene Vergangenheit, ja, sich radikal übermannen lassen von Hoffnungslosigkeit und der Aussicht auf eine belanglose Zukunft, in der das Unaufschiebbare – das Leben, das einzige – vor die Hunde geht. Sanglos, als Randnotiz. Eben tief durch die eigene Scheiße waten. Als Voraussetzung, um ihr zu entkommen. Hieß es.

Bald lag ich nur noch in der Unterhose da, der fensterlose Ort wirkte wie eine Sauna. Aber das war Absicht, der Körper sollte an den Rand seiner Möglichkeiten gedrängt werden. Damit er »nachgab«. Dennoch, nach wenigen Tagen schon fing ich so aggressiv zu hyperventilieren an, umfasste so verbissen mit beiden Händen meinen Hals, rang so gierig nach Luft, dass wir die Sitzung mehrmals unterbrechen mussten. Um eine Panik zu vermeiden, die nicht mehr überschaubar schien. Eines Tages, nach Ende der Tortur, überkam Amando, den Betreuer, eine erstaunliche Intuition: »Sprich mit deiner Mutter über deine Geburt, irgendetwas stimmt hier nicht.«

Ich bereitete mich auf das Treffen vor. Denn die Aufforderung des Psychologen hatte eine kleine Erleuchtung über mich gebracht: Schon am nächsten Tag fuhr ich – widerwillig, aber gehetzt von einer Vorahnung – nach Altötting, ging ins Krankenhaus, sah die Unterlagen zu meiner

Geburt ein, fand den Namen einer gewissen Helga F. und fragte nach ihrer Adresse. Als ich die Hebamme gefunden hatte, log ich und sprach davon, dass mir meine Mutter schon alles gestanden habe. Seltsamerweise glaubte mir die freundliche Frau und lieferte die Details: Tränenüberströmt hatte meine Mutter, im Wochenbett sitzend, ein Kissen auf mich gedrückt, als sie (Helga) ins Zimmer kam. Wäre sie zwanzig Sekunden später aufgetaucht, wäre die Tat wohl gelungen. Sie erinnerte sich deshalb so genau, weil der Vorgang einmalig war. Sie lief schreiend auf die Totschlägerin zu, die sofort losließ. Und weiterheulte. Aus Scham? Aus Enttäuschung über das Misslingen? Wer könnte das heute sagen. Auch die 82-Jährige wusste keine Antwort. Das jedenfalls muss der Augenblick gewesen sein, in dem ich wie von Sinnen zu atmen anfing. Um zu leben.

Im Wohnzimmer der pensionierten Helga F. fügte sich nun alles rasend schnell zusammen. Jetzt hatte ich *bewusst* als Erwachsener – und nicht *unbewusst* als Neugeborener – den »makabren Grund« erfahren. Jetzt wurde blitzhaft klar, warum Mutter mich immer ihren »Lieblingssohn« genannt hatte: Die Auszeichnung sollte ihr nagendes Gewissen beruhigen. Immerhin hatte sie versucht, den eigenen Sohn zu beseitigen.

Der Bericht der Hebamme gab weitere schlüssige Antworten: warum ich schon seit langem – ohne jede nachweisbare Spur einer physischen Störung – an Atemnot litt und mich hinlegen musste, um genug Luft zu bekommen. Am schlüssigsten aber: warum ich in der Urschrei-Therapie wie ein aus Ozeantiefen Gezogener den Sauerstoff in mich einsaugte, wie einer eben, der um sein Leben kämpfte. Mein Körper hatte alles abgespeichert. Unlöschbar. Nun wusste es auch mein Verstand.

Am nächsten spielfreien Wochenende besuchte ich Mutter, die noch immer als Küchenhilfe und Kindermädchen arbeitete. Nicht weit von München entfernt. Ich hatte sie gebeten, sich Samstag und Sonntag frei zu nehmen. Ohne am Telefon meinen aufgewühlten Zustand zu verraten. Die Mutter als potentielle Kindstöterin zu entdecken, war ein anstrengendes Geschäft. Zählte ich noch die Taten meines Vaters dazu, seine Untaten, dann verstand ich nun besser, warum ich mein Leben nicht in den Griff bekam: Ich war nicht willkommen gewesen, bei beiden nicht. Daher wohl das Gefühl erbärmlicher Wertlosigkeit. Mein Ich trudelte konstant durch ein *black hole*, ohne irgendwo andocken zu können. Es gab keinen Fallschirm, keinen Landeplatz, kein Licht im Tunnel, keine Erinnerung an: »Ich liebe dich.«

Ich traf Mutter und erwähnte mit keinem Wort Helga F., erzählte nur scheinheilig von meinen Atembeschwerden und dem Rat des Therapeuten, mich nach den Umständen meiner Geburt zu erkundigen. Ich wollte ihre Version hören. Sie begann sofort zu lügen, verwies auf Einbildungen meinerseits und erklärte die Erstickungsanfälle als Ausdruck psychosomatischen Leidens, von denen keiner mit Bestimmtheit sagen könnte, woher sie kämen.

Ich war nicht in der Stimmung für Diskussionen, ich brauchte Tatsachen. Und wollte wissen, ob Mutter den Mut hätte, sie auszusprechen. Vor mir. Nein, hatte sie nicht. So stand ich ohne zu zögern auf, nahm das Telefon an mich, verließ ihre winzige Wohnung und versperrte von außen die Tür. Mit dem laut gerufenen Hinweis, dass ich nicht eher öffnen würde, bis sie zu einer Aussage bereit wäre. Wir hatten diese Absurdität schon öfters gespielt. Andere Fragen betreffend. Und immer hatte es funktioniert. Erst auf massiven psychischen Druck war sie zur Aussage der Wirklichkeit bereit.

Als ich spätabends zurückkam, gestand sie den Totschlag, den gescheiterten. Heulend. Mit Einzelheiten, die nur unmerklich von Helga F.'s Erzählung abwichen. Kurzfristig war ich auf groteske Weise erleichtert, zumindest wusste ich jetzt eine Art Wahrheit. Sogar meine anderen Vermutungen erwiesen sich als richtig, jene über Mutters

Motiv: Sie presste das Polster auf meinen Kopf, weil sie gerade einen vierten Sohn zur Welt gebracht hatte, einen vierten Schwanz. Und wieder keine Tochter. Und weil die Verzweiflung sie diesmal gepackt hatte und sie lieber den Säugling vernichtete, als noch einen großzuziehen, dessen Geschlechtsteil nur zur Ausübung von Notzucht und Gewalt taugen würde. Wie beim Vater des Kindes, wie bei Franz Xaver Altmann.

Ich fuhr zurück nach München und hasste meine Mutter. Noch ein Monster in der Familie. Plötzlich sah ich sie ohne die Maske der Heiligen dastehen. Kein Wunder, dass mein Schwanz brachlag. Von seiner ersten Stunde an war er verachtet, zum Tode verurteilt. Sein nacktes Überleben schuldete er nicht mütterlicher Gnade, sondern einer einfachen Frau, die rechtzeitig eine hysterische Wöchnerin am Kaltmachen ihres eigenen Fleischs und Bluts hinderte. Ich begriff plötzlich, dass ich dieses Leben, das mich an allen Ecken und Enden überforderte, Vater *und* Mutter verdankte. Denn mit einem blau gefärbten Schädel das Licht der Welt entdecken ist ein elender Anfang.

Ich setzte die Therapie fort. Einen Ort aufsuchen und mir den Wahnsinn herausschreien dürfen, den ganzen Kack, der an meinem Leben hing – irgendwie tat das gut. Ich wankte, stundenweise. Wankte ich Richtung Finsternis, dann war mein Leben schon vorbei, war immer nichts. Wankte ich Richtung Zuversicht, dann bewegte sich eine Kraft in mir, die da war, so strotzend, dass ich fest davon überzeugt war, dass sie mich retten würde. Ich spürte sie, aber weit weg, sicher zu mir gehörig, aber unerreichbar für meinen Willen. Sie war vorhanden, aber sie stand nicht zur Verfügung.

Zehn Jahre waren seit meiner Flucht vergangen. Die Urschrei-Therapie musste ich aufgeben, kein Geld mehr, auch keinen mehr, der mir noch Geld lieh. Immerhin hatte sich meine Sexualität erholt. Ich konnte wieder, konnte sogar loslassen, mich hingeben, konnte »kommen«. Wurde mitunter sogar ein passabler Liebhaber, den Sexualität nicht mehr zu Tode schreckte. Der Ekel wich zurück. An Liebe jedoch war nicht zu denken. Ich hurte. Und flüchtete. Drohte Vertrautheit mit einer Frau, meldeten sich die Atemlosigkeiten zurück. Das Keuchen sollte mich wohl daran erinnern, dass ich nicht mehr verraten werden wollte. Von keiner.

Die Ereignisse überschlugen sich. Als Schauspieler blieb ich stehen, wurde nicht um fünf Cent besser, zuletzt untragbar für das Nationaltheater. Überraschenderweise bekam ich ein Angebot aus Wien. Von Hans Gratzer, dem Leiter des *Schauspielhauses*. Hans war grandios, witzig, großzügig – und schwul. Ein anderer Grund für die Einladung fiel mir nicht ein. Aber auch ein homosexueller Regisseur, längst ein Könner, macht aus einem heterosexuellen Talentlosen keinen aufregenden Darsteller. Auch nicht die Librium-Tabletten, die ich vor jeder Probe und jeder Vorstellung konsumierte. Auch nicht ein »Bioenergetik«-Therapeut, den ich zwei Mal die Woche besuchte (bezahlbar, da ich in Wien besser verdiente). Noch ein Versuch, um den »Widerstand« des verschlossenen Körpers niederzureißen. Ich schien besessen von der Idee, dass es eine »Lösung« geben müsste. Aber es gab sie nicht. Zumindest nicht die, auf die ich fixiert war.

Nach der Spielzeit flog ich nach Poona, zu Bhagwan. In Europa war mir nicht mehr zu helfen. Der Guru war das Aufregendste, was die Welt damals zu bieten hatte. Sein Ashram verfügte über alles, kein therapeutisches Angebot aus dem Westen fehlte. Und kein Zauber und keine Verrücktheit Indiens. Und keine Sünde. Jede nur Schritte entfernt. Die westliche Presse sah den Untergang der Zivilisation kommen. Journalisten rückten an, schreibende Spießer überschlugen sich als moralinsaure Empörer.

Jede Zeile verriet, wie sehr sie begehrten, was sie verdammten.

Das war ein intensiver Sommer. Ich nahm an allen *groups* teil. Ob *Encounter*-Gruppen mit Brüllen und Raufen, ob Sex zu zweit oder zu zehnt, ob *Sufidancing* oder *Enlightenment intensive (!)*, ob *Shiatsu-Massage* oder *Gestalt*, ob wüstenstille *Vipassana Meditation* oder *Rebirthing*, ob (vor den Toren des Ashrams) Haschisch oder Opium oder Heroin, alles nahm ich mit. Und alles und jeder – Mann oder Frau, Guru oder Rauschgift – wurde insgeheim aufgefordert, mich zu retten. In ein anderes Leben, in einen anderen Bewusstseinszustand. Der bleiben würde. Nicht als flüchtiges High, sondern als »mindset«, als geistig-seelische Neuformatierung. Um endlich ein glorreicher Schauspieler zu werden.

Aber eher säuft ein Mensch die sieben Weltmeere leer, bevor er eine Begabung in sich entdeckt, die bei ihm nicht vorgesehen ist. Als ich nach Wien zurückkam, agierte ich als Ensemblemitglied so peinlich und linkisch wie gewohnt. Keine Droge, kein Schrei, kein Meister verändern die genetischen Gaben. Oder fügen die fehlenden hinzu.

Gut so, denn jetzt passierte es. Und ganz anders als vermutet: Ich kündigte den Vertrag, plötzlich nach einer Probe. Impulsiv und bedenkenfrei. Die acht Jahre Irrtum waren vorbei. Mit einem Schlag wusste ich, dass mir als »Künstler« nicht zu helfen war, dass auch die nächsten achthundert Jahre nicht helfen würden. Und dass ich den falschen Beruf gelernt hatte. Ich packte meine Koffer und zog zurück nach München. Jetzt war ich dreißig, arbeitslos, berufslos, wieder pleite. Ich beantragte Stütze und fuhr schwarz Taxi. Vor zwölf Jahren war ich von zu Hause weggelaufen. Und nirgends angekommen.

Das Vergangene war noch immer nicht vergangen. Nur Monate später standen Vater und Mutter vor Gericht. Die 60-Jährige hatte den 75-Jährigen auf (bescheidene) Unterhaltszahlung verklagt. Auf umgerechnet 750 Euro, monatlich. Nach zwanzig Jahren finanzieller Unabhängigkeit. Sie konnte nicht mehr arbeiten, sie war fertig, mürbe vom Alleinsein, vom Stumpfsinn ihrer Jobs.

Ich hatte den Kontakt zu ihr nicht abreißen lassen. Obwohl unser Verhältnis seit ihrem Geständnis bitter belastet war und obwohl sie nie ihr Versprechen wahr gemacht hatte, mich als Kind zu sich zu holen. Aus schierem Mitleid nicht abgebrochen. Mutter war ja kein Schwein, kein sadistisches Scheusal. Sie war eine arme, schwache Person, deren Leben sich in die genau entgegengesetzte Richtung ihrer Träume verirrt hatte. Zudem war sie heilig großzügig, eine Eigenschaft, die zu bewundern ich nicht aufhörte. So hatte ich sie zu dieser gerichtlichen Konfrontation angestiftet, sie gebeten, doch *einmal* standzuhalten und nicht immer vor Franz Xaver Altmann in die Hose zu machen. Sie überredet und ihr meine Unterstützung angeboten.

Showdown in Altötting. Der Ex-Rosenkranzkönig (er hatte das Devotionalien-Imperium inzwischen verkauft) scheute sich vor keiner Erbärmlichkeit. Er bezeichnete seine Frau vor Gericht als »Vergifterin« und »Lügnerin«, als »verhaltensgestört« und »unbrauchbar«. Als Zeugin ließ er Detta antreten, seine Ex-Rechte-Hand, mittlerweise bulldozer-schwer und verheiratet. Die gelehrige Schülerin seiner Sadismen stellte in einer Acht-Punkte-Erklärung – Vaters Handschrift war unüberhörbar – »Frau Altmann« als Rabenmutter dar, die »dieses schöne Heim nicht schätzte und deshalb die Kinder verließ«, ja, pries das Altmann-Haus (das schöne Heim!) als Hort der Fürsorge und Umsicht. Keine Rede von der Gewalt, vom Arbeitslager, vom Hunger. Orwells *1984* live, Lüge ist Wahrheit, Wahrheit ist Lüge.

Der Richter ließ sich nicht blenden. Vaters böser Ton tat ein Übriges, er trug wieder diese Nazi-Fresse, diese Maske der Erbarmungslosigkeit. Kein Wunder, dass ich noch immer von ihm träumte. Er war wohlhabend und leistete den Offenbarungseid seines Lebens, verzichtete auf keine Niedrigkeit, keinen Rufmord, um die Auszahlung der geringfügigen Leibrente zu verhindern.

Vergeblich. Unsere Gegendarstellungen, von Stefan und mir, waren ausführlich und präzise. (Manfred war nach seiner Magengeschwür-Operation einer solchen Belastung nicht mehr gewachsen, Perdita wollte wohl ihren Anteil am Erbe nicht riskieren, beide abwesend.) Vater verlor das erste Mal vor Gericht. In seinem letzten Prozess. Mit zweimonatiger Rückwirkung wurde er per Gerichtsurteil zur geforderten Zahlung an Mutter verpflichtet. Bis an sein Lebensende. Beim Verlassen des Saals schaute ich ihm in die Augen. Ich könnte nicht sagen, was er in meinen gelesen hat. Vielleicht »Du Drecksack!«, vielleicht »Du Abschaum!«, vielleicht »Ich verachte dich!«? Ganz gleich, für welchen Ausruf er sich entschied, er stimmte. Ein Hass rumorte in mir, der schmerzte. Mich. Ich hasste ihn für das, was er mir (und anderen) angetan hatte. Und für das, was ich bisher aus meinem Leben gemacht hatte: Nichts. Ich war nichts, weil er mein Vater gewesen war. Hundert Gründe gab es, ihn zu hassen, aber so hießen die zwei wichtigsten: unser beider Vergangenheit und meine Gegenwart.

Noch eine Fußnote: Der Anblick Altöttings war nicht zu ertragen. Dasselbe Schafsvolk wie vor zwölf Jahren. Wimmernd, blökend, verbuckelt schuldbeladen. Und noch immer besessen von der Lust, sich vor dem »Gekreuzigten«, dem Lieblingstotem der Schafe, zu erniedrigen. So unternahm ich – wir waren ja gerade am selben Ort – einen letzten Versuch, Mutter zum Austritt aus der Kirche zu überreden. Bot ihr an, sie per Taxi zum Einwohnermeldeamt zu begleiten und sie nach unserer Abreise in ihr Lieblingsrestaurant einzuladen, in München. Als Gegenleistung für eine simple Unterschrift.

Wieder sagte sie Nein, wieder brachte sie ihre Gründe vor, warum ein Ausstieg nicht in Frage käme: wie sonst die »Gotteshäuser« in Stand halten und wie sonst den Dorfpfarrer am Leben halten? Und natürlich ließ sie meinen Hinweis nicht gelten, dass auch in den Ländern, in denen keine Kirchensteuer gezahlt wurde, Kirchen und das dazugehörige Personal überlebten. Inzwischen verstand ich genug von Psychologie, um ihre Einwände für nichts anderes als pseudo-rationales Blabla zu halten. Also versperrte ich ihr Pensionszimmer und ging. Mutter schien mir so hoffnungslos manipuliert, dass nur ein grobes Gegenmittel half, um sie zu überführen. Es war unser Spiel und ich mochte es. Weil es radikal effizient war. Verschlossene Räume lösten einen Schock in ihr aus und nie hätte sie gewagt, laut nach Hilfe zu rufen.

Als ich abends zurückkam, beichtete Mutter sogleich die Wahrheit, das eigentliche Motiv: »Ich darf die Kirche nicht verlassen, weil ich sonst in die Hölle komme.« Ich lachte nur selig, ah, schon wieder die Hölle, wusste einmal mehr von den Verheerungen, die das Pfaffengewäsch anrichten konnte. Von diesem Augenblick an hörte ich auf, sie zu bedrängen. Kein Five-Star-Dinner könnte es mit der Aussicht auf ewige Feuersbrunst aufnehmen. Mutter war bereits erledigt, ihr miserables Leben hatte mit ihren miserablen Gedanken zu tun. Sie würde als vorbildliche Katholikin enden: unbelehrbar, sexlos, freudlos, angstzitternd, die zuverlässige Beitragszahlerin: das Modell-Schaf.

Und ich als Modell-Versager. Denn die Tatsachen schienen unverrückbar. Der Abstand zwischen meinem Traum, von dem ich nicht einmal wusste, wie er aussehen sollte, und der Wirklichkeit wurde nicht kleiner. Mit keinem Talent wachte ich eines Morgens auf, ich war immer wieder nur ich. So talentlos wie am Vorabend. Aber ich suchte, immer noch. Bisweilen wunderte ich mich über die Kräfte, die ich investierte. Aber ich stand mit dem Rücken zur Wand, hinter der das Unheil der Routine lauerte. Oder des Versagens. Alles das eben, für das ich nicht leben wollte. Nie, absolut nie. Entweder hob ich ab oder es gab mich nicht. Ein Kompromiss war nicht vorgesehen.

Da ich mit wenig auskam, konnte ich reisen. Weit weg in die Welt. Auf der Suche nach meinem Glück, auf der Flucht vor meinem Unglück. Als ich ein zweites Mal nach Japan kam, ging ich in ein Zenkloster, nach Kyoto. Ich hatte genug von meinen zwei Dutzend Therapien, vielleicht half Mundhalten und Stillsitzen. Monate lang. Nur einmal die Woche durfte man mit dem Roshi reden, dem Abt. Er sprach passabel englisch und reagierte nur auf praktische Fragen. Aber lachend, sorglos. Philosophieren war verpönt. Nach der halben Stunde wieder schweigen und meditieren. In meinem Rucksack lag Janwillem van de Weterings »Der leere Spiegel«, der Bericht eines jungen Holländers, der in den 50er-Jahren nach ähnlichen Erfahrungen gesucht hatte. Das Buch war unprätentiös geschrieben, es spornte an. Auch mich.

Ich wusste wenig vom Buddhismus, hatte nur vorher darüber gelesen. Aber was mich sofort beruhigte, war seine Gottlosigkeit, sein Beharren auf einem eigenen Urteil. Er war keine Religion, er war eine Welt-Anschauung, die vehement auf das Irdische (die Welt!) bestand und keine Sekunde vor himmlischen Jungfrauen in die Knie ging. Am verführerischsten klang seine Sanftheit: Buddha kam ganz ohne Dornenkrone aus, ganz ohne Heldentod am Kreuz. Keiner seiner Schüler wäre je auf die Idee gekommen, einen Geschlachteten anzuhimmeln oder sich selbst freudestrahlend schlachten zu lassen, um seinen »Glauben« zu bezeugen. Den gab es im Buddhismus nicht, folglich gab es keine Schlächter und keine Geschlachteten.

Was es gab, wie hier in diesem kleinen Kloster, war eine Disziplin, die den Ungeübten (mich) an den Rand seiner Schmerzgrenzen führte. Dennoch, stundenlang sitzen und das Heulen aller Gelenke aushalten zu müssen, das gefiel mir. Trotz des stechenden Ungemachs, das offensichtlich vor keinem Körperteil Halt machte. Aber ich wollte in mich hineinspähen, mit Röntgenaugen etwas finden, das mich mit dem Rest meiner Zukunft versöhnte.

Unauffindbar. Was ich fand, war meine Einsamkeit. Sie wurde bisweilen so drängend, dass ich die Meditation abbrach, die Versenkung stoppte. Natürlich, meine Verlassenheit war unser aller Verlassenheit. Zen zeigte eiskalt, dass niemand – auch nicht derjenige, der sich von der verschworensten Liebe behütet fühlte – der Wirklichkeit entkommt, dieser da: Nur du kannst dein Leben leben, keiner kann deinen Weg für dich gehen, sprich: Du bist allein.

Die Erkenntnis war deprimierend. Und heilsam. Weil sie die letzten Schlupflöcher für Ausflüchte verstopfte, die letzten Zuckungen von Selbstmitleid und Schuldzuweisungen, ja, vom Wahn göttlicher Geborgenheit befreite. Und die Eigenkräfte puschte. Es dauerte, bis ich diese Einsicht an mich heranließ. Denn jeder will Trost, um die Wucht des Am-Leben-Seins zu ertragen. Aber ich wollte keinen schäbigen, keinen vorfabrizierten, nachgeleierten. Wollte nicht zu den »Gläubigen« gehören, die sich ihre Götter und Herrgötter erfunden und in die Welt geholt hatten. Als Trostpflaster (und Drohgebärde). Zen spendet nie himmlischen Lohn, es weiß nichts davon. Zen will aufwecken, nicht einlullen.

Beim Abschied vom Kloster gab mir der Roshi einen Zettel mit. Er lächelte dabei verschmitzt. Ich bildete mir ein, dass er mich mochte. Hatte er mir doch oft mit dem flachen Holzschwert auf die beiden Schultern geschlagen. Um die Blutzirkulation zu stimulieren. Im Zug nach Tokyo las ich: »Das Wort ›Bestimmtheit‹ setzt sich in der japanischen Schrift aus zwei Zeichen zusammen, die ›wütend sein‹ und ›Sehnsucht‹ bedeuten. Es handelt sich um keine Wut gegen eine andere Person, sondern gegen sich selbst, gegen die eigene Schwäche und Unreife. So benutzt man den Zorn wie eine Peitsche. Um zu wachsen, um die Sehnsucht voranzutreiben. So entsteht Bestimmtheit.« Liebeswellen fluteten zu dem Alten. Er hatte mich verstanden, klarer hätte er seine Umsicht nicht ausdrücken können.

Von Asien flog ich nach Südamerika. Und eines Tages, etwa drei Wochen später, saß ich im Fond eines Wagens, der mich mitgenommen hatte. Ich schaute auf Peru und führte, wie die letzten 23 Jahre, Tagebuch. Und mittendrin, ohne nachzudenken, schrieb ich auf, dass mein unheimlichster und unsagbarster Wunsch wäre, zu reisen und zu schreiben. Über das Leben in der Welt und die Weltbewohner. Als Gipfel des Glücks. Auf dem kein Alltag erschöpfte, mich kein müdes Herz durch ein müdes Leben begleitete, ja, wo ich mit dem Elegantesten, das die Deutschen erfunden haben, mit ihrer Sprache, beschäftigt wäre. Ein Beruf wie maßgeschneidert, wie für mich kreiert.

Knapp 34 war ich jetzt und immerhin hatte ich einen Namen für meinen Traum gefunden. Wie unter hundert Grabplatten schien er verborgen gewesen. So frivol, so frevelhaft, so jenseits aller Realität, dass er nicht gewagt hatte, in mein Bewusstsein zu geraten. Warum er sich gerade an diesem Apriltag traute, etwa hundert Kilometer südlich von Trujillo? Ich könnte es nicht sagen. Vielleicht die Nachwirkungen des Klosters? Vielleicht der indische Guru? Vielleicht die eine Therapie nach der anderen in Europa?

Jetzt hatte ich ein Ziel. Sonst nichts. Ich kam zurück und war kein Schriftsteller. Nur wieder Taxifahrer und deklamierender Kleinkünstler, der mit auswendig gelernten Brecht-Gedichten durch bayerische Klitschen und Wirtshäuser zog. Oder Kleptomane, der Diebstähle und Überfälle inszenierte, um bei (Reise)-Versicherungen abzuzocken. Die Existenzängste lauerten noch immer.

Dann geschah etwas Überraschendes. Als ich mich einer zehntägigen Hungerkur unterzog, um – reine Spinnerei –

via Halluzinationen herauszufinden, ob das Ziel REISEN UND SCHREIBEN unbeirrbar standhielt und ich nur das und nichts anderes mehr wollte, kam von Mutter der Anruf, dass Vater im Krankenhaus lag. In München, eine halbe Stunde von meiner Wohnung entfernt. Mit Bauchspeicheldrüsenkrebs. Franz Xaver Altmann war zu diesem Zeitpunkt fast 79 und sein gräuliches Leben ging dem Ende zu. Ich verstand ihren Anruf als Information. Und als Aufforderung, ihn zu besuchen. Was mir nicht in den Sinn kam.

Und als es an einem Donnerstag im Juli tatsächlich vorbei war, um 15.45 Uhr, stand keiner von uns am Totenbett, um ihm beim Sterben zu helfen. Keiner weit und breit, keine Schwester, kein Bruder, keine Frau, kein Freund, keine Tochter, kein Sohn. Wir hatten längst die Flucht angetreten. Oder waren von ihm in die Flucht geschlagen worden. Bisweilen beides. Unser Bedarf an ihm schien gedeckt. Noch als Todkranker hätte er uns den Krieg erklärt.

Mutter und wir Geschwister trafen uns in Altötting. Als ich den Garten des Altmann-Hauses betrat, dachte ich als Erstes an die viele Lebenszeit, die ich hier als Hilfsgärtner verbracht hatte, zwangsweise. Jetzt lag die Anlage verkommen, verwildert, mit verdorrten Blumen dazwischen. Nicht eine Sekunde reute mich ihr Zustand, nicht ein Gramm Nostalgie stellte sich ein. Im Gegenteil: dass alles verrottete, gefiel mir.

Ich war mit einem 43-prozentigen Sliwowitz angereist, um diesen Ort und die Stadt zu ertragen. Ich trank fast nie, aber jetzt musste es sein. In der Nacht vor der Beerdigung verließ ich unbemerkt das Haus und lief zum Friedhof, stieg über die Mauer und schlich auf Zehenspitzen (Kieselsteine) zur Aussegnungshalle, die seltsamerweise nicht verschlossen war. Und jetzt passierte das Seltsamste: Ich setzte mich vor Vaters Sarg und fing zu heulen an. Ganz unkontrolliert, in Strömen, mitgerissen von den Schmerzen, die wir uns gegenseitig zugefügt hatten, überwältigt von meinem Hass auf einen, der nicht lieben konnte, überwältigt von dem brachial missratenen Leben, das wir so viele Jahre geteilt hatten, überwältigt von unserer Ausweglosigkeit, überwältigt von dem Wissen, dass nichts mehr gutzumachen war: Wir hatten alles versäumt, was ein Vater und sein Sohn versäumen konnten. Und ich würde den Rest meines Lebens mit meiner Unversöhnlichkeit leben müssen, die selbst bei der Ankündigung seines Todeskampfs nicht zur Nachsicht bereit gewesen war, nicht gütig sein wollte. Wie einsam musste es gewesen sein, das herzkranke, das gefühlskranke, das geisteskranke Arschloch Franz Xaver Altmann. Wellen von Scham und Mitgefühl, Scham und Groll, Scham und Widersinnigkeit zogen durch meinen Körper, der zitterte und bebte wie ein Kinderkörper, der sich nicht mehr dagegen wehren konnte, der nur noch aushalten musste, was in ihm tobte und barst.

Zwei Stunden später war ich leergelaufen, saß wie ein verlorengegangener Hund auf dem Steinboden. Bewegte mich nicht, wartete. Wie ein Straßenköter eben, der nicht wusste, wohin. Still war es jetzt, mein Vater in seinem Sarg, das tote Gesicht Richtung Decke, und ich, sein Sohn, den Rücken an die Mauer gelehnt, den Sliwowitz in Reichweite. Kein Licht brannte, nur die mitgebrachte Kerze. Ich rauchte. So oft hatte ich ihm den Tod an den Hals gewünscht. Und jetzt war der eine, den ich für unsterblich hielt, nur noch Leiche. Stumm, ja friedlich.

Die Beisetzung am nächsten Vormittag verlief erträglich. Der offizielle Totensermon war schön verlogen, aber kurz. Ich ging durch die Reihen und zählte genau 57 Teilnehmer, fast nur unbekannte Gesichter. Mir fiel auf, dass keiner weinte. Und dann doch: Plötzlich fing jemand an, eine Frau. Sie trat vor an das Grab, warf eine Blume hinein und schluchzte. Auf eigentümliche Weise beruhigte mich ihr

Kummer. Immerhin gab es einen unter den sechs Milliarden, der ihn vermisste. Irgendetwas an dem Toten musste eine Sehnsucht nach ihm ausgelöst haben. Schier unvorstellbar. Aber der Beweis war vorhanden, vor unseren Augen: eine um unseren Vater weinende Frau.

Wir Kinder weinten nicht, auch ich nicht, ich war bereits wieder nüchtern. Zudem hatte ich zum Frühstück zwei Valium genommen. Uns (und Mutter) trieb nur die Sehnsucht, dass Franz Xaver Altmann nicht wieder auferstünde. Und tot bliebe für die nächsten drei Ewigkeiten. Als »Kanonikus« Alfons Engl zu Ende schwadroniert hatte, wollte ich die Fremde ansprechen, sie fragen, warum. Aber sie war bereits verschwunden. Ich würde also nie wissen, was an meinem Vater derart begehrenswert war, dass man seinen Verlust so lauthals betrauerte.

Der Leichenschmaus war heiter und entspannt. Manfreds Nähe wärmte mich, wir waren uns vertraut wie immer. Er war inzwischen verheiratet und die Ehe tat ihm gut. Kinder wollte er nicht. (Keiner von uns Brüdern würde je Vater werden, Perdita nie Mutter, dafür fehlte uns wohl die Kraft. Dennoch, die Vorstellung, dass die Altmann-Familie aussterben würde, fand ich völlig in Ordnung.) Während der anschließenden Testamentseröffnung erfuhr ich, dass Vater mir »verziehen« hatte. Das so abseitige Wort in seinem Vermächtnis bezog sich auf meine Zeugenaussagen im Prozess Elisabeth Altmann gegen Franz Xaver Altmann. Stefan hatte er ebenfalls das Erzählen der Wahrheit vergeben. Wir mussten beide lachen. Noch drei Wochen vorm Sterben (Datum seiner Unterschrift) war der Todkranke der starrköpfige Rechthaber geblieben, als den wir ihn kannten. Nun, Täter haben nichts zu vergeben, Täter können nur um Vergebung bitten.

Rechtsanwalt und Testamentsvollstrecker Dr. Josef K. las auch die Postkarte vor, die ich Vater vor Jahren geschrieben hatte, nur fünf Wörter waren da zu lesen, als Antwort auf seine Erpressungsversuche, ja »richtig« vor

Gericht auszusagen: »Ich scheiße auf dein Erbe!« Der Satz gefiel mir noch immer, er stellte klar, dass ich nicht zu kaufen war. Auch nicht in dreckigen Zeiten.

Wir kamen rasch überein, das intensiv reparaturbedürftige Haus zu veräußern. Keiner von uns verspürte nur für Minuten das Verlangen, hier zu leben. Ich betrachtete meinen Anteil – jeder von uns bekam ein Fünftel von der Endsumme – als Schmerzensgeld für die kassierten Misshandlungen, als Nachzahlung für die Tausende von Stunden Arbeit, als Entschädigung für ausgebliebene Studiengelder und als Beitrag, um meine Therapie-Schulden zu tilgen. Vom Inventar und den Möbeln nahm ich nicht einen Fingerhut, nichts, gar nichts sollte mich an das Altmann-Haus erinnern.

Während der folgenden sechs Tage in Altötting bekam ich von Mutter eine weitere Lektion erteilt, Stichwort: »Anleitung zum Unglücklichsein«. Wie dankbar ich dafür hinterher war, wenn auch sprachlos. Denn nun begriff ich ihr Verhängnis noch besser: Sie bestand darauf, dass sie das Ehebett bekam. Um es in ihrer Wohnung aufzustellen. Keiner widersprach, nur ich. Indem ich versuchte, ihr den Wahnsinn auszureden, sich ein Mobiliar heimzuholen, in dem sie Abertausende von kalten Nächten neben einem böswilligen, unsinnlichen Mann gelegen hatte. Ich bot ihr an, die Ritzentruhe mit fröhlicher Wut vor ihren Augen kurz und klein zu hacken. »Untersteh dich!« So war sie, so standhaft gefangen. Bis zu ihrem Tod, dreizehn Jahre später.

Aber die Tage brachten auch Heiterkeit. Bei Durchsicht des (inzwischen schmuddeligen) Haushalts eines Mannes, der krankhaft gehortet, jeden gebrauchten Nagel nach Länge, Dicke und Kopfform in Schubladen sortiert hatte, fand ich im Nachtkästchen die Pornopostillen. Und darunter, zum laut Lachen komisch, die Bibel. Versteckt unter den Nackten. Nicht umgekehrt. Das Wort Gottes schien ganz unberührt, keine Anmerkungen, keine Eselsohren, ein echter Ladenhüter. Anders bei den fleischfarbenen Illustrierten. Manche ließen sich nicht mehr vollständig durchblättern, sie klebten.

Nach der Woche zog ich nach Paris. Drei Sehnsüchte warteten, zwei kleine und die große: dort leben, dort Französisch lernen, dort Schriftsteller werden. Zog zur Untermiete bei einer zänkischen Alten ein, Nähe Gare de l'Est. Hier war es billig, ich musste haushalten. Meine Ressourcen sollten so lange reichen, bis ich es »geschafft« hatte, sprich, meine Träume mich ernähren und mein künftiges Leben finanzieren konnten. Beherzt war ich, das schon. Mehr nicht. In vier Jahren würde ich vierzig werden und an meinem Status des Versagers – war ich stark genug, sprach ich das Wort leise vor mich hin – hatte sich nichts geändert. In einem Kloster sitzen und zwei stechende Knie aushalten oder in Paris wohnen und zur Schule gehen, das verlangte kein besonderes Talent. Aber schreiben und – monumentale Aufgabe – einen finden, der das Geschriebene druckte und – noch monumentaler – dafür einen Scheck schickte: Das klang täglich unfassbarer. Ja, am unfassbarsten schien: dass ein Chefredakteur VORAB Geld herausrückte, um das Flugzeug, die Hotelzimmer, die Taxis zu bezahlen. Um in die Welt zu fliegen und an ihrem anderen Ende eine Geschichte zu recherchieren. Denn jetzt hatte ich den präzisen Namen für den Traum gefunden, noch genauer als *Schriftsteller*: REPORTER. Das war, laut lateinischem Urwort, »einer, der ›zurückträgt‹«. Was er gesehen hatte. *Schriftsteller* roch nach jahrelangem Hocken und Einsamsein, aber *Reporter* versprach Tempo, Fremde, Fremdsprachen, Aufregung, Nähe – und Schreiben.

Neben den Hirngespinsten hatte ich noch ein ganz normales Leben. Da saß ich in der *Alliance française* und stotterte französische Konjugationen. Wir waren neunzehn im Kurs, aus vier Erdteilen, und jeder war gekommen, weil er einmal vom Zauber dieser Sprache gehört und – das galt nicht für alle – in Frankreich eine neue Heimat gefunden hatte. Intuitiv fühlte ich, dass ich hier richtig war. Diesmal würde ich nicht an einer Überdosis Illusionen scheitern, mich nicht wieder – acht Jahre lang – in eine Utopie verrennen, für die ich nicht ausgestattet war.

Afghanen (Flüchtlinge vor der russischen Invasion), Iraner (Khomeini-Dissidenten), Vietnamesen (Boatpeople), zwei Saudifrauen (Wahabiten-Flüchtlinge), Chilenen (Pinochet-Flüchtlinge), Europäer, Japaner, ein amerikanischer Televangelist – wir alle saßen im Kreis und diskutierten. Unser Französisch war gräulich, aber die Welt war hier, der Geruch von Internationalität, die wilden Geschichten der Flucht, der mitreißende Schwachsinn des religiösen »Wunderheilers« aus Kansas, die so anderen Lebensentwürfe. Genau so hatte ich mir die Vorbereitung aufs Reporterdasein gewünscht: mitten unter Fremden sein, fernen Storys lauschen, nachhaken, mehr wissen wollen, noch tiefer bohren. Einer erzählt und die anderen hören zu, sprich, einer erzählt und ein anderer schreibt es auf. Was interessiert den Menschen mehr als der Mensch, der andere?

Nach einem Jahr zog ich nach New York. Da ich nie Lokal-Journalist werden, nie über die neuen Radwege in Beetzseeheide berichten wollte, sondern das werden, was die Franzosen pompös »grand reporter« nennen – einer eben, der sich in fernsten Ländern herumtreibt –, musste ich fremde Sprachen lernen. Zumal ich weder Macht noch Geldkisten besaß, würden die fremden Wörter mein Sesam-öffne-dich werden. Ich trug mich an der *New York University* ein und verbesserte mein Englisch. Feine Adresse. Die Nächte verbrachte ich in einer Hotel-Bruchbude, die ganz ohne Stern auskam. Doch die Umgebung diente einmal mehr als Trainingscamp. Ich wollte keinen *creative writing*-Kurs besuchen, ich wollte Erfahrungen und, wie immer, Nähe.

Bevor ich schlafen ging, besuchte ich die Abkratzer in ihren Zimmern. Jeden Abend einen anderen der *hardcore loser*, die seit Jahren in dieser Absteige hausten. Manche jünger, manche älter als ich. Sie sammelten tagsüber Bierdosen oder arbeiteten als Spüler oder taten nichts. Sie waren dick oder abgemagert, schon hässlich, aber bisweilen wundersam zart und sublim. Der Fernseher lief, der Ventilator fächelte und am Fußende ihrer Betten hingen die nackten Göttinnen aus Hollywood. Rätselhafterweise immer dort. Bis mir Enrique aus Puerto Rico erklärte, warum: so brauchte keiner beim Masturbieren den Hals zu verdrehen.

Ich speicherte jedes Detail, sah lange in ihre Gesichter. Um mir einzuhämmern, dass ich nie werden wollte wie sie. Und bei jedem Gang über den Flur zurück in mein Kabuff fräste sich der Vorsatz in mein Hirn: *Dieses letzte Mal werde ich mein Ziel nicht verfehlen!* Tief in mir war ich überzeugt, dass es tatsächlich die letzte Chance war. Platzte sie, platzte mein Leben. Ich war jetzt 37 und wie ein zum Tode Verurteilter schaute ich jeden Morgen auf den Kalender: Noch drei Jahre, das war die Obergrenze für den Absprung. Dahinter lag die Wüste, das kümmerliche Sein eines Sozialhilfeempfängers, einer bedauerten Null.

Eines Nachts, schlaflos in der New Yorker Sommerhitze, fiel mir die Fernsehserie *Die Globetrotter* wieder ein, die ich als Halbwüchsiger gesehen hatte. Die Geschichten der zwei Reporter, die um die Welt rauschten und für mich das Glück auf Erden symbolisierten. Mein Unbewusstes hatte bereits erkannt, wohin es mich zog. Aber nie wäre ich als 17-Jähriger auf die Idee gekommen, diesen Beruf zu ergreifen. Erstaunlich, wie lange manche brauchen, um aus ihren Verirrungen herauszufinden.

Ich fand heraus. Nach so vielen Jahren kam die Antwort wie ein Blitzschlag. Nach dem Uni-Semester reiste ich durch die Staaten, dann in den Nahen, dann in den Fernen

Osten. Als ich nach Europa zurückkehrte, schrieb ich einen Bericht über eine lange Eisenbahnfahrt durch China. Und schickte die zwölf Seiten per Post – noch gab es kein Fax, kein Internet – nach Hamburg, zu GEO. Ohne Voranmeldung, ohne jemanden dort zu kennen. Die Zeitschrift galt damals als Topadresse für die besten Reporter und Fotografen, superinternational. Die Königsklasse, hochmütig und wohl wissend, wie einmalig sie waren.

Drei Tage später rief mich der zuständige Redakteur an und ließ wissen, dass man den Text kaufen, ja, sie einen anderen Beitrag herausnehmen würden, um Platz zu schaffen für meinen. Nochmals eine Woche später kam die redigierte Fassung. Ein Batzen Scheiße in jedes Sprachgefühl. Ich schrieb zurück – kein Buchstabe war bisher von mir in Deutschland veröffentlicht worden –, dass dieses »Kinderpopodeutsch« nicht unter meinem Namen gedruckt werden dürfe. Der lange Brief machte die Runde, bis hinauf zur Chefredaktion. Die jedoch Format bewies und meine Fassung akzeptierte. Zehn Tage nach meinem 38. Geburtstag wurde die Reportage veröffentlicht. Einen Tag zuvor war ich ein Furz gewesen und jetzt sprang ich von null auf GEO-Reporter. Als Ungelernter, als Quereinsteiger, als einer, der nichts anderes konnte und nichts anderes wollte. Was mich überraschte, war die Tatsache, dass ich mich zum ersten Mal in keinen Wahn gefiebert, mich nicht bereits als Roman-Titanen und Weltliteraten gefeiert hatte. Wie früher immer, als Mister Universum oder Tour-Sieger oder Gitarrengott oder Schauspieler-Genie. Nein, ich sah gestochen scharf den Platz, der meiner Begabung entsprach: losrennen und Leute ausfragen. Und zurückrennen und ihre Antworten aufschreiben. Mit Verve, mit Eleganz, mit allem Meinem.

Nach der Veröffentlichung hagelte es einen Glücksfunken nach dem anderen. Zwei Agenten griffen nach mir, Merian meldete sich, das ZEIT-Magazin, das SZ-Magazin, das FAZ-

Magazin, der Stern, Playboy, Sports, Tempo, Focus, und immer wieder GEO. Ich flog in hundert Himmelsrichtungen, in Hungersnöte, in Dürregebiete, in Kriege, in Bürgerkriege, in die grandiosesten Landschaften der Welt. Und alle zahlten die Businessclass, die Hotelnächte, jede Taxifahrt. Ich vermute, dass der Schneid, den ich in den haarigen Situationen mobilisieren konnte (musste), von den kindlichen Erniedrigungen herrührte. Vor jeder »Mutprobe« rief ich die Bilder aus vergangenen Tagen ab, wie ein Mantra, wie eine Beschwörung: »Nie wieder! Nie wieder so ausgeliefert der eigenen Hilflosigkeit!« Und es funktionierte. *Negative learning* nennen die Engländer das. Ich wüsste nicht viele Begriffe, die mich dringlicher geprägt haben. Von früh an, ganz unbewusst, ohne es formulieren zu können: nicht wissen, was man will, aber mit Schärfe sich klar werden, was man nicht will, nicht sein will: Nicht feig, nicht entwürdigt.

Ich wurde ein Monster an Zuverlässigkeit und der »jüngste« Kisch-Preisträger: gemessen an der Zeit, die zwischen Berufsantritt und Anerkennung vergangen war. Zum ersten Mal in meinem Leben war ich ein Profi. Und ganz klar in meinen Gedanken: Das hier war er, der letztmögliche Absprung. Und wie ein seit Unendlichkeiten vom Ertrinken bedrohter Nichtschwimmer griff ich nach dem Rettungsring, dem einzigen, der mich in Sicherheit bringen konnte: die Sprache.

Doch das war nur die Hälfte der Wahrheit. Denn geschrieben hatte ich ja schon vorher. Für mich. Wie so viele andere auch. Sicher, ins Tagebuch flennen kann helfen. Aber Wörter, die totenstill und unbemerkt vom Rest der Menschheit in der Schublade dämmern, erlösen nicht. Nie verschafften sie mir das, wonach ich so innig hungerte: Lob, das Wissen, einen Wert zu haben, diesen aberwitzigen Rausch, kein Versager mehr zu sein. Erst die öffentliche Wertschätzung – und was symbolisiert sie mehr, als viel veröffentlicht zu werden und viel Geld dafür zu bekommen – macht aus dem Schreiben eine Wunderwaffe. Die es mit jedem (Seelen-)Desaster aufnimmt.

Nicht sonderlich überraschend, dass fast schlagartig das Bedürfnis nach Therapie – meinen letzten *shrink* hatte ich in New York besucht – aufhörte. Hätte ich noch drei Jahrhunderte bei einem Weltmeister-Therapeuten auf der Couch gelegen, noch dreitausend Mal den Urschrei ausgestoßen, nichts und keiner hätte mich über mein unerfülltes Leben hinwegtrösten können, nichts und keiner mein grün und blau geschlagenes Herz wiederbelebt. Ich musste einen Trost finden, der in mir lag, in mir selbst. Ein verpfuschtes Dasein lässt sich nicht – ein Lieblingswort deutscher Diplom-Psychologen – »aufarbeiten«. Man kann es nur zu Tode betrübt ertragen oder gewaltsam beenden. Oder ein fantastisches Glück haben und – springen.

Jahre später las ich ein Interview mit Paul Weller, dem »Godfather of Britpop«, in dem er davon sprach, dass für ihn die wichtigste Erkenntnis war, seinen »Platz in der Welt« gefunden zu haben. Den Satz kann jeder nachvollziehen, der sich lange tief unten aufhielt, ganz unten. *Seinen Platz in der Welt finden*, das klingt wie eine Zeile aus einem Märchen, klingt wie: *Etwas schwebte vom Himmel herab und ich hob es auf.* Dabei geschah nichts Welterschütterndes, nur einer, ein einziger und sein Leben wurden gerettet.

Ich konsolidierte. Die Feindseligkeiten meinem Körper gegenüber ließen nach, kein Blut floss mehr aus meinen Nägeln, meiner Nase, vom Schädel. Ich hörte auf, mich aufzuessen. Nie wieder musste ich mich auf den Boden legen, um nach Luft zu schnappen. Die schwarzen Löcher der Depression wurden schmäler. Der Zwang zu stehlen wich. Und irgendwann, zuletzt, versandeten die Träume, in denen ich meinen Vater exekutierte. Das »erfolgreiche« Schreiben verlief sich wie ein Antiserum in mir, meine Immunkräfte boomten. Reisen und Schreiben geriet zum Leben auf einer Intensivstation.

Selbstverständlich hat sich an dem Gefühl, »nicht liebenswert« – *nicht wert der Liebe* – zu sein, nichts geändert. Noch immer nicht. Kein Jota. Seit der Stunde null, seit Mutters Kopfkissenattacke, hatte ich verinnerlicht, dass Liebe an Bedingungen geknüpft war. Unerfüllbare. Wortlos begriffen, gedankenlos, wie einen Fausthieb mitten ins Herz.

Im Französischen gibt es den eigenwilligen Ausdruck »une porte condamnée«, wörtlich übersetzt: *eine verurteilte Tür*. Gemeint ist eine Tür, die unpassierbar ist, blockiert. So ein vernageltes Tor hängt auch bei mir, hängt vor jener Herzkammer, die an meinem Geburtstag verbarrikadiert wurde. Auf ewig. Keine Rosskur, auch keine Schreibkunst, wird sie aufbrechen. Auch nicht der Mensch, der bereit wäre, mich zu lieben, schaffte sie – die Tür, eben dieses Wissen der *Wertlosigkeit* – aus der Welt. Denn ich, und jeder andere mit einer ähnlich vernichtenden Erfahrung, würde die Liebe nicht zulassen. Riecht sie doch nach Unheil, nach Todesangst. Sie ist nicht Liebe, sie ist der Tod. Sich der Liebe ausliefern, als Liebender oder als Geliebter, hieße, ins offene Messer rennen. Deshalb die Tür. Sie bewahrt uns vor dem Messer. All diejenigen, die bedenkenlos und unverbrüchlich geliebt wurden, nennen unsereins einen Feigling. Sie wissen nicht, was sie reden.

Ich habe mich längst mit der *porte condamnée* arrangiert. Dank des kleinen Mirakels in meinem Leben: Ich fand ja meine Prothese, jenes Rüstzeug, das mich davor schützt, mein Leben als greinende Heulsuse zu verbringen, mich hindert, ewiglich der abwesenden Liebe von Mutter und Vater hinterherzulamentieren. Ich wollte nie zum ambulanten Tränensack mutieren. Irgendwann musste Schluss sein, irgendwann muss ein Mann ein Mann werden, muss sich zwischen einem Leben als Opfer oder Täter entscheiden. Ich kann Opfer nicht ausstehen, ich war selbst zu lange eins. Ich mag die Renitenten, die »cut« sagen und eine andere Richtung einschlagen.

Zudem, gerade als Schreiber sollte ich dankbar sein für die Beulen auf meiner Seele. Sie verhindern, dass ich satt werde und als unheilbar Gutgelaunter die Seiten vollmache. Das Wissen um die eigene Verwundbarkeit macht empfindsamer, durchlässiger, lotet rigoroser die Wirklichkeit aus. Meine Verletzungen sind, so vermute ich, der Eintrittspreis für mein Davonkommen. Andersherum: Hätte ich eine liebliche Kindheit verbracht, ich hätte wohl nie zu schreiben begonnen, wohl nimmer – Tag und Nacht dafür entlohnt – die Welt umrunden dürfen. Ich weiß nicht, ob der letzte lange Satz stimmt, aber er klingt verdächtig wahr.

Die Annäherung an Vater dauerte länger. Es eilte nicht, ich konnte unbeschwert mit ihm als Toten leben, fürsorglich abgespeichert in meinem Kopf als gewaltlüsternes Arschloch. Bis es zu einem Schlüsselerlebnis kam: Ich reiste als Reporter in ein russisches Dorf, 500 Kilometer weit weg von Moskau, um herauszufinden, ob Gorbatschows Perestroika auch auf dem Land angekommen war. Und dort, in Krasnoye, traf ich die 88-jährige Anna Jonowna, die von ihrem Mann erzählte, der im *Großen Vaterländischen Krieg* gegen die Deutschen gekämpft hatte und – anders als viele im Ort – lebend zurückgekommen war. Und eine Woche später, laut Witwe, zu seiner ersten Wodkaflasche griff und anfing, den Rest seines Lebens zu versaufen. »Er ist«, so Anna – und mein Dolmetscher Genadi übersetzte es grammatikalisch falsch, aber auf wundersame Weise treffend – »er ist am Krieg gestorben«. *Am* Krieg, *am* Grauen des Kriegs, *am* Zuviel der Bilder, die wie eine ätzende Lauge durch sein Hirn und sein Gemüt sickerten.

Ich musste sofort an meinen Vater denken, der fast gleich alt wie Jegor den Krieg überlebt hatte. Und ebenfalls nach Hause zurückgekehrt war. Mit denselben Horrorbildern im Gepäck. Wohl noch schwerer zu ertragen, da er als Anstifter und Verlierer, als SS-Nazi heimgekommen war. Und, ungleich dem Russen, kein Alkoholiker wurde, sondern ein Schwein.

Merkwürdigerweise fing an diesem Tag, unter einem winterblauen Himmel in Russland, die Aussöhnung mit Franz Xaver Altmann an. Vielleicht klingt das Wort zu erhaben, denn »versöhnt« habe ich mich nicht mit ihm, nie. Aber eine Art Ausgleich, so etwas wie »Schlichtung« fand statt. Denn ich begriff, begriff es ganz tief, dass er auf fatale Weise »unschuldig« war. Dass er werden musste, was er wurde. Und dass die Dinge sind, wie sie sind. Als ich von ihm weglief, wühlte er in Rosenkranzsäcken, musste jeden Tag Altötting ertragen, wurde von Frau und Kindern gehasst, hatte gerade seinen letzten Sohn verjagt und war einsam, wie ein von allen verlassener Mensch nur sein konnte. Sein Verdienst, seine Schuld? Dass ich nicht lache.

Und dass ich heute – so alt wie er damals – den schönsten Beruf der Welt ausübe, in der schönsten Stadt der Welt lebe, und keine Frau und kein Sohn darüber nachdenken, ob sie mich erledigen sollen oder nicht: alles »mein Werk«? Meine Meriten? Ich lache schon wieder.

Vater lebte mit dem falschen Beruf zur falschen Zeit am falschen Ort, mit der Arschkarte in beiden Händen. Ich kam 44 Jahre später auf die Welt. Und kam davon. Seit diesem Tag, auf Annas Bank vor ihrer Datscha, weiß ich, dass ich Glück hatte. Und er keins. Wie Mutter. Auch keins. Natürlich wache ich bisweilen nachts auf und heule. Über das grauenhaft verpfuschte Leben der beiden. Die nicht davonkamen. Trotzdem, ich denke nicht ungern an das Paar. Wie Schutzpatrone trage ich sie mit mir herum, wie rastlos blinkende Warnschilder: auf dass ich nie ende wie sie.

Gewiss kommen andere Gelegenheiten, da heule ich nur um mich. Meist in dunklen Kinos, in denen eine Geschichte von einem Vater und seinem Sohn erzählt wird. Da ist dann kein Halten mehr, kein Schamgefühl, da bin ich zwei Stunden lang bloß noch Würstchen, bloß noch arme Sau, der das Herz zerspringt. Vor Sehnsucht nach einem wie dem Leinwandhelden. Der seinen Sohn umarmt und ihn behütet.